coleção fábula

Nastassja Martin

A leste dos sonhos

Respostas even às crises sistêmicas

Tradução de
Camila Vargas Boldrini

editora■34

SUMÁRIO

PREFÁCIO   5

INTRODUÇÃO. EM BUSCA DOS QUE SE FORAM   17
    Nascimento de um campo   23

Primeira parte. Espelhos na Beríngia   37
    INTRODUÇÃO   39
    1. IN MEDIAS RES   43
    2. CULTURA RUSSA, NATUREZA AMERICANA   51
        Cultura russa: as formas culturais em espetáculo   53
        O cenário político unificado   58
        Natureza americana: explorar e proteger   60
    3. VIDA E MORTE DAS POLÍTICAS DE ASSIMILAÇÃO   67

Segunda parte. Viver nas ruínas   79
    INTRODUÇÃO   81
    Ivan se calou   83
    Dária sonha com Tvaián   87
    Dária se lembra de Tvaián   91
    Dária vai para Tvaián   94

Terceira parte. Cosmologias acidentais   99
    INTRODUÇÃO   101
    4. COSMOGONIA ACIDENTAL I: 105
    NASCIMENTO DOS CORPOS
    5. TRICKSTERS   113
        Ulitchan   116
        Iyip   127
    6. COSMOGONIA ACIDENTAL II: 133
    NASCIMENTO DOS PENSAMENTOS.
        Sonhar com   141
        Sonhar sem   146
        Sonho projetivo e sonho anímico   154
        Sonhar sem xamã   160

Quarta parte. 169
Compor com a economização do mundo
 INTRODUÇÃO   171
 7. ZIBELINAS   177
  Calar-se   183
 8. SALMÕES   187

Quinta parte. Tempestade   201
 INTRODUÇÃO   203
 9. PROVINCIALIZAR OS RELATOS MODERNOS   207
  DA MUDANÇA CLIMÁTICA
  A antropologia diante do clima desregulado   212
  Impensados ontológicos: o que fazer com os elementos?   215
 10. DIRIGIR-SE AOS ELEMENTOS   223
  Alimentar o fogo   223
  Cantar para o rio   229
  Renas para o céu   234
 11. ENTRE O CÉU E A TERRA   239
  Ivki ou o princípio da animação   239
  Garantir a terra   246

CONCLUSÃO   255
 Ni, metal do diabo   255
 Voltar da noite   261
 Deixar as formas morrerem   264
 O que sobra   267

BIBLIOGRAFIA   273

*Para Dária, Ivan, Iúlia, Vassilina e Volódia.
A seus olhos abertos nas profundezas dos bosques.*

Um dia, em 1989, a luz se apagou e os espíritos voltaram.
DÁRIA BANAKANOVA

Após a extinção dos fogos e o abandono das ferramentas inúteis, se a palavra *fim* aparecesse na porta da aurora de um *destino* redescoberto, a palavra mantida não seria mais crime e as barcas repintadas não seriam carcaças de navios afundadas no cais do tempo.
RENÉ CHAR

PREFÁCIO

Fort Yukon, Alasca
Fevereiro de 2012
Os flocos de neve rodopiam no dia branco, avançamos com dificuldade sob a copa das árvores. Dacho e Clint vão na frente, eu atrás. Gotas de suor deslizam por nossos rostos, a neve range sob nossos pés. Não sair do trajeto, penso toda vez que me afundo novamente até a metade da coxa. Ao cabo de uma hora de caminhada, costas curvas e pescoço enfiado nos ombros, a paisagem muda, os abetos negros vão ficando mais esparsos. O vento se torna mais inclemente à medida que nós perdemos a proteção das árvores, envolvo meu rosto nas orelhas da minha *chapka*. Você vai me dizer aonde vamos?, grito para Dacho tentando vencer, me sobrepor à borrasca. Estamos chegando, ele responde, tenha mais um pouco de paciência, você já vai ver. Damos com uma clareira, Dacho e Clint se detêm, eu os imito. Viro a cabeça à direita, à esquerda, e meu olhar finalmente retém uma forma vaga na neblina. Alguma coisa grande, branca, que não é uma casa nem uma árvore. Vamos, venha, diz Dacho, chegamos. Caminhamos na direção do objeto, cujos contornos

vão se definindo à medida que nos aproximamos. Trata-se de uma esfera branca e facetada, de diâmetro imponente, sustentada por uma estrutura metálica que a mantém elevada. A edificação deve ter entre oito e dez metros de altura. A seus pés, uma escada leva a um alçapão situado na base da esfera. Retomo minha respiração, os meninos acendem um cigarro, claramente satisfeitos consigo mesmos. O que é isso? Eles estavam esperando pela minha pergunta, viemos aqui precisamente para que eu a fizesse. Isso, diz Dacho, é a América garantindo que os russos não vão reconquistar o Alasca!

    Devo ter feito uma cara engraçada, a julgar pelos risos que minha expressão provocou. Clint dá uma tragada no cigarro e decide esclarecer a questão para mim. Fico sabendo que aquela esfera é um radar de vigilância apontado diretamente para a Rússia. Muito rapidamente constato que ele ainda está funcionando ou ao menos *on hold* — prova disso são os dois empregados americanos hirsutos que saem pelo alçapão para nos cumprimentar rapidamente. Bom dia. Você é a francesa? Bem-vinda ao fim do mundo! Eles dão risada e logo voltam a subir na esfera, temos trabalho por aqui, o alçapão se fecha novamente. Clint brinca, com um sorriso nos lábios: não se preocupe, não é apenas aqui que naves assim aterrissaram. Existe uma em cada vilarejo indígena no Alasca. Minha curiosidade aumenta, gesticulo com a cabeça, pedindo para que me conte mais. Ele me explica que sabe de fontes seguras que na Sibéria os russos dispõem dos mesmos equipamentos, apontados para o Alasca, e que lá também eles estão instalados em vilarejos autóctones. Esse radar e seus gêmeos são os sobreviventes da Guerra Fria. Quer saber por que eles os colocam na área dos *nativos*?, ele me pergunta sem esperar a minha resposta. Porque é mais discreto, aqui não tem turismo, não há olhos estrangeiros para dizer que *isso* continua, que a guerra não acabou realmente ou, em todo caso, que ela pode recomeçar a qualquer momento. É como o fogo em nossas florestas doentes e secas: basta uma faísca.

Ficamos em silêncio um instante, minha cabeça está fervendo, eu esperava qualquer coisa, menos isso. Dacho está imóvel, as mãos nos bolsos, os vapores de sua respiração sobem em volutas acima de sua cabeça. Eu o observo observando o radar e imagino que em sua cabeça algo também esteja dando voltas. O que é?, pergunto sem demora. Nada, ele responde. É só que, sempre que venho aqui, me pergunto o que eles pensam disso aqui, lá do outro lado do estreito. Seu olhar cruza o meu, ele desvia os olhos e os pousa novamente no radar. Ele retoma com a voz mais baixa: o que eles pensam quando veem isso aqui, ao sair para caçar. Ele expira, o vapor se adensa. Ou será que lá os radares estão nas cidades e não afastados, como aqui? Talvez até possam vê-los de suas janelas? Ele dá meia-volta e fica de frente para mim. O belo rosto moreno de Dacho, seus olhos amendoados, os cabelos pretos, compridos, aureolados pelo branco da esfera a suas costas. Você acha que eles são como nós? Acha que vivem como nós? Pisco os olhos para apagar a visão. Não sei, Dacho. Não sei.

∗

É raro, mas às vezes acontecem, em uma pesquisa de campo, certos momentos que são como lampejos. Breves, ínfimos. Detalhes. Mas que se destacam do fluxo da experiência. E fazem com que a vida, o curso da pesquisa tomem um rumo decisivo. O olhar de Dacho fixo no radar americano que mira a Rússia foi desse tipo. Foi ao mesmo tempo belo e doloroso, como uma evidência silenciada por tempo demais e que um dia finalmente irrompe: o mundo que eu tentava descrever era desesperadamente mais aberto, ele transbordava, mais uma vez, os pobres limites que eu tentara esboçar em torno dele para melhor apreendê-lo.

O questionamento de Dacho rapidamente vira uma obsessão para mim. O trabalho comparativo que eu tinha começado sobre o tríptico alasquiano dos gwich'in perante o Ocidente e as metamorfoses ambientais era dramaticamente insuficiente. Seria preciso ampliar o espectro, olhar para mais longe. Para o outro lado do Estreito de Bering. Para lá onde, imaginava Dacho, talvez houvesse gente como ele, ou quase; para lá onde, imaginava eu, certamente ainda havia traços de uma história geopolítica materializada tanto no território como em seus habitantes; para lá onde, imaginava Clarence, pai de Dacho, talvez houvesse um "antes" que ainda valesse a pena ser contado.

Nós, os gwich'in, Clarence gostava de contar, em um mesmo dia ficamos sabendo, e isso não faz tanto tempo,[1] que não apenas éramos cidadãos americanos, mas também que no passado tínhamos sido russos. Ele também dizia que os aleut do sul traziam essa lembrança em sua própria carne; que os tlingit do Sudeste tinham combatido com valentia; que os yupik do Noroeste tinham consentido; que os inupiat ao norte tinham vendido suas baleias; mas os russos nunca tinham chegado até os gwich'in, se tivessem chegado, eles se lembrariam, pois os gwich'in são guerreiros, não teriam deixado que tomassem suas terras, pois eles... Clarence sempre se detinha em algum ponto dessa frase. De todo modo, prosseguia ele, os russos não tinham chegado até eles porque o território gwich'in ficava muito a oeste, muito ao longe, na taiga subártica, e também porque os russos tinham muito o que fazer no litoral. Às vezes eu dizia ao ancião que ele estava se repetindo. Para me silenciar, ou talvez também me impressionar, ele retroagia ainda mais. Antes, realmente antes, nós com certeza viemos de lá, pela grande ponte de gelo. Deixamos os inupiat atravessar primeiro, para testar o gelo do estreito. Ele ria. Vimos que aguentava,

[1] Em 1867, data da aquisição do Alasca pelos Estados Unidos, os gwich'in já estavam em contato com missionários anglicanos vindos do Canadá pelos rios Porcupine e Yukon. Quase um século, de 1796 a 1867, não bastara para que os russos alcançassem o nordeste do Alasca e, neste caso preciso, Fort Yukon.

então também passamos. Só para terem certeza vocês deixaram que eles se adiantassem milhares de anos?, eu ironizava, mas ele nunca ficava desconcertado. Claro, somos perseverantes! A costa e a nevasca são coisa de esquimó, nós seguimos nosso caminho sem hesitar, até chegar à floresta. Eu solto uma gargalhada. Pense nisso, ele dizia. Na viagem que fizemos para chegar até aqui, na escolha de viver entre as árvores e naqueles que deixamos para trás. Sim, Clarence, eu respondia, eu penso nisso. Inclusive, eu só penso nisso. Ao longo do tempo, essas ideias viraram obsessão: eu iria cruzar o estreito, voltar no tempo. Eu seguiria os passos dos meus predecessores de 1897, seguiria o caminho intelectual percorrido por Boas, Jochelson, Brodsky, Borgoras e outros com a Jesup North Pacific Expedition.[2] Talvez fosse uma causa impossível, mas eu também tentaria. Tentaria fazer dialogar as duas margens do Estreito de Bering; tentaria remontar até chegar aos vínculos entre os lugares e as coletividades, antes que a colonização os rompesse. Quem sabe? Talvez em algum lugar entre o leste e o oeste as sombras se dissipassem. E um dia, mais tarde, eu voltaria a Fort Yukon para contar a Dacho e seu pai. Como era, lá.

Este livro é o resultado de uma vertigem intelectual e de uma viagem impossível, cujo desejo eu concebi em um dia de inverno como tantos outros em Fort Yukon. Este livro é uma resposta. Uma resposta a Dacho, a seu pai e a mim mesma, às almas selvagens sobre quem escrevi e que foram apenas o começo, o começo de outra coisa pela qual eu não esperava.

---

[2] American Museum of Natural History, *Publications of the Jesup North Pacific Expedition, 1898-1903*. Leiden: E. J. Brill, G. E. Stechert, 1905-1930.

INTRODUÇÃO
EM BUSCA DOS QUE SE FORAM

Região de Ítcha, Kamtchátka, junho de 2014
Aqui estamos, enfim. Na floresta abaixo do vulcão, à beira do rio, rodeados de rostos diferentes dos nossos. Faz três dias que esperamos dentro da iurta, chove a cântaros. Mal consigo me lembrar da excitação que dominou meu corpo há apenas alguns dias, quando Andrei finalmente aceitou nos levar às portas do território de Ítcha. Depois de incessantes negociações camufladas em conversas diurnas e noturnas, Andrei acabou cedendo. Ou aceitando. Precisamos de mais de uma semana, Charles e eu, para conseguir encontrá-lo em Ketatchan. Depois de horas de ônibus, caminhão e andanças, acabamos chegando à base de pesquisa botânica do parque nacional Bystrinski, no oeste de Kamtchátka. Lá, aos pés do vulcão Ítchinsk, onde tem sua origem o rio Ítcha, montamos nosso acampamento de base temporário, naquele lugar estranho em que coabitavam jovens "voluntários" inventariando plantas para o parque e criadores de renas even que ali paravam para se revigorar.
    Andrei, mestiço de even e coriaco, não entendeu de imediato por que não nos contentávamos em trabalhar ali,

nos arredores de Ketatchan, quando justamente, naquele fim do mês de junho, os criadores de renas estavam ali pertinho com seus animais, uma vez que o trajeto de nomadização deles em volta do vulcão os tinha levado para as pastagens das planícies que circundam o acampamento. Sem demora, sob o olhar divertido de Charles, confirmei para Andrei que era eu quem não se satisfazia com os criadores e suas renas, apesar do interesse científico manifesto que suscitavam; apesar, também, do estímulo intelectual que tais animais e seus pastores provocavam no meu colega e amigo. Alguma coisa me impelia, me obrigava, eu não podia parar tão perto da meta. Desde a intuição alasquiana, eu não pensava em outra coisa. E em Esso, o vilarejo que reunia a maior parte dos even de Kamtchátka, quando tivemos a confirmação de que *eles* existiam, que de fato havia uma família que tinha decidido voltar a viver na floresta depois do colapso da União Soviética, senti que meu coração explodia em meu peito.

  Pela primeira vez na minha vida de antropóloga, algo que vinha de dentro se atualizava antes mesmo de ter sido comprovado. Minha hipótese de trabalho se mostrava, se não correta, ao menos admissível. Depois de ter sofrido dolorosos reveses no Alasca quanto à eficácia de meus pressupostos teóricos, que se desmoronavam quando confrontados com a pesquisa de campo, eu já não confiava tanto nas minhas elucubrações, por mais embasadas conceitual e historicamente que fossem. Mas dessa vez era diferente. Aquela imagem flutuante que eu tinha formulado em pensamento, a de um mundo antigo renascendo das próprias cinzas para enfrentar uma crise, talvez existisse. Eu revejo nós dois, Dacho e eu, em Fort Yukon, no Alasca, sentados junto ao fogo, à noite, contemplando as chamas. Ainda escuto sua voz, que ressoava em mim como promessa de um porvir que seria outro. Se uma verdadeira crise sucedesse, dizia ele, nós, os gwich'in, voltaríamos a viver na floresta. Somos prisioneiros de uma economia claudicante, de uma cidade arruinada antes mesmo de ter sido próspera. Uma cidade que nos faz acreditar em um simulacro de "bem-estar", o que quer que essa palavra signifique aqui, na taiga pós-colonial, divertia-se ele; um simulacro de conforto, de "civilização", continuava ele, mesmo que em Fort Yukon a civilização seja a manifestação visível da perda de tudo aquilo que nos constituiu enquanto seres humanos ao longo do tempo. Eu adorava nossas conversas. Elas alimentavam o otimismo que me habitava desde que eu era pequena, aquele otimismo um tanto ingênuo que sempre me levou a acreditar que outra vida era possível. Quando essa cortina de fumaça se dissipar, dizia Dacho, porque ela vai se dissipar, o que irá acontecer? Ele me espiava com um olhar travesso, divertido. Aonde vamos? Eu sorria para ele, porque já conhecia sua resposta. *Back in the woods, of course.*

Eu sabia que existiam na Rússia[3] coletivos autóctones que haviam voltado para as florestas durante ou depois da implosão da URSS. Daí a encontrá-los em Kamtchátka — porque eu fazia questão que meu novo campo fosse realizado naquela península, mais adiante explicarei os motivos — era outra história. Eu podia ter abraçado aquele velho Nikolai que, entre dois copos de vodca na escuridão de uma antiga casa de madeira em Esso, assegurou-nos que aquela família even existia, sem

---

[3] No ártico siberiano, R. Willerslev observou um retorno generalizado à floresta dos moradores do vilarejo Nelemnoye e um recrudescimento sem precedente das práticas tradicionais de caça depois do colapso da União Soviética. Esse retorno à floresta vem acompanhado de um ressurgimento do xamanismo nessas sociedades: M. Pederson menciona um verdadeiro "despertar" dos espíritos quando o noroeste da Mongólia e seus habitantes foram abandonados à própria sorte. Por sua vez, quanto à Iacútia e à Buriátia, R. Hamayon observa que "o ano 1992 parece consagrar oficialmente o xamanismo como religião — qualidade que lhe havia sido recusada durante a maior parte da era soviética — e lhe dar um lugar de destaque na política cultural". Ver R. Willerslev, *Soul Hunters: Hunting, Animism, and Personhood Among the Siberian Yukaghirs*. Berkeley: University of California Press, 2007; M. Pederson, *Not Quite Shamans. Spirit Worlds and Political Lives in Northern Mongolia after Socialism*. Ithaca: Cornell University Press, 2011; R. Hamayon, "À quel esprit se vouer?", in F. Laugrand e J. G. Oosten (orgs.). *La Nature des esprits dans les cosmologies autochtones*. Quebec: Les Presses de l'université Laval, 2007.

esconder seu desprezo por aquelas pessoas que não faziam nada como os outros, e que ainda por cima se achavam superiores porque viviam reclusos na floresta. Não passam de renegados. Retrógrados que se opõem ao progresso, ao curso da história, afirmou ele. Eu o escutava e olhava ao meu redor, enquanto remoía tudo que tinha entendido nos últimos dias. Não podia deixar de terminar mentalmente a frase dele: que recusam o destino de seus camaradas nesse antigo colcoz que é Esso, que vem se transformando, nos últimos dez anos, em uma plataforma turística promissora que vai ser preciso — que já é preciso — entreter e enfeitar. Nessa perspectiva, o lugar dos indígenas já está dado, e está dado há muito tempo. Cabe a eles cobrir o *dalni-vostok* (o *Far East*, como seus próprios habitantes denominam a região) de tradições e folclore indígenas capazes de encantar os turistas: mesmo quando procuram a vasta natureza selvagem, estes no fim das contas não ficam muito satisfeitos com seu vazio existencial, angustiante demais.

E Nikolai, naquela noite, embriagado, nos dizia que aqueles loucos tinham deixado tudo para trás, o vilarejo, as lojas, as fontes termais, o museu e a sala de dança. Que já não dançavam, que já não cantavam, que já não participavam da criação do patrimônio fabricando objetos tradicionais. Mais tarde, durante a noite, ele parou de incriminá-los. Restava somente uma tristeza infinita no fundo de seus olhos. Minha família abandonou a floresta há muito tempo. Não tenho mais renas, não tenho mais território de caça. O silêncio entre suas frases tinha se intensificado. Então é isso, nós dançamos. Ele tinha baixado os olhos e fixado o olhar nas tábuas negras e gastas do piso. Depois, com um sussurro: é melhor esquecer.

No dia seguinte, Charles e eu embarcávamos na viagem para Ítcha; três dias depois, estávamos na cabana de Ketatchan com Andrei, escultor de profissão, que nos indagava sem parar de passar e repassar sua faca por um chifre de íbex que ele transformara em salmão surgindo das ondas. Nosso caso se anunciava complicado. Depois de ter nos escutado longamente, contando nossas experiências respectivas, a minha no Alasca e a de Charles em Tuva, Andrei decretara que éramos gente digna de interesse. Ele considerou então minha solicitação para contactar os de Ítcha. Uma manhã, às dez horas, Andrei conectou o rádio do acampamento a uma bateria e sintonizou a frequência dos acampamentos de caça even, do rio. Ele apresentou nosso caso, e "eles" (pois ainda não sabíamos que autoridade se exprimia) anunciaram muito claramente que não tinham vontade nenhuma de receber antropólogos. Eu não podia culpá-los. Eu também, no lugar deles, certamente não iria querer que supostos cientistas viessem me investigar, sendo que, justamente, eu tinha escolhido uma vida distante dos olhares. Mas isso não mudava nada, ao contrário. Minha curiosidade tinha sido atiçada, e minha decepção só foi mais amarga.

Passamos vários dias com Andrei, cujas histórias não se esgotavam. Eu me esforçava para escutá-lo atentamente e assim fazer o luto daqueles que certamente eu nunca iria conhecer, mas que eu tanto desejara encontrar.

*

O tempo transcorreu, lentamente. Nós nos entregamos a seu ritmo sem esperar nada mais. Então, uma manhã, Andrei se levantou. Abriu a porta da cabana e disse apenas: vamos. Assim, sem mais. Arrumem suas coisas. Subimos os três em um quadriciclo vermelho, percorremos na lama e sob a chuva os setenta quilômetros que nos separavam de Ublakatchan, o primeiro acampamento de caça do rio Ítcha. Na estrada, mastigando *baluk*[4], ele riu. Na casa de vocês, na França, para ir à casa de alguém, precisa ser convidado, não é? Esbocei um sinal afirmativo com a cabeça. De nada serve tentar fazer as coisas como na casa de vocês, ele disse. Na floresta, basta chegar.

[4] Salmão defumado.

Caiu a noite na tundra. Uma chuva fina e congelante fazia nossos corpos tremerem ao colocarmos os pés no chão depois de várias horas de viagem noturna. Uma luz tênue escapava pelas frestas da madeira na parede da cozinha de verão. Andrura!, gritou Andrei no escuro. Escutou-se um grunhido. Vamos, disse Andrei. Vislumbrei à minha direita duas peles de urso, marrons e encharcadas, jogadas sobre um guarda-corpo de madeira. Entramos na cabana escura e esfumaçada. Lá, dois russos estavam sentados à mesa de centro diante de copos de vodca; peles de urso-negro isolavam seus pés do piso de terra batida. Uma mulher even, perto do fogo no canto do cômodo, preparava uma sopa de cabeça de salmão. A recepção foi mais para fria, mas ainda assim era uma recepção. Esvaziamos nossos copos, engolimos nossa sopa e nos jogamos sobre peles de urso fedidas que estavam no sótão de uma cabana reservada às pessoas de passagem.

Tenho que ir embora, disse Andrei de manhã. Ele acrescentou que "eles" certamente iriam vir, porque agora eles sabiam, com certeza, que nós estávamos lá. Só precisávamos esperar. Que algo acontecesse, que alguém viesse. Alguns dias depois, um homem passou a cabeça pelo vão da porta, quebrada e esburacada, e nossa espera momentaneamente chegou ao fim. Ilo. Cinquenta anos, corpo grande, ágil e musculoso, rosto enigmático sem sombra de um sorriso, olhos amendoados exprimindo doçura, encimando as maçãs de seu rosto, altas e morenas. Ilo, que veio contra a vontade de seu irmão mais velho Artium tirar-nos do acampamento de caça russo para nos fazer atravessar o rio, linha fronteiriça que cruza tranquilamente dois mundos que se ignoram.

Deixamos a embarcação para trás, amarrada numa árvore, enveredamos por baixo das trepadeiras na floresta de bétula. Atravessamos outro rio. Chegamos a um trecho de tundra.

Alcançamos outro bosque. Atravessamos um novo curso d'água. Avistamos uma cabana, uma despensa e uma iurta. Adentramos piscando os olhos em meio à fumaça. Instalamo-nos em cima das peles de rena ao redor do fogo. A chaleira negra, lambida pelas chamas, assobiou. O chá ficou em infusão silenciosamente. Ilo levantou os olhos para nós. Aqui é Manach, disse ele.

A chuva começou a tamborilar sobre a lona que cobria a iurta; novamente nos pusemos em estado de espera. Mas, dessa vez, ao contrário de todas as outras, mergulhamos nele completamente, esquecendo como tinha começado e onde terminaria. As gotas dispersas se transformaram em torrente. O torpor me dominou. Ele não me abandona mais desde que, há três dias, enfim chegamos aonde eu tanto queria ir.

Nascimento de um campo
Todos os dias de manhã, Ilo desaparece atrás da cortina de chuva para ir puxar suas redes no rio, a vinte minutos da iurta. Ao meio-dia ele volta com os braços carregados de salmão, que rapidamente prepara, metade na *apana*[5] dos cachorros, metade para nós. Fritos ou ensopados. Ilo nos fala sobre os cantores franceses que ele admira, um pouco sobre Edith Piaf, muito sobre Joe Dassin. Com a faca sobre a escama do peixe, ele nos pergunta se existem leões na França. Falamos também sobre a Terra, que gira mesmo que seja imperceptível, e do Sol que se "põe", sendo que somos nós que desaparecemos no horizonte. Chove sem parar, e é estranho sentir-se preso, discutindo assuntos improváveis que minha impaciência patológica me faz incluir na categoria de banalidades.

De manhã, fomos acordados por um chiar de vozes

---

[5] Preparação para alimentar os cachorros: tudo o que não é comido pelos humanos (restos de carne, de peixe, casca de batata etc.) cozinha a fogo lento em uma grande panela.

em um velho radiorreceptor. Ilo está deitado sobre uma pele de rena em um canto, o transmissor de rádio em uma mão, a orelha bem próxima ao alto-falante, ele escuta. Dez pacotes de chá preto Velikii Tigr Klassitcheski, cinco pacotes de café Maxim, vinte quilos de farinha, dez quilos de açúcar. Uma outra voz responde, está anotado. Põe um saco de bala também, para as crianças. E dois pacotes de cigarro. Nessa altura, eu ainda não sei quem está falando, nem de onde, entendo apenas que aquele rádio é o meio pelo qual os even de Ítcha se comunicam com o mundo exterior e fazem seus pedidos de compra àqueles que vão voltar para a floresta, que todos os acampamentos de caça, ou quase todos, estão interligados por esse rádio, e que os criadores de rena que nomadizam na região também estão. Ilo espera as vozes se calarem, depois pergunta se temos notícias da meteorologia. Alguém que está no vilarejo de Esso responde que sim, que eles viram a previsão e que o mau tempo ainda vai durar vários dias. *Igna*, diz Ilo em even. Entendido. Ele desliga o rádio, fica pensativo por um instante, levanta-se, calça as botas e novamente desaparece sob a chuva.

Artium, o irmão de Ilo, voltou ontem. A voz de autoridade no rádio em Ketatchan era a dele, nossa presença claramente o incomoda. Tenho vontade de me enfiar num buraco toda vez que ele entra na iurta, mas não há como, estou presa nesse mal-estar, forçada a sentir sua reprovação silenciosa e tentar me comportar o melhor possível para atenuar o efeito que produzimos nele. Artium é o chefe em Manach, e isso se nota, é seu acampamento de caça, sua casa, seu território. Me escoro em pensamento na doçura de Ilo; evito o máximo possível o olhar de seu irmão. A chuva continua ainda mais intensa, e eu mergulho em uma depressão profunda. Faz uma semana que aguardamos, mas estamos esperando o quê, exatamente? Ninguém sabe. Que alguma coisa aconteça, talvez.

Fico extremamente entediada. A tarde chega ao fim. Ilo remexe com indolência a *apana* dos cachorros, que cozinha a fogo lento sobre as brasas; a fumaça que escapa da chaleira sobe suavemente em direção à abertura da cumeeira. A água tamborila sobre a lona, é ensurdecedor, embrutecedor. Rabisco nos meus cadernos, não encontro nada de inteligente a dizer, estou vazia de palavras e ainda mais vazia de sentido. Escrevo: se apenas o véu de chuva insípida e morosa pudesse se atenuar, se o céu clareasse, se tudo pudesse acontecer. Não entendo nada do que escrevo. E então, subitamente, tudo muda, do nada. Ainda vejo distintamente o pedaço de iurta que se dobra para um lado do teto com um movimento brusco, o rapaz que entra com um impermeável laranja e percebe os dois jovens estrangeiros ali plantados. *Zdarova*, diz ele, com um sorriso nos lábios. Eu me chamo Ivan.

*

Como ainda chove, continuamos esperando, dormitando nas peles de rena, com uma xícara de chá nas mãos. Ivan nos fala de sua mãe, Dária, a irmã de Ilo e de Artium. Ele diz que vai nos levar à casa dela, à casa dele, em Tvaián, o acampamento de çaca mais distante, na vasante do rio Ítcha, a sessenta quilômetros daqui. Quando o tempo melhorar, quando pudermos partir. E depois vamos parar em Drakoon. É lá que vive Memme, a memória da nossa família. Memme é muito velha, muito sábia, ela viveu tudo. Artium fica contente com a lembrança de sua mãe. Sim, leve-os a Memme. Se alguém tem algo interessante para contar a vocês, diz ele, é ela.

No dia seguinte, a chuva se aplacou. Durante a noite, primos de Ivan chegaram em Manach, tudo parece ter se acelerado desde ontem, em contraste com os dias que transcorriam indistintos há várias semanas. Como os primos vinham da cidade, trouxeram consigo algumas garrafas de vodca, o que é ao mesmo tempo uma boa e uma má notícia. Nossa partida para Tvaián se faz a duras penas, ao contrário do que eu tinha imaginado. Lentamente, ao ritmo do motor que quebra e que é preciso consertar, do pneu que fura e que é preciso encher, das garrafas de álcool de batata que é preciso esvaziar, descemos o rio, sob a mirada insondável das águias-pescadoras pousadas no topo das árvores acima. Depois de várias horas de navegação (ou de deriva) e de algumas pausas em ilhotas no meio do rio para despejar a água da embarcação (e constatar que nosso equipamento fotográfico estava arruinado), chegamos a uma bifurcação. Um estreito braço de rio se descortina sob a ramagem, as costas e cabeças dos passageiros se curvam abruptamente, Ivan desliga o motor e pega os remos, flutuamos sob um túnel de folhas, todos se calam. Bruscamente, ouvem-se risos de crianças, murmúrios nos matorrais. Finalmente as vemos, apinhadas na margem, tio Vanka, tio Vanka, gritam elas para Ivan, são cinco ou seis, não lembro bem, pois revejo principalmente Klava, a tia de Ivan, que nos acolhe gentilmente apesar da sombra de preocupação que paira sobre seu rosto. Rapidamente ela nos diz que hoje não poderemos encontrar Memme porque ela está dormindo, porque está cansada e repousa na cabana. Mais tarde, quando voltarem de Tvaián, vocês param aqui, e então poderão falar com ela. Eu disse que vocês viriam, ela está de acordo. Cumprimentamos Klava e retomamos nosso caminho.

É noite quando atracamos em Tvaián, Dária espera na margem. Dária, de quem nada sei; sobretudo não sei o que ela acabará se tornando para mim; Dária que tem então sessenta anos, o rosto marcado pelas provações, mas os olhos de uma doçura infinita; Dária que aperta nossas mãos e nos diz que está feliz de nos conhecer.

*

Estamos aglomerados em torno do fogo no *atien*,[6] Ivan prepara o caviar de salmão em cuias, corta o pão fresco que sua mãe acaba de tirar do fogo, pega a garrafa embaixo da mesa, coloca copinhos de estanho à nossa frente. É uma bela noitada, navegamos em vapores de álcool e a conversa está em seu melhor momento, eles, alegres por acolher seus "primeiros estrangeiros", e nós, felizes por termos finalmente chegado aonde queríamos chegar, mesmo sem entender por que queríamos chegar ali. O medo, a impaciência, as dúvidas, tudo isso se dissipou no orvalho do rio. Matchilda, o genro de Dária, olha o fogo intensamente. Alguma coisa acaba de acontecer, ele diz. Vocês estão vendo?, ele nos pergunta. Não, eu respondo. Alguém está chegando ou alguém está indo embora, não está claro. Alguma coisa, em todo caso. *Primieta*.[7] Matchilda alimenta o fogo para que ele continue falando, mas o fogo se mantém em silêncio, não dirá mais nada esta noite. Ivan dá risada, pare com suas histórias de velho! Ele enche nossos copos, e o final da noite transcorre assim, alguém traz um velho aparelho de rádio que funciona medianamente, Charles começa a cantar, eu canto também, cantamos todos os cantos de nossas terras em todas as línguas que conhecemos e rimos às gargalhadas.

Acordo com a cabeça pesada, contente, mas não muito em forma. Saio da barraca, ando até o *atien* e empurro a porta. O fogo está apagado, não há mais ninguém. Do lado de fora,

---

6 Cozinha de verão que substitui a iurta em alguns acampamentos de caça e de pesca. A construção é de madeira, circular ou retangular. Ao centro, o lugar do fogo é aberto, e a fumaça sai por uma abertura na cumeeira protegida por um pequeno telhado afastado do telhado principal. Come-se e cozinha-se no *atien* em todas as refeições, mas há também lugares para dormir, afastados do fogo. No verão, colocam-se galhos recém-cortados sobre o telhado para refrescar a atmosfera no interior.
7 *Primieta* pode ser traduzido por "um sinal".

sopra um vento peculiar, um vento de deserto que levanta a poeira em turbilhões e agita os rolos de pasto seco. Os metais tilintam, os galhos das árvores se entrechocam. Estou tomada por um mal-estar. Desço correndo na direção do rio, vislumbro Dária pegando água. Ao se levantar, ela crava seus olhos nos meus, eles brilham, suas lágrimas correram não faz muito tempo. Pergunto com certa estupidez: o que aconteceu? Não sei, responde Dária. Mas Memme morreu essa noite.

*

De repente, penso em Ivan. Em seu tio Artium que veio buscá-lo naquele início de manhã, porque aqui o rádio está quebrado, porque naquela noite apenas as chamas falavam. Imagino que certamente ele subiu no barco com o coração culpado: naquela noite, ele não estava lá quando o coração de sua avó parou de bater. Imagino o furacão que deve devastá-lo por dentro e varrer tudo que havia de estável e sólido em seu corpo. Foi a noite em que chegamos; a noite em que a velha alma morreu junto ao rio. Mas ele, Ivan, o que ele podia fazer com o elemento exterior que se esgueirara para dentro da floresta? Ele fora a brecha, a abertura, a falha, a fraqueza; o guia. Eu ainda o imagino lembrando dos cantos, da música e, o que é insuportável, da alegria e do prazer de estar ali diante daqueles outros vindos de tão longe. Fico pensando que ele deve arder de raiva, contra ele, contra nós e contra o *fatum*, inelutável.

    Um ruído de motor no rio interrompe bruscamente minhas divagações. É Ivan que está voltando. Meu coração se acelera, espero tudo, inclusive que sejamos expulsos da floresta imediatamente. Ivan sobe o caminho curto, estou no alto, ele para na minha frente, fixa seus olhos nos meus, secos, firmes, mas sem dureza, vira a cabeça em silêncio, percebe Charles que se aproxima. Já que estão aqui, vocês virão conosco, diz ele. Vamos todos juntos enterrar a avó.

*

Em Drakoon, há um fogo aceso em uma clareira em meio às árvores, afastado de duas cabanas feitas com troncos e do *atien*. Os homens voltam da floresta com os braços carregados de madeira e rapidamente a transformam em estacas, que eles enfiam no chão, em um raio de quatro metros ao redor do fogo. Três pilares são plantados ao longo do círculo para se entrecruzarem no alto, formando vigas: a estrutura. As estacas que formam o círculo são presas umas às outras, e então o esqueleto do telhado é preenchido também. Em cerca de trinta minutos, o *otchan*, a iurta de verão destinada a alojar os membros da família, está pronto. Os parentes começam a chegar no fim da tarde e à noite, por terra, a cavalo, ou pelo rio com Ivan, que faz viagens de ida e volta para buscá-los onde estão — há apenas um barco na região de Ítcha habitada pelos even, e é o de Ivan.

De manhã, despertamos ao som de marteladas. Bem ao lado de nossas barracas, um caixão ganha forma na bruma da alvorada, Ivan martela os pregos um a um, seus sobrinhos vão lhe passando uma a uma as tábuas que fabricaram na véspera. No começo da tarde é preciso encontrar um local. Dária aponta para a colina que domina Drakoon, o rio e a floresta, ali onde Memme gostava de sentar-se. Os meninos quase adolescentes e os jovens se equipam com pás. Eu os sigo com o olhar, eu os perco, forço-me a vê-los mais de perto, tenho que fazer essa cena entrar em minha cabeça. Eles cavam em silêncio durante várias horas. Depois de um tempo, estão embaixo da terra, seus rostos enegrecidos pela poeira. Eu me lembro muito nitidamente de seus olhos, no fundo do buraco. Sem lágrima, sem sorriso, uma sobriedade infinita e mãos atentas ao trabalho.

*

Sentados em torno do fogo no *otchan*, as conversas são rápidas. Nós nos integramos sem dificuldade ao círculo, e isso é estranho, é quase como se sempre tivéssemos estado ali, naquela família, há muitos anos, como se estivesse prevista nossa presença à hora daquela morte. Dária e os seus nos apresentam aos parentes mais distantes, que chegaram na noite anterior e nessa manhã, eu esqueço seus nomes quase que imediatamente, pois são muitos, devemos ser uns cinquenta quando nos sentamos, dentro e fora, para beber um chá tardio ao meio-dia.

Ainda não sei que acabo de conhecer a quase totalidade dos moradores permanentes da floresta, e que precisaria de anos para rever a todos, pouco a pouco, em seus acampamentos de caça ou em suas respectivas criações de rena; estou longe de imaginar que essas pessoas, seus nomes, suas vidas, seus lugares e suas escolhas irão habitar meus pensamentos e as páginas dos meus cadernos durante anos.

*

As crianças revestem o caixão com tecidos coloridos e flores colhidas na tundra. Memme está na cabana, deitada sobre a cama, vestida com suas mais belas roupas, bordadas e ornadas de contas. Eu sei disso porque Dária descreveu tudo para mim, mas eu não vou vê-la, está acima das minhas forças. Não consigo enfrentar o rosto da memória do lugar que desapareceu justo quando acabávamos de chegar. Apesar da recepção inesperada e da benevolência dos membros da família conosco, sinto que o fantasma da culpa não está longe. Nesse exato momento, minha atitude está longe de ser aquela, desejável, de um pesquisador não afetado. Enfrento um sentimento difuso que me sugere que nossa presença aqui e agora, por obra e na presença da morte, não é um acaso fortuito; há algo a ser compreendido, para nós, para eles. O quê? Não tenho ideia. Percebo que minha cabeça pesa muito, não consigo mais pensar, as sinapses estão suspensas. Intuo simplesmente que esse enterro é o começo de alguma coisa, assim como o esboço, no que me diz respeito, de uma resposta possível a problemáticas que talvez eu tenha apenas vislumbrado do outro lado do Estreito de Bering, no Alasca.

*

Às duas horas da tarde, Memme deixa a cabana em seu caixão colorido cheirando a seiva, sobre os ombros de dois jovens que de manhã haviam cavado o buraco no qual ela seria enterrada. Tem início uma lenta procissão rumo ao topo da colina, encabeçada pelas crianças que levam buquês de flores. Os meninos colocam o caixão ao lado da cova, e algumas pessoas se aproximam e se debruçam sobre o rosto da avó para lhe dar um último beijo. Em seguida, sem dizer palavra, fecham o caixão com a tampa. Escutam-se choros e suspiros, discretos. Quando os jovens começam a descer o caixão com a ajuda de cordas, ouve-se a voz de um ancião: está errado, o leste não é para lá, a cabeça dela deve estar o mais a leste que for possível! Os jovens, confusos, puxam o caixão para cima e o giram no sentido contrário antes de descê-lo novamente. Melhor assim, murmura o ancião. E todo mundo aquiesce com um movimento de cabeça.

 Quando as pás são acionadas e a cova é lentamente coberta de terra, Dária acende um fogo baixo ao lado. Agacho-me não muito longe, um pouco afastada para não incomodá-la. Enquanto as chamas sobem, vacilantes e frágeis, e a fumaça começa a se desprender em suaves volutas em direção ao céu, Dária joga um pouco de comida no fogo. Depois, ela põe no meio do fogo uma agulha, linha, um dedal e óculos. Eu a escuto pronunciar uma fórmula em even, que obviamente não entendo. Em seguida, outra, mais baixo, um sussurro que se perde nas conversas dos velhos deitados sobre a relva a certa distância, com o cigarro na boca, observando alternadamente o fogo de Dária e os movimentos de pá dos jovens. Quando a cova está cheia, um grande obelisco recém-talhado é plantado na cabeceira da tumba. Todo mundo se levanta e se aproxima, cada um pega um punhado de pasto fresco e dá três voltas em torno da sepultura, no sentido horário, sem dizer uma palavra, depositando o pasto sobre a tumba ao sair do círculo.

Dária apaga o fogo, esconde sob a cinza o que sobrou dos objetos que arderam. As crianças se aproximam quando ela chama e põem suas mãos sobre a fogueira ainda morna. Fazem a mesma coisa sobre a terra fofa da tumba, em todas as partes que o pasto não cobre. A procissão se retira, suavemente, vagueia pelo caminho de volta ao acampamento. Espero um pouco para ser a última da fila, dou uma olhada para trás. Não há nada inscrito no obelisco. Cinza, madeira, pasto e vestígios de mãos na terra.

Ao empurrar a porta do *atien*, vejo os seis filhos de Memme sentados de frente para a saída, atrás do fogo, em semicírculo. Artium faz um aceno com a cabeça para mim e para Charles, convidando-nos a sentar ao lado deles. Uma caneca de ferro malhado circula, compartilhamos a vodca, um gole cada um, depois que o fogo crepitante engoliu os primeiros cem gramas. Os rostos estão sóbrios, sem sinal de tristeza exacerbada. Comemos carne de rena e salmão, falamos pouco. Mais tarde, cada um sai para se isolar, deitar-se no *otchan* ou sentar-se do lado de fora sobre troncos para fumar e conversar. À noite, os risos recomeçam ao redor do fogo, todo mundo está misturado novamente. Dária, pela segunda vez desde o nosso encontro, nos diz que está feliz por estarmos ali. Falamos de caça, de comunismo, de cavalos, de ursos, de xamãs, de lobos, de helicópteros e de renas.

*

Antes de dormir, penso na morta. Em sua cabeça que repousa a leste. Uma das conversas dessa noite me volta à memória e meu pensamento cinge as palavras, uma e outra vez. Artium nos descreveu os gestos que ele faz quando mata um urso, para acompanhar sua alma na passagem. Você pega a cabeça e, antes de mais nada, volta os olhos para o interior do crânio. A alma dele não deve seguir você quando você partir; ela não deve ver aonde você vai. Depois você volta o rosto dele para o leste e diz que amanhã ele voltará outro. Não sei se ele pronunciou essas palavras para Memme hoje mais cedo. Imagino que sim. Se ele as formula para um urso, deve também formulá-las para sua mãe. Mas não tenho ideia, e minha ignorância me exaspera. Penso no sol que nascerá amanhã de manhã atrás de seu crânio. Será que ela também voltará outra? Com que forma renascerá?

Estou deitada na iurta de uma brigada de criadores de renas a dez quilômetros de Drakoon, com outros membros da família. Esperamos a passagem de um suposto tanque desmilitarizado para partirmos amanhã, talvez, rumo à pista, à estrada, ao vilarejo e, em nosso caso, à França. Penso nesses últimos dias, dentro de mim tudo se debate numa enorme contradição: a impressão de ter encontrado alguma coisa e de tê-la perdido imediatamente, ou talvez precisamente o inverso, já não sei. Penso que tudo estava lá, naquela preparação coletiva para acompanhar Memme ao lugar para onde ela ia, seja lá qual fosse. Uma acolhida dos corpos e das almas, um envolvimento; uma delicadeza que passa pela compostura e pela sobriedade; uma economia de palavras, de gestos, mas uma plenitude dos corações.

Penso no meu pai quando ele morreu. Em tudo o que não foi, dentro daquela igreja, embaixo daquele órgão, diante daquele caixão fechado e envernizado. A sociedade moderna é doente de distância, desse abismo que ela laboriosamente cavou entre ela e tudo aquilo que ameaçava sua integridade, esses grandes "outros" aterradores porque incontroláveis, entre os quais encontram-se, na linha de frente, as seguintes abstrações: a natureza, os primitivos e a morte. Penso que, das profundezas da floresta, aquele enterro repõe as coisas no lugar ao afastar o corpo de Memme das formas de controle piramidais e hierárquicas, estatais e religiosas; ainda acho que foi a queda da União Soviética que permitiu que o inimaginável acontecesse, e será preciso explicá-lo. Analisar em minúcias como esse pequeno coletivo even, sucessivamente contaminado, exterminado, espoliado, depois subjugado pelos colonos e, finalmente, por essas mesmas razões, esquecido da grande história, soube aproveitar a crise sistêmica para recuperar sua autonomia. Esse enterro é minha epifania de pesquisadora, ele resume o começo e o fim da minha pesquisa em um mesmo movimento. Eu sorrio no escuro, meu peito sobe e desce no mesmo ritmo das respirações ao redor. Adotar um lugar, cavar você mesma o solo para colocar o corpo do ser amado, nomear os objetos para se separar deles e reunir os vivos em torno do vazio é escolher qual forma lhe dar. Isso é *formar o vazio*. Formar um corpo em torno do vazio. Não para preenchê-lo, mas para torná-lo significativo. As mãos que se ocupam da madeira, da terra, do fogo, das cinzas, são maneiras de recriar o coletivo em torno do que há de mais incerto e incontrolável, de não humano e misterioso: a morte. Roubaram de nós nossos mortos, penso novamente um pouco antes de adormecer. Ninguém roubou Memme. Eu vou voltar, tenho que voltar, é aqui que isso continua. Em seguida, desfaleço.

Tvaián, agosto de 2019
Estamos sentadas no *atien*, eu e Dária. São cinco da manhã, o chá fumega em nossas mãos. Nós amamos esses momentos de intimidade, na alvorada, quando ainda não há ninguém acordado. No verão, é no começo da madrugada que falamos das coisas do invisível. Nesses últimos anos, evocamos muitos seres, rememoramos muitas situações, invocamos muitas histórias. Sempre afinadas com o clima que faz lá fora, o frio glacial do inverno, a tempestade de outono ou a bruma primaveril. Mas por um motivo que ignoro, nunca ousei falar com Dária sobre o enterro de sua mãe, que no entanto prefigurou nosso encontro e lhe deu, desde os primeiros momentos, uma tonalidade particular.

Essa noite, sonhei com os mortos e Dária também, eles foram nossas primeiras palavras sussurradas ao despertarmos. Os pensamentos engatinham em minha cabeça, chocam-se contra as paredes do meu crânio. Faz cinco anos, sussurro quase que para mim mesma. Levo a xícara aos lábios, dou um gole, está pelando, com dificuldade levanto os olhos do fogo para fixá-los em Dária. Diga-me, Dacha. O que você disse a Memme quando colocou a linha, o dedal e os óculos no fogo, no dia em que a enterramos? Dária sorri. Quando você chegar, irá fazer um belo vestido para você. Ela continua: você sabe, nós somos nômades. Hoje estamos aqui, amanhã em outro lugar. Precisamos, então, nos virar com o que há. Pegamos um pouco de tudo o que utilizamos no cotidiano. Um pouco de carne, um pouco de sal, fósforos, juntamos tudo isso. Depois damos ao fogo, à guisa de oferenda. Porque, dessa forma, Memme chega no outro lugar com presentes garantidos; pode partilhá-los com os antepassados. Tudo o que esteve com ela em sua vida ela levou consigo para o além. Você entende? Sim. Ela continua: Memme foi a única que enterramos na floresta nos últimos tempos. Desde a coletivização, enterra-se no vilarejo. Mas para Memme, tanto quanto para nós, isso estava fora de questão. Não pedimos autorização. Fizemos, ponto final. No meu caso, você sabe, vai ser igual. Dária leva a xícara de chá aos lábios, bebe um gole e suspira suavemente. Memme era engraçada. Ela gostava muito de piada, de besteira. Aquela comemoração teve a cara dela. Antes de morrer, ela falou com cada um dos filhos. E com seus netos também. Para cada um ela mandou uma mensagem. Eu disse que ficaríamos bem. Que obedeceríamos ao que ela nos tinha dito.

Dária pega o atiçador e empurra para dentro as chispas incandescentes que se distanciam da fogueira. Fico pensativa. Mas me conte mais, por favor. Você falou uma última coisa antes de apagar o fogo. Está lembrada? Sim. Ela abaixa os olhos para as chamas, e sussura. Não olhe para trás. Vá em frente. Você estará bem no lugar para onde vai. Ela levanta o olhar para mim. Você sabe, às vezes acontece de as pessoas morrerem umas atrás das outras. Foi para evitar isso que escolhi aquelas palavras.

Primeira parte
Espelhos na Beríngia

> Pois, de fato, aos seres que une enquanto opõe, a simetria oferece o meio mais elegante e mais simples de aparecer um ao outro como semelhantes e diferentes, próximos e distantes, amigos ainda que inimigos de certo modo, e inimigos sem deixar de permanecer amigos. Nossa própria imagem, contemplada num espelho, parece tão perto de nós que podemos tocá-la. E, no entanto, nada é tão distante de nós quanto esse outro si mesmo, pois um corpo imitado até os mínimos detalhes reflete-os todos invertidos, e cada uma de duas formas que se reconhecem uma na outra guarda a orientação primeira que lhe reservou o destino.
>
> CLAUDE LÉVI-STRAUSS, *Antropologia estrutural* II

INTRODUÇÃO

Por que Kamtchátka? Por que escolher essa península como ponto de comparação para minha pesquisa de campo alasquiana, por que essa região em vez do território tchuktchi, por exemplo, separado do Alasca pelos meros cinquenta quilômetros do (agora marítimo) Estreito de Bering? Confrontar uma região vulcânica de florestas pluviais com as extensões planas da taiga subártica, será uma boa ideia? Os even, que são historicamente criadores de renas, como contraponto aos gwich'in, de tradição caçadora-coletora? A comparação Alasca-Kamtchátka parece à primeira vista ser um desvio enorme e bastante perigoso.

Mas pouco importa, eu adoro as acrobacias e, acima de tudo, tenho uma forte inclinação pelas contingências históricas, principalmente aquelas que, com o passar do tempo, acabam por exceder a categoria das ditas "contingências". Uma das histórias que movem meu desejo de comparação etnográfica começa, de forma bastante corriqueira, aqui: os primeiros colonos do Alasca não são americanos, mas russos; o *far west* atraente e aterrador do Alasca americano era inicialmente um *far east* misterioso e promissor para os russos; seus primeiros "descobridores" não saem de Tchukotka, mas de Kamtchátka. Em 1725, Vitus Bering comanda uma primeira expedição que devia se lançar ao encontro da fantasmagórica *bolcháia zemliá*, a "grande terra" desconhecida que alimentava os sonhos dos navegadores desde 1648, quando o cossaco Semion Dejnióv voltara da Kolimá cheio de rumores vagos colhidos entre os tchuktchis acerca da existência de outro mundo a leste dos mares.[8] Bering e sua equipe fracassam e descobrem "apenas", em 1725, o mar de Okhótsk e o estreito ao qual o explorador daria o seu nome, a antiga *land bridge* submersa que no século XX se tornaria um dos pontos nodais das tensões entre os dois grandes blocos do Ocidente. É apenas em 1741, depois de ter fundado o primeiro assentamento de Petropávlovsk (hoje capital da península), que Bering lança uma segunda expedição partindo de Kamtchátka,[9] e dessa vez consegue aportar no Alasca, nas ilhas Aleutas. O Alasca permaneceria russo até 1867, antes de ser comprado pelos americanos pela módica soma de 7 milhões de dólares.[10]

Como no Alasca, é a necessidade geopolítica de reservar "espaços vazios" que explica o isolamento de Kamtchátka até o início dos anos 1990.[11] De zona militar proibida, servindo para estocar submarinos russos e para testes de armamento pesado até a implosão da URSS em 1991, a península se transforma, no fim do século XX (como seu vizinho americano) em um ícone de natureza selvagem nos discursos do governo e nos imaginários dos cidadãos. Simultaneamente,

[8] Ver R. Campbell, *In Darkest Alaska, Travels and Empire Along the Inside Passage*. Filadélfia: University of Pennsylvania Press, 2007.
[9] Da qual participa S. P. Krachenikov, autor da primeira etnografia de Kamtchátka, *Histoire et description du Kamtchatka*. Amsterdã: edições Rey, 1770.
[10] Ver N. Martin, *Les Âmes sauvages*. Paris: La Découverte, 2016.
[11] Ver A. D. King, "Reindeer Herders' Culturescapes in the Koryak Autonomous Okrug", in E. Kasten (org.), *People and the Land, Pathways to Reform in Post-Soviet Siberia*. Berlim: Dietrich Reimer Verlag, 2002, p. 66.

torna-se também um gigantesco reservatório de recursos naturais prontos para serem explorados, sem, no entanto, perder sua condição de posto avançado de vigilância do outro bloco. Em muitos sentidos, o *far east* de Kamtchátka é para os russos o que o *far west* do Alasca é para os americanos, sua imagem espelhada, invertida. A midiatização atual e popular desses territórios o confirma: os políticos russos, como os americanos, se apresentam regularmente como defensores fervorosos da natureza selvagem quando se dirigem aos meios de comunicação e a seus concidadãos, porque o peso simbólico da ideia do selvagem que eles veiculam e associam a essas regiões emblemáticas — o Alasca para a América, Kamtchátka para a Rússia — confere-lhes uma legitimidade "natural" sobre a qual se apoiar para implementar, paralelamente, políticas de extração de recursos — petróleo, gás, metais, mas também recursos pesqueiros e florestais — indispensáveis para suas economias nacionais.

Desde o fim da Guerra Fria, os territórios do Alasca e de Kamtchátka continuam a sintetizar de maneira exemplar as grandes tensões que atravessam a modernidade industrial — dos conflitos políticos de Estados rivais que estão frente a frente, passando pelas problemáticas de exploração e pela proteção do acesso aos recursos, até as perturbações ecológicas que abalam os ecossistemas preservados e selvagens que eles supostamente deveriam resguardar. Por fim, e é precisamente em razão desse aspecto que meu projeto comparativo foi possível, Kamtchátka abriga também coletivos autóctones que ainda vivem segundo regras distintas das nossas, depositários de outra história, ainda que irremediavelmente compartilhem a nossa há três séculos. Existem três grandes coletivos autóctones em Kamtchátka: os coriacos, os itelmenos e os even.[12] Os coriacos da costa são

---

12 Os nomes dos coletivos autóctones de Kamtchátka (etnônimos) são em sua maioria exônimos, isto é, denominações externas atribuídas às populações. Além disso, esses exônimos não são estáveis, e variaram ao longo do tempo (os coriacos

historicamente caçadores de mamíferos marinhos, e os do interior, criadores de renas. Hoje, eles são aproximadamente 7 mil em toda a península. Sua língua é aparentada à família linguística tchukotko-kamtchatkianas, como a dos itelmenos. Estes últimos, de tradição caçadora-coletora, são apresentados como os primeiros habitantes de Kamtchátka. Hoje em dia, restam pouquíssimos falantes, e a maioria deles há muito está mesclada com os russos. No século XVIII, os coriacos e os itelmenos foram amplamente dizimados pela chegada dos cossacos, seu número reduzindo-se drasticamente pelo efeito combinado das epidemias e dos extermínios. Finalmente, os even, falantes de uma língua da família tungúsica-manchu, são criadores de renas que vieram do maciço de Altai, nomadizando junto a seus animais. O etnônimo *even*, que substituiu *lamut* ("gente do mar"), muito usado pelos russos e pelos even, não tem muito a ver com a maneira como eles mesmos se chamam: os *orótchel* (*orótch*), isto é, "gente da rena". Como os cossacos, e às vezes até mesmo com eles, servindo-lhes de guias, desceram para a península de Kamtchátka no decorrer do século XIX. Contam-se 19 mil evens em toda a Sibéria, cerca de 3 mil em Kamtchátka e não mais de mil na região de Bystrinski.[13]

---

e os itelmenos foram, assim, chamados pelos russos de *kamtchadal* desde a conquista de Kamtchátka. Os etnônimos geralmente são adotados pelas populações que eles designam, razão pela qual os etnólogos continuam utilizando-os. Uma atitude alternativa pode ser: impor uma autodenominação — um endônimo —, como fizeram os gwich'in para substituir os termos kutchin e loucheux que os designavam anteriormente. Não é o caso em Kamtchátka, e os even, que chamam a si mesmos de *orótchel* (*orótch* no singular) — pronunciado "orechi, orech'" — utilizam, não obstante, na maioria das vezes o etnônimo *even* para designar seu coletivo. Nesse texto, opto por utilizar a notação anglo-saxã, por não marcar o plural e não adjetivar esses nomes, como fiz no caso do gwich'in. O francês utiliza mais habitualmente os termos "koriak(s)", "itelmène(s)" e "évèn(s)" para designar esses coletivos autóctones.

[13] J. Robert-Lamblin, "Ethno-histoire récente et situation contemporaine des Évènes de la région Bystrinskij (Kamtchatka central, Extrême-Orient russe, 2004)", *Revue d'études comparatives Est-Ouest*, 2011/4 (nº 42), pp. 107-47.

1.
IN MEDIAS RES

Em junho de 2014, quando Charles Stépanoff e eu partimos para realizar um primeiro campo exploratório em Kamtchátka, temos apenas uma vaga noção do que vamos encontrar ao chegar, e nenhuma ideia do coletivo autóctone com o qual vamos poder trabalhar. Quem escolher, e por quais motivos? Todos, caçadores-coletores ou criadores de renas, foram sedentarizados nos colcozes durante o período soviético como parte da coletivização dos modos de vida e dos recursos, e a maioria deles continua *a priori* a viver nas cidades, ou vilarejos, que substituíram os colcozes depois do colapso da URSS. Bom, como é preciso começar de algum lugar, partimos rumo a Esso, onde coabitam representantes de cada um dos coletivos presentes em Kamtchátka, ali onde termina a única estrada que atravessa a península, cerca de seiscentos quilômetros ao norte de Petropávlovsk. Exceto por nossos respectivos conhecimentos, que conformam nosso olhar — as cosmologias e práticas dos caçadores-coletores gwich'in no Alasca para mim, os criadores de renas tuvanos na Sibéria central para Charles, as histórias coloniais pelas quais eles pagaram o preço e o modo como, atualmente, são assimilados pelos Estados que os governam — não temos muitas pistas iniciais. No mais, para orientar nossa investigação, persiste essa ínfima intuição, com a qual há vários meses venho atormentando Charles: existe necessariamente um coletivo autóctone que respondeu à crise sistêmica de 1991 por meio de uma escolha existencial drástica, implicando o abandono das estruturas estatais nas quais antes estavam inseridos.

Em Esso, por não saber precisamente com quem falar, decidimos encontrar o máximo possível de pessoas, coriacos, itelmenos, russos e even, criadores de renas, diretores de museus, empregados da prefeitura, trabalhadores da construção, construtores de estradas, caçadores, pescadores, guias turísticos, empregados do parque nacional, professores em atividade, aposentados, médicos, donos de mercearias, dançarinos, cantores, escultores... vale tudo e a qualquer hora do dia. Nossa ideia é simples: entender algo da situação aqui implica desemaranhar um por um os fios desse mundo híbrido; como de costume, nossa investigação começa *in medias res*, em meio às coisas de um mundo intrinsecamente indisponível, único método relativamente válido para tentar vislumbrar as dinâmicas que ligam as pessoas ou as separam, entender as questões históricas e políticas que constituem o mundo em comum que eles habitam e que lhe dão sua textura atual.

Um dos encontros mais marcantes desses dias aconteceu em uma noite de chuva. Exaustos depois de um novo dia de entrevistas que não trouxera os frutos esperados, Charles e eu estamos sentados na varanda coberta do Paramuchir, um hotel-restaurante muito apreciado pelos turistas que visitam Esso e que dispõe do único bar aberto à noite, razão da nossa presença aqui. Ao nosso lado, um homem de uns cinquenta anos também beberica uma cerveja, e como somos os três únicos clientes, com bastante naturalidade começamos a conversar. O homem se chama Ukatch, é coriaco e vem de Tiguil, uma cidadezinha ao norte. Quer dizer, mais precisamente, ele nos explica imediatamente à guisa de introdução, foi para lá que foi levado de helicóptero aos sete anos de idade para ir à escola e "esquecer sua língua", segundo ele. A partir dessa idade, ele não pôde mais voltar ao acampamento de seus pais, muitas centenas de quilômetros ao norte, na tundra, a não ser nos meses de verão. Ele nos diz que está aqui a trabalho: participa dos serviços de manutenção do etno-parque do museu de Anavgai, uma cidade quase integralmente habitada por evens e coriacos, situada dez quilômetros ao norte de Esso. Esse etno-parque foi criado em 1986 com o objetivo de preservar as tradições autóctones; ele funciona hoje graças a um financiamento público municipal e tem pouco mais de uma dezena de empregados. Seu "serviço turístico" fica aberto sobretudo no verão, e a ideia é apresentar aos visitantes os rituais, as danças e os cantos tradicionais, assim como a cultura material, os objetos rituais, as indumentárias e as ferramentas de trabalho. No inverno, o ateliê de fabricação de tais objetos e vestimentas atinge seu auge; no verão, embora continuem a fabricar, a prioridade é a apresentação e a representação da cultura para os turistas. Com o passar das horas e dos copos que se esvaziam, Ukatch faz um esboço em meu caderno de todos os objetos que confecciona, dos trenós de madeira tradicionais dos criadores de renas coriacos às raquetes de neve e mesmo aos tambores xamânicos. Estes últimos, ele diz, são muito apreciados pelos turistas, e acontece muito de eles os comprarem a bom preço e levarem para suas casas, pendurarem na parede ou, ainda, praticarem eles mesmos diversas formas de rituais neoxamânicos — esta última palavra não é dita por Ukatch, mas por mim. Ele diz que existe coisa pior, e na realidade se considera sortudo por poder continuar a ocupar suas mãos fabricando as ferramentas que seus pais lhe ensinaram a manipular na estepe junto às renas. Simplesmente, esclarece, nada do que ele fabrica é realmente utilizado: é exposto no museu ou sai em algumas ocasiões especiais, como as festas tradicionais —

aliás, ficamos sabendo nessa noite que o ano-novo even vai acontecer daqui a alguns dias, não longe de Anavgai.

Já tarde da noite, a chuva tamborila sobre o teto e a tristeza sobe aos olhos de Ukatch. Há alguns anos, conta ele, um governador de Kamtchátka decidiu montar uma *yaranga*[14] na grande rotatória que fica na saída de Petropávlovsk. Ele e outros se dedicaram à montagem por vários dias. Mas na mesma noite em que a *yaranga* fica pronta e é instalada no meio da mencionada rotatória, o governador muda de ideia e pede para que seja retirada imediatamente. Ukatch se lembra do estado avançado de ebriedade em que se encontrava o governador quando veio inspecionar os trabalhos terminados: não, uma *yaranga* não poderia ser o símbolo distintivo de Kamtchátka. Eles a desmontaram durante a noite. Algumas semanas depois, era possível ver no centro da rotatória três gigantescas esculturas de ursos.

Nossas visitas ao etno-parque de Anavgai nos dias seguintes e o ano-novo even que presenciamos — um cenário num extenso campo, danças, cantos even e itelmenos, escultores e fabricantes de pequenos objetos à venda em barraquinhas, um governador pronunciando um discurso sobre a importância da patrimonialização das culturas indígenas na Rússia e, finalmente, operadores turísticos russos vendendo aos turistas temporadas que combinam *wilderness* vulcânica com folclore local — acabaram me deprimindo. Não entendi logo de saída o porquê desse estranho sentimento que me atormentava; era como se, embaixo de todo esse verniz cultural ostensivo e bajulador, uma profunda dissonância ressoasse em meus ouvidos. Foi apenas ao cabo de longas discussões com Charles que essa experiência começou a se esclarecer: estávamos chegando perto de algo fundamental para a continuação da nossa pesquisa de campo — e, quanto

---

[14] Habitação móvel circular típica de muitos povos autóctones no norte da Sibéria; Ukatch usa o termo de maneira intercambiável com "iurta".

a mim, para a continuação das minhas pesquisas em geral. Efetivamente, esses primeiros tempos passados em Kamtchátka seriam marcados por descobertas menos etnográficas e cosmológicas do que institucionais e políticas.

Começa assim: todo dia, no decorrer de nossas conversas com uns e outros, no contexto dos museus, dos teatros, do etno-parque ou do ano-novo even, oscilo entre a fascinação e a consternação diante das falas que registramos. As pessoas nos falam de sua "cultura" de maneira aberta, mas não é só isso: com bastante frequência, mencionam as almas dos animais que esculpem ou representam em suas vestimentas em vista dos espetáculos destinados aos turistas, e esmiúçam os cantos e as danças que executam para nós. Suas maneiras de expor as tradições são fluidas, organizadas, não estorvadas por nenhuma censura, seja de ordem governamental ou interior — como acontece quando as próprias pessoas não se permitem sustentar um certo registro de discurso. Meu espanto aumenta ao me dar conta de que Charles não está nada surpreso com essa desenvoltura e essa vontade de compartilhar as formas culturais, aliás, ele acha que é até normal, e que é relativamente parecido com o modo como ele registrou muitos dados etnográficos em Tuva, na Sibéria central. Quando estávamos varando uma longa distância de ônibus em uma estrada esburacada, tentei explicar para ele os motivos do meu espanto — um espanto que, quisesse eu ou não, ia se transformando em irritação patológica.

Tendo trabalhado no Alasca durante muitos anos, digo a Charles que sei (quer dizer, que eu achava que sabia) que é impossível falar sobre xamanismo abertamente, e que as almas dos outros que não são humanos são, na maioria das vezes, confiadas ao silêncio dos não-ditos. Além disso, no caso dos gwich'in, as vestimentas tradicionais desapareceram consideravelmente da vida cotidiana, assim como as ferramentas técnicas características do período anterior ao contato. Poucos objetos e poucas palavras, poucos sinais visíveis de uma ontologia diferente, razões pelas quais fui levada em *As almas selvagens*[15] a "desinstitucionalizar" o animismo do Alasca para entendê-lo, a restituir sua forma metastável para compreender sua eficácia atual. Mas não se trata de dizer que os gwich'in não se pronunciam sobre alguns temas em contextos de representação oficial. Explico a Charles que eles manifestam midiaticamente uma verdadeira resistência ao governo americano e a seu controle do território, que a maioria dos debates e discursos que lhes interessa *publicamente* é de ordem ecológica, e gira em torno principalmente das políticas territoriais. Ao contrário, e isso não deixa de me impressionar ao chegar a Kamtchátka com a minha "bagagem alasquiana" na cabeça, os indígenas de Kamtchátka, até onde podemos dizer no início do nosso estudo de campo, são muito loquazes quando se trata de falar de sua cosmologia e preenchem seus discursos com os animais que representam. Do mesmo modo, todos os aspectos materiais das tradições estão muito mais bem preservados do que no Alasca, eles ainda fabricam objetos rituais, trajes de dança, ferramentas de trabalho destinadas às práticas envolvidas na criação de renas e assim por diante. Porém, eles permanecem coletivamente em silêncio quanto à instituição política que os rege, quase dóceis, apesar das formas de exclusão e de expropriação que enfrentaram e que ainda estão na ordem do dia. Os objetos culturais, as formas cantadas e dançadas são muito mais visíveis no cotidiano, mas, ao contrário do que acontece no Alasca, são as políticas de Estado com relação à organização da gestão territorial (da apropriação de recursos à proteção ambiental) que são ocultadas. As problemáticas políticas relativas a "o que fazer com a terra" não são mencionadas, ou, em todo caso, ficam relegadas à autoridade decisória exclusiva do governo. São os aspectos folclóricos que terminam por "qualificar" essas sociedades, invadindo a cena midiática na qual os autóctones se mostram ao mundo exterior.

15 N. Martin. *Les âmes sauvages: face à l'occident, la résistance d'un peuple d'Alaska*. Paris, La Découverte, 2016. [N.E].

Charles e eu nos olhamos, aturdidos. Não, ele nunca tinha pensado nisso; sim, existe realmente algo a ser dito sobre essa inversão quase perfeita demais para ser verdadeira, e que imaginamos — antes mesmo de mergulhar em uma análise histórica — ser estrutural, reveladora de políticas diferentes de assimilação dos indígenas nos dois lados do Estreito de Bering. Nesse instante, lembro-me de meu primeiro ano de estudo de campo no Alasca. Eu tinha desejado tão intensamente chegar logo a uma cosmologia plenamente animista — uma cosmologia que me falasse sobre relações com os não humanos *realmente* diferentes das minhas —, que a desilusão não podia ter sido mais brutal. Fui obrigada, pela situação ecológica, a me interessar em primeiro lugar pela relação dos gwich'in não com as almas dos animais que eles caçavam, mas com a história colonial, com a modernidade industrial e os desastres ecológicos que dela resultaram, situações que enfrentaram simultaneamente, e sobre as quais, logicamente, tinham vontade de falar. Adeus às viagens xamânicas embaixo do mar ou rumo à lua! Eu iria claramente escrever uma tese sobre história colonial. Felizmente para mim, ela acabou constituindo um longuíssimo desvio pelo qual foi preciso aceitar passar, acrescido em seguida do estudo das políticas de Estado quanto à exploração e/ou a proteção do meio ambiente. Foi apenas muito depois que pude reconstituir os frágeis fios de uma resposta animista assentada em uma prática, e também das histórias que, elas sim, continuavam divergindo em relação às expectativas do governo americano quanto à "boa maneira" de ser um indígena assimilado, participando adequada e ativamente do projeto societal.

Naquele dia no ônibus, sentada ao lado de Charles, eu me dou conta de que está acontecendo exatamente a mesma coisa aqui, embora nossa pequena descoberta me pareça mais abissal e, portanto, mais aterrorizante. Não, os indígenas que foram para a floresta para reinventar práticas e alimentar novamente uma cosmologia que era tida por desaparecida não se "entregarão por conta própria" a mim;[16] sim, mais uma vez, será necessário fazer o esforço de passar pela história colonial e pelas estruturas estatais, nem sempre muito receptivas, às quais os protagonistas desses "outros mundos" foram integrados à força, para só depois poder me aproximar deles mais de perto. Mas e daí? Eu não tinha desejado tanto uma ampliação da compreensão das dinâmicas operantes naquele dia de inverno nevado embaixo do radar na floresta de Fort Yukon? Eu não tinha sentido, já havia vários anos, que uma comparação trans-beríngica era indispensável para melhor compreender as *razões* de cada coletivo de um lado e de outro da cortina de gelo? O momento chegou. Ele não é tão grandioso quanto eu tinha imaginado, mas débil, irritante e desconcertante; ao menos ele tem o mérito de se perfilar, e será preciso esmiuçá-lo, desenvolvê-lo o máximo possível antes de pensar em abandoná-lo para avançar mais.

O paradoxo que nos atinge em cheio em junho de 2014 exige uma única coisa de nós, antropólogos franceses profundamente marcados pela virada ontológica de nossa disciplina: temos que deixar de lado as tais ontologias, ao menos por ora; temos que refletir sobre a natureza da intervenção do poder colonial no modo como os indígenas se oferecem ao olhar e ao pensamento que vêm de fora.

---

16 Penso na ideia do *"they give themselves"* (eles se dão por conta própria), característica das cosmologias do Grande Norte, segundo a qual os animais oferecem voluntariamente suas vidas aos caçadores. Por extensão, tendo a pensar que os antropólogos especialistas nos coletivos dessas regiões estão às vezes tão impregnados dessa concepção das relações de predação que esperam a mesma coisa das suas presas, isto é, os discursos dos humanos que eles perseguem até nas mais distantes paragens.

2.
CULTURA RUSSA, NATUREZA AMERICANA

Como sabemos, toda colonização tem por objetivo pôr à disposição os seres e as coisas das áreas sitiadas, com o fim de tornar mais eficaz a exploração dos recursos cobiçados. No Grande Norte, como em toda parte, foi indispensável garantir, se não a plena e completa colaboração dos povos que habitavam as terras ocupadas, ao menos a sua pacificação. Como submeter esses inoportunos da maneira mais consensual possível? Eis aí, certamente, uma das grandes perguntas que se fazem os atores do projeto colonial.

No Império Russo e até a Revolução de 1917, as populações indígenas eram qualificadas de *inoródtsi*, "alóctone", isto é, eram entendidas como estrangeiras ainda que fisicamente situadas no interior do império. Essa concepção de exterioridade indiscutível dos indígenas com relação aos russos facilitou formas de sujeição radicais, sem que fossem necessárias grandes justificativas. Da mesma forma, na América, a longa história colonial mostra que não houve preocupação, durante vários séculos, com os "danos colaterais" que constituíram as milhares de mortes de autóctones e a destruição sistemática dos meios de vida produzidos pela conquista do Oeste. Mas, na virada do século XX, o discurso colonial não tem escolha a não ser transformar-se radicalmente: torna-se cada vez mais difícil, com o peso da história, continuar a exterminar todos aqueles que atravessem o grande curso da evolução e do progresso, entravando, com suas meras existências, a produção de recursos necessários à manutenção dos impérios. No interior da União Soviética e depois da revolução, os "proletários indígenas" são revalorizados, atribuindo-se a eles um lugar reconhecível e aceitável: seus destinos devem ser integrados ao próprio projeto comunista para fazer deste um todo coerente. Do lado americano, no momento de estabilizar e legalizar o acesso aos recursos naturais no Alasca — último *far west* a ser conquistado —, a experiência das reservas indígenas nos *lower 48* não pode mais perdurar tal como está: decide-se inventar um novo sistema no interior do qual os indígenas se tornarão — enfim — os artesãos produtores de riqueza natural e fiduciária que nunca foram. De ambos os lados do Estreito de Bering, e contrariamente ao caminho de subjugação seguido no passado, os governos se dão como objetivo fazer os povos indígenas participarem de um projeto comum na condição de atores voluntários de sua integração e/ou submissão. Os legisladores da colonização moderna agora dão mostras de habilidade para integrar *todos* os cidadãos, e isso passa, entre outros aspectos, pela necessidade de reservar um lugar tolerável para os coletivos indígenas que habitam suas colônias, tornadas Estados de direito.

É a partir dessa situação que minhas primeiras perguntas afloram: que contrastes é possível estabelecer entre as políticas de assimilação russas e americanas dos coletivos indígenas de Kamtchátka e do Alasca? Quais foram as ferramentas específicas criadas pelos governos com vistas a assimilar o mais eficazmente possível as sociedades indígenas que viviam nas terras mais distantes dos centros nevrálgicos de seus Estados, nas margens e nas beiras dos territórios ocupados, de um lado e de outro do Pacífico Norte? Para abordar esses questionamentos, tomemos como ponto de partida uma oposição entre duas instituições dedicadas à integração dos povos autóctones no âmbito da modernidade tardia: a companhia folclórica, do lado soviético; e a corporação, do lado americano.

Cultura russa: as formas culturais em espetáculo
No distrito de Bystrinskij, em Kamtchátka, onde começamos nossa pesquisa de campo, a companhia Nurgenek foi criada em 1972 pela iniciativa de Gueórgui Guérmanovitch Pórotov, escritor e antigo diretor da casa de cultura de Mílkovo e de Palana. Ele é o autor das obras interpretadas em todas as casas de cultura de Kamtchátka e idealizador da criação de outras companhias, como Mengo (coriaca) e Elvel (itelmena). No que diz respeito aos even, havia a companhia de crianças Oriakan. A ideia era então criar grupos folclóricos indígenas variados, mas roteirizados segundo um modelo padronizado e com a ajuda de profissionais estrangeiros (a companhia Mengo, por exemplo, é dirigida por um coreógrafo ucraniano). A maior parte dos autóctones que cresceram nos antigos colcozes de Esso ou de Anavgai passou por essas companhias, e é raro encontrar criadores ou caçadores que não tenham tido, quando pequenos, uma experiência como bailarinos e/ou cantores.

A origem da valorização e da espetacularização da diversidade cultural na URSS é histórica. Uma citação de Stalin, de 1925, dá prova disso:

> É igualmente certo que a cultura proletária, socialista por seu conteúdo, ganha diversas formas e meios de expressão entre os diferentes povos engajados na construção do socialismo, em função da diferença de suas línguas, de seus modos de vida e assim por diante. Proletária por seu conteúdo,

nacional por sua forma, assim é a cultura humana universal para a qual tende o socialismo. A cultura proletária não anula a cultura nacional, mas lhe confere seu conteúdo. E, ao contrário, a cultura nacional não suprime a cultura proletária, mas lhe dá sua forma.[17]

Esse enunciado expressa bem a "tecnologia colonial"[18] característica do projeto socialista da época, cujos efeitos continuam a ser sentidos hoje. As culturas indígenas devem ser consideradas como as tantas línguas ("meios de expressão") que, no concerto coletivo de sua diversidade aparente, transmitem uma mesma mensagem essencial. A exibição da multiplicidade dos caracteres nacionais se torna, com essa concepção, a prova da validade universal do socialismo.

Se as culturas indígenas do Norte ainda são consideradas, nos anos 1920, como arcaicas e selvagens,[19] isso significa que devem ser modernizadas para se tornarem autênticas "culturas cultivadas", em paralelo à progressão da "população" (*narodnost*) rumo ao estatuto de "nação" (*nátsia*). Isso implica, por um lado, um processo de seleção das "boas tradições" e, por outro, de estandardização. As tradições culturais devem ser habilmente selecionadas: as que podem ser dissociadas da práxis para se tornarem exclusivamente formais serão conservadas, enquanto aquelas consideradas "religiosas" demais e/ou pertencentes a modos de organização concretos das relações com o mundo deverão ser eliminadas. Uma "boa tradição" se torna uma tradição passível de ser purificada de um conteúdo de práticas encarnadas que produzem efeitos concretos sobre os seres que habitam um meio particular. As danças, os cantos,

---

[17] F. Bertrand, *L'Anthropologie soviétique des années 20-30. Configuration d'une rupture*. Bordeaux: Presses universitaires de Bordeaux, 2002, p. 44.
[18] Ver F. Hirsch, *Empire of Nations: Ethnographic Knowledge and the Making of the Soviet Union*. Ithaca: Cornell University Press, 2005.
[19] Y. Slezkine, «The USSR as a communal apartment, or how a socialist state promoted ethnic particularism», *Slavic Review*, 53, 2, 1994, pp. 414-52.

as performances com máscaras, isto é, todos os elementos que compõem as práticas rituais destinadas a outros não humanos, com os quais havia uma disposição para o diálogo, devem ser *esvaziados* de suas relações — que lhes conferiam uma razão de ser — para se converterem em formas puras, sendo assim, restritos ao âmbito da representação "artística" de tais rituais. Em suma, o fundo das práticas (as relações interespecíficas estabelecidas nos e pelos rituais) deve ser hipotecado em benefício da forma (dar a ver um ritual dissociado dos efeitos que ele deveria produzir sobre o mundo). Essas políticas soviéticas visam validar uma distância cujo abismo ainda hoje bordejamos: o "cultural" deve ser separado do "social" para se tornar uma simples forma de expressão, e não mais uma maneira particular de organizar relações com o mundo. O "social" passa a depender de uma gestão do Estado (o fundo), e as culturas, apreendidas de um modo unicamente representacional (a forma), permanecerão, em seu inofensivo universo colorido, como o apanágio dos autóctones.

Assim, foram criadas em Kamtchátka, como em todos os outros lugares na URSS, diferentes instituições destinadas a fundar e estabilizar uma "diversidade cultural" amarrada ao fundo comum socialista: as casas de cultura, assim como as companhias de música e de dança de inspiração folclórica, são ótimos exemplos disso.[20] Essas instituições são aplicações de um modelo de inspiração russa, que se reproduz em cada uma das repúblicas da União: os folclores nacionais são apresentados como variações locais de uma série fixa e supostamente universal de "artes" concebidas como espetáculos (a música, o canto, o balé, o teatro, o circo etc.).[21] As exigências ligadas à apresentação em salas

---

20 B. Donahoe e J.O. Habeck (orgs.), *Reconstructing the House of Culture: Community, Self, and the Makings of Culture in Russia and Beyond*. Oxford: Berghahn Books, 2011.
21 M. Frolova-Walker, "'National in form, socialist in content': Musical nation-building in the Soviet Republics", *Journal of the American Musicological Society*,

de teatro e o espírito de emulação entre os povos estimulado pelos festivais e concursos internacionais (o conjunto coriaco Mengo, por exemplo, ganhou o Festival Internacional da Juventude e dos Estudantes em Berlim, em 1973), assim como as exposições de arte tradicional (nas quais vinham expor muitos artistas pertencentes a diversos grupos autóctones, como os coriacos e os even de Kamtchátka)[22] geram uma estandardização das práticas: elas devem ser aceitas pela maioria e, sobretudo, por aqueles que não têm nenhum conhecimento dos seres e do meio relacional específico de que trata, por exemplo, uma performance dançada e/ou cantada. Essa estandardização passa necessariamente pela redução dos detalhes e das variações de relações que permitiam a emergência de um diálogo interespecífico, assim como pela abolição da improvisação. Os espetáculos não se dirigem mais aos outros seres não humanos (cujas vestes, vozes e atitudes são incorporadas à performance); doravante, visam seduzir um olhar humano exterior, sendo o sucesso de uma trupe medido pelo número de suas turnês internacionais e pelos prêmios que recebeu.[23]

A criação das danças cênicas (*tsenítcheskie tántsy*) assumia uma importância particular na Sibéria, onde a sessão xamânica era frequentemente interpretada pelos analistas soviéticos como uma forma de "espetáculo primitivo", o único que podia distrair de modo eficaz os autóctones. Para eli-

---

51 (2), 1998, pp. 331-71; A. Shay, *Choreographic Politics: State Folk Dance Companies, Representation and Power*. Middletown: Wesleyan University Press, 2002.
22 A. King, "Dancing in the house of Koryak culture". *Folklore: Electronic Journal of Folklore*, 41, 2009, pp. 143-62.
23 Pensemos na noção de *pokazukha*, "bravata" em Safonova e Sántha. Ver T. Safonova e I. Sántha, *Culture Contact in Evenki Land, A Cybernetic Anthropology of the Baikal Region*. Leyde: Brill, 2013. A bravata é destinada aos outros e vira uma maneira pela qual o coletivo autóctone se constrói sob o olhar dos estrangeiros. Além disso, e isso é um elemento crucial da possibilidade da passagem do fundo para a forma, as performances culturais da *pokazukha* são destinadas exclusivamente a espectadores humanos.

minar o xamanismo, não bastava proibir a prática, era preciso que sua função de diversão fosse garantida em outros cenários.[24] As danças cênicas são assim adaptadas ao formato espacial e temporal do teatro e para um público composto de estrangeiros, introduzindo uma diferença marcada entre participantes e espectadores. Se no passado a improvisação era primordial, doravante ela cede lugar a uma coreografia calculada e escrita de antemão por especialistas geralmente não autóctones. Esse modelo de criação é baseado em uma divisão de trabalho entre os atores e os diretores: o projeto é separado de sua execução, a ideia do gesto; esses dois aspectos são confiados a categorias de pessoas diferentes. Isso também se aplica à adaptação de certas práticas even pré-soviéticas, como as danças em roda no sentido anti-horário, destinadas às almas dos animais — domésticos e selvagens — que eram perseguidos durante a caça diurna ou durante os transes xamânicos e os sonhos noturnos. O *norgeli* atual, como é apresentado aos turistas que visitam Kamtchátka, vira uma dança de roda even *a minima*, como a que nós observamos no ano-novo em Anavgai: não se vê nada além de homens vestidos de renas machos, imitando seus grunhidos, diante de mulheres vestidas de renas fêmeas que deles escapam e se safam com cantos, danças e mímicas burlescas. Os espectadores se extasiam e morrem de rir, às vezes se incomodam com todo aquele impudor, mas mudam de opinião: o folclore local é um patrimônio, que sorte que esteja tão bem "preservado"! A crítica, supondo que haja uma, permanece interior: afinal, uma democracia se mede pela possibilidade que cada um tem de se expressar segundo seus próprios códigos culturais.

---

24 Ver C. Damiens, *Le Cinéma d'animation d'agit-prop et le monde enchanté de la modernité. Projeter* Le Petit Samoyède *aux confins du nord de l'*URSS. Slovo: Presses de l'Inalco, 2019.

O cenário político unificado

Enquanto os indígenas dançam, cantam e fazem seu número, as relações concretas que estabelecem com seus parceiros não humanos são forçadas a se transformar e/ou são relegadas ao silêncio desde o começo da coletivização. A maneira de viver dos seres, isto é, de estabelecer relações específicas em um meio particular, compete atualmente a uma gestão estatal estruturada e generalizável a todo o território. A diversidade das formas nacionais (as culturas representadas) é uma aparência, necessária à pacificação dos povos, mas não suficiente, pois ela tão somente *colore* uma motivação coletiva compartilhada por todos: alcançar o socialismo. Este último é, acima de tudo, um modo de apropriação coletiva dos meios de produção e dos recursos naturais: a Natureza está destinada a ser totalmente conquistada e explorada segundo princípios científicos exportáveis e aplicáveis em todos os lugares. Os limites do progresso tecnológico aplicado à adequação da Natureza ao trabalho são contingentes, e devem ser sempre ultrapassados para liberar a produção e maximizar a eficácia e o bem comum. Nesse contexto, as renas, como todos os outros animais, tornam-se recursos a serem explorados de modo economicamente rentável para o conjunto da sociedade soviética.

Como disse acima, os even chegaram ao Kamtchátka em meados do século XIX, seguindo suas renas e nomadizando com elas por toda a Sibéria Central. Os vínculos que unem os even e as renas estão longe de ser anedóticos; ao contrário, são o resultado de uma coevolução derivada de relações interespecíficas nutridas ao longo do tempo e constitutivas de um certo modo de relação com o mundo.[25] Contudo, no período soviético, não se considera que a criação de renas pertença à "cultura" indígena, pois esta última refere-se única e exclusiva-

---

25 C. Stépanoff, "Human-animal 'joint commitment' in a reindeer herding system". In Hau: *Journal of Ethnographic Theory*, 2 (2), pp. 287-312, 2012.

mente à comunicação entre humanos. Com a coletivização do rebanho, uma tecnologia de criação "racional" foi criada, concebida por cientistas e baseada em uma divisão do trabalho entre profissionais especializados. Os itinerários das brigadas de trabalho e de seus rebanhos são decididos e desenhados por zootécnicos, assim como as movimentações dos bailarinos no palco são desenhadas por coreógrafos.

Antes da "modernização" da criação de renas que acompanhou a coletivização, as práticas da criação se apoiavam amplamente no gosto e na vontade dos próprios animais. A vigilância era muito branda, praticamente inexistente; havia uma atenção à individualidade dos animais e as pessoas se familiarizavam diferentemente com uns e outros, de acordo com as tarefas de cooperação humano-animal a serem efetuadas; os criadores sempre eram também caçadores; os itinerários de nomadização eram decididos em função das necessidades das renas (de pasto e água) e das famílias humanas (de caça, madeira, peixe e assim por diante). Depois da coletivização, essas práticas se transformaram radicalmente. A gestão de grandes rebanhos (usualmente calculavam-se quinze a vinte renas por família, os rebanhos chegavam a mil e quinhentas, duas mil cabeças) implica planos de gestão totalmente diferentes, nos quais a noção de controle se torna o principal lema. É preciso vigiá-los 24 horas por dia, por turnos, exceto no inverno; não há mais animais de trabalho (salvo para as festas, em que a cooperação interespecífica de ontem vira a *pokazukha* destinada a seduzir o olhar externo); uma vez que o sistema de criação é hierarquizado e planificado, a divisão do trabalho torna-se essencial. Agora, incluem-se brigadistas, pastores assalariados, diretores de colcozes, veterinários, zootécnicos. O rebanho de renas torna-se uma massa indiferenciada que deve ser gerida segundo os planos ditados pelos zootécnicos, e as relações interespecíficas definham. A prática de montar as renas, por exemplo, desaparece rapidamente — hoje, em Kamtchátka, ela persiste apenas nos espetáculos e manifestações culturais dos vilarejos e pequenas cidades; nenhum even monta renas cotidianamente. O único lugar onde a diversidade ainda pode se exprimir é então o palco, lugar em que os modos de relações concretas entre humanos e animais já não produzem nenhum efeito sobre o mundo — mundo esse que se tem por missão explorar coletivamente.

  Se quiséssemos resumir o que aconteceu durante o período soviético de uma forma árida, mas eficaz, poderíamos dizer que os povos indígenas se viram integrados ao projeto soviético ao serem forçados a assumir um lugar em uma diversidade de culturas visíveis — tendo suas relações com a alteridade humana reguladas — e a participar assim da exploração coletiva dos recursos segundo um plano científico — suas relações com a alteridade não humana sendo igualmente reguladas. Nesse sentido, o palco, os museus, os ateliês de escultura e todas as instituições nas quais os autóctones como Ukatch são inseridos se quiserem continuar a existir com as formas ditas culturais de seu passado tornam-se então prisões criativas; razão pela qual Ukatch, como tantas outras pessoas que eu encontraria posteriormente, chora silenciosamente naquela noite chuvosa de 2014. Ao final desse primeiro campo nos ex-colcozes de Kamtchátka, minha conclusão provisória é, acima de tudo, bastante deprimente: nós entramos em um mundo onde não há mais lugar para relações interespecíficas horizontais e simétricas, incertas e metastáveis, aquelas que se tecem entre os seres que povoam e habitam um meio particular.

Natureza americana: explorar e proteger
Voltemos agora ao Alasca, de onde eu mesma viera, para entender melhor, por comparação, as formas culturais autóctones tais como são representadas em Kamtchátka depois de terem passado pelo triturador soviético. A ausência (bastante desencorajadora no início, confesso) de sinais visíveis de uma

diversidade cultural viva no Alasca, acompanhada de um discurso indígena centrado, principalmente, nas políticas de terra, me levaram a começar questionamdo a relação dessas sociedades com a instituição política americana, em vez de fazer o trabalho que eu tinha me proposto a fazer: definir os contornos e descrever as formas de uma cosmologia animista no Grande Norte americano.

A ideia principal que se depreende dos meus dados pode se resumir assim: a colonização dos povos indígenas no Alasca passou por uma conversão geral à "Natureza" ocidental, concebida em sua dualidade reversível. Esta se divide, para esquematizar, em dois campos interdependentes de igual importância: por um lado, a *wilderness* a ser santuarizada (*sublime land*) e, por outro, a *wilderness* a ser explorada (*barren land*). Foram essas duas representações do meio ambiente e seu sistema de práticas bem definidas que se tentou implantar no Alasca junto aos indígenas, a fim de pacificá-los integrando-os ao mundo moderno, isto é, por um lado, à economia de mercado — passando pela exploração dos recursos naturais — e, por outro, ao imperativo ecológico — que encontra sua expressão concreta na criação de parques nacionais consagrados à proteção do meio ambiente.

Para ilustrar essa dualidade (exploração *versus* proteção) do naturalismo[26] americano que analisei detalhadamente em

---

[26] Ao longo de todo esse texto vou utilizar o termo "naturalismo" inventado por Philippe Descola para qualificar nossas maneiras modernas de estar no mundo. A título recordatório, essa ontologia está, na tipologia de Descola, integrada em uma tabela com quatro entradas, na qual encontram-se, além do naturalismo, o animismo, o analogismo e o totemismo (Philippe Descola, *Par-délà nature et culture*. Paris: Gallimard, 2005). O naturalismo é definido como uma ontologia em que as "interioridades" (as almas) dos seres que povoam o mundo são pensadas como discontínuas e diversas, enquanto as "fisicalidades" (os corpos) são produtos de uma continuidade biológica, a história da evolução nos vinculando ao resto dos seres vivos. Diante do naturalismo encontra-se o animismo, em que se reconhece em todos os seres uma alma (as "interioridades" são contínuas), enquanto são os corpos, concebidos como vestimentas que podem eventualmente ser trocadas, que diferem. O analogismo, por

As almas selvagens, vou me ater aqui aos avanços recentes do acesso aos recursos energéticos no Alasca e, mais particularmente, à descoberta da maior reserva de petróleo americano, na localidade de Prudhoe Bay, na região do North Slope, seguida da ratificação do Trans-Alaska Pipeline Authorization Act, em 1973. A descoberta do petróleo pode ser considerada como o acontecimento que permitiu concluir a cristalização e a estabilização do naturalismo no Alasca: foram os recursos fósseis, isto é, a encarnação biofísica das necessidades energéticas do mundo moderno, que deram o tom aos conflitos que se seguiriam, mas também, e sobretudo, que os precipitaram como nunca antes havia acontecido no Alasca. A partir dali, passou a existir uma natureza de fato ameaçada para inúmeros ecologistas americanos; os indígenas, por sua vez, encurralados pelas perspectivas desenvolvimentistas, começaram a reivindicar seus direitos em matéria de propriedade de terra.

O conflito ligado a Prudhoe Bay — que se cristaliza em torno da repartição de benefícios e dos títulos de propriedade e de direito de uso dos territórios sobre os quais incidia a exploração — foi a ocasião para o governo federal revisar sua política autóctone no Alasca e arbitrar sobre as terras de uma vez por todas. O Alaska Native Claim Settlement Act (ANCSA), assinado pelo presidente Richard Nixon no dia 23

---

sua vez, apresenta uma descontinuidade das almas tanto quanto dos corpos, é preciso então encontrar meios de conectar e fazer ressoar todas as partes fragmentárias que constituem um mundo. Ele é o exato oposto do totemismo, em que coincidem as interioridades e as fisicalidades, os corpos e as almas tendo saído de um mesmo molde ontológico para as pessoas de um mesmo grupo totêmico. Neste texto, farei referência principalmente ao naturalismo e ao animismo, e na última parte abordarei a maneira como o animismo e o analogismo dialogam. Por fim, notar-se-á que escolhi deliberadamente fazer coincidir naturalismo e capitalismo, o que, de algum modo, "deturpa" a maneira como Descola consolidou a ontologia naturalista. O mesmo vale para o animismo, optei aqui por uma re-historicização desses conceitos. Sendo assim, compreender-se-á que o termo "naturalismo" como eu o utilizo faça referência ao edifício teórico que serve de base à modernidade, edifício sobre o qual vem se acoplar o capitalismo.

de dezembro de 1971, é a reivindicação territorial (*land claim*) mais importante ratificada na história dos Estados Unidos. Esse ato permitiu evitar qualquer expansão do sistema de reservas indígenas no Alasca, consideradas como obstáculos à assimilação, sendo o objetivo político subjacente conceber um edifício legal que permitisse que os indígenas colaborassem com os projetos de exploração dos recursos. Em vez de separá-los e de lhes conceder o direito de existir como entidades independentes, cultural, econômica e politicamente — o que teria favorecido a oposição sistemática ao governo federal, ao Estado e às petroleiras —, foi preciso conceber uma estratégia que os projetasse para o próprio centro desse movimento de exploração dos recursos e de crescimento empreendedor.

Sob o regime da ANCSA, treze corporações regionais e duzentas e vinte corporações municipais foram criadas, tornando-se o arcabouço legal do desenvolvimento econômico do Alasca rural. Assim como o dinheiro injetado nesse novo sistema, as terras reservadas às corporações se transformaram em capital social. As corporações municipais receberam direitos de propriedade sobre a superfície de suas terras, enquanto as corporações regionais obtiveram direitos ao subsolo de todos os vilarejos dentro dos limites da região. Cada pessoa autóctone nascida antes de 18 de dezembro de 1971 tornou-se "membro de nascença" de sua corporação, isto é, acionista, o que não acontece com os que nasceram depois. Estes só puderam herdar ações de seus antepassados após seu falecimento e, conforme o caso, não obtinham nenhuma participação na corporação que regula os capitais e explora os recursos de seu território.

O objetivo de cada corporação é claro e idêntico ao da maioria das empresas no sistema capitalista: lucrar e criar empregos, tendo como ponto de partida as terras (os bens) que lhes são concedidos. As corporações são as gestoras dos capitais patrimoniais e fiduciários, encarregadas de restituir seus lucros aos acionistas, isto é, aos indígenas colocados sob seu regime. Com o ANCSA, o Congresso americano pretendeu reconhecer que a economia de subsistência indígena devia passar pela terra, e achou que tinha encontrado uma solução para o "problema indígena" ao inserir os indígenas no próprio centro das dinâmicas econômicas do Alasca e de sua lógica extrativista. A corporação se torna literalmente a porta de entrada e de implicação na modernidade capitalista, além de ser meio de integração a suas lógicas profundas, combinando astuciosamente o vínculo a um território situado (pela extração de recursos) e o vínculo ao mundo global, extraterritorial, o qual precisa justamente que matérias-primas "brutas" lhe sejam fornecidas.

Depois que Prudhoe Bay teve início e a ANCSA foi ratificada, o conflito ficou longe de ser resolvido: a exploração da reserva de petróleo constituiu o ponto de partida de movimentos ecologistas muito mais veementes que antes; a *wilderness* ferida por um oleoduto de 1288 quilômetros tinha, enfim, encontrado seus porta-vozes. Estes últimos continuaram a pressionar para obter a proteção de uma área maior de território desocupado (ou "simplesmente" habitado por alguns indígenas). Em novembro de 1978, o presidente Carter retirou 227 mil quilômetros quadrados de terra do estado do Alasca e os enquadrou no regime dos monumentos nacionais, a partir dali sob o controle do governo federal. O resultado institucional daqueles anos de luta ecológica consistiu na ratificação do Alaska National Interest Land Conservation Act (ANILCA), em 1980, graças ao qual o número de parques nacionais dobrou. Apesar das reticências dos americanos do Alasca implicados na exploração dos recursos, foi o governo federal, com o apoio da opinião pública americana dos *lower 48*, que decidiu o destino do Alasca em matéria de proteção da natureza. A ANILCA rapidamente iria simbolizar o triunfo do ambientalismo, pois permitia, enfim, a proteção real da *wilderness* local, particularmente com a criação dos *national wildlife refuges*. Assim, o meio alasquiano, depois de ter respondido eficazmente às necessidades energéticas do país, se viu transformado em patrimônio natural da humanidade, mercê de sua vastidão, distância, beleza e pureza.

Essa fragmentação das terras destinadas à exploração e/ou à proteção provoca uma competição entre as populações indígenas. Os inupiat do North Slope, por exemplo, foram rapidamente assimilados pela indústria do petróleo desde os anos 1980, com a emergência do conflito em torno da exploração petroleira do parque nacional Arctic National Wildlife Refuge, diferentemente dos gwich'in dos Yukon Flats, que foram integrados aos discursos dos ecologistas e a seus combates contra as petrolíferas. Cada um dos coletivos indígenas foi recrutado como porta-voz político para justificar (ao folclorizá-la) alguma das facetas do naturalismo. Um após o outro, eles se tornaram ou bem guardiões primitivos e autênticos dos santuários da *wilderness*, ou bem embaixadores esclarecidos e cooperativos de uma modernidade ávida por recursos energéticos. A partir de então, a atenção dos diversos coletivos nativos do Alasca se focalizou em massa nas políticas públicas opostas que se dedicaram à gestão da natureza, e a questão dos usos territoriais passou a ser central em seus discursos e suas práticas. Podemos até dizer que os aspectos "culturais" próprios de suas cosmologias, que bem ou mal subsistiram nos centros urbanos e nas manifestações folclóricas codificadas, foram postos a serviço da moderna visão dualista da natureza e de sua aplicação no interior das políticas ambientais.

3.
VIDA E MORTE DAS POLÍTICAS DE ASSIMILAÇÃO

> ... E novamente nos deparamos com o problema da instabilidade e da historicidade, do qual havíamos partido.
>
> BRUNO LATOUR

Se Lévi-Strauss escreve, no começo de *Tristes trópicos*, que detesta as viagens e os exploradores, não tenho nenhum problema em dizer que, de minha parte, detesto as tabelas e os esquemas. Tudo o que precisa ser forçado a entrar em gavetas formatadas me parece resultar de um reducionismo perigoso; se este último é próprio do projeto científico e da necessidade de estabilizar sistemas heurísticos simplificados com o objetivo de alcançar uma maior inteligibilidade dos mundos que descrevemos — sobretudo quando os abordamos por meio da comparação, como é o caso aqui —, o reducionismo científico é também fator de enorme violência colonial. Para se manter pertinente, ele deve, portanto, ser mitigado por um renovado esforço de complexificação das questões e descrição fina dos mundos que não param de resistir à sua esquematização no interior de edifícios teóricos cuja estrutura só se sustenta em virtude do regime de cientificidade ocidental. Dito isso, aceitar o exercício com conhecimento de causa continua sendo interessante, mesmo que apenas para reunir os meios — seguindo os discursos e as práticas das pessoas que extrapolam as mencionadas construções teóricas — para desmantelá-los e, em seguida, reincorporá-los ao trabalho.

Eis aqui, então, uma tabela recapitulando as linhas diretrizes das políticas de assimilação dos autóctones de um lado e de outro do Estreito de Bering, destinada a ser reposta em movimento, em um vaivém constante e necessário entre a teoria e a vida que estas páginas buscam evidenciar.

	Alasca	Kamtchátka
culturas (**visibilidade cultural**)	uniformidade (*American way of life*)	diversidade (culturas em exibição)
natureza (**intenção política**)	diversidade competitiva (exploração e proteção)	uniformidade (socialismo estatal quanto à gestão dos recursos)

O paralelo entre os *gwich'in gathering* que acontecem todos os anos em um vilarejo gwich'in diferente desde 1988[27] e o ano-novo even de Anavgai, em Kamtchátka, que presenciei em 2018, é um ótimo exemplo da maneira como cada uma das sociedades se dá a ver e se apresenta ao mundo em

---

27 O primeiro *gwich'in gathering* foi em junho de 1988 em Artic Village (Alasca) e reuniu membros de todos os vilarejos gwich'in dos dois lados da fronteira entre Estados Unidos e Canadá. O principal objetivo desse primeiro encontro, e de todos os que se seguiram, era unir novamente a "nação gwich'in" com a intenção de proteger a manada de caribus, *porcupine caribou herd*, da qual todos, gwich'in do Alasca e gwich'in do Canadá, dependem para viver. Tratava-se de inventar um contrapoder, aliando autóctones e ambientalistas, para proteger os caribus das ameaças do projeto de extração de petróleo na planície costeira do Artic National Wildlife Refuge, na qual os animais dão à luz durante o verão.

um palco público institucional (uma vez que financiada e midiatizada). O *gwich'in gathering* é completamente dedicado aos debates referentes a um meio ambiente submetido à dupla pressão da mudança climática e dos exploradores dos recursos minerais e petróleo que estão invadindo o território; ali, os gwich'in refletem sobre as maneiras de resistir. Durante o ano-novo even, nenhuma dessas questões é abordada, mas são exibidas outras, que nos vilarejos autóctones do Alasca continuam sendo minoritárias: as danças e os cantos são destaque, os discursos sobre as culturas autóctones estão em primeiro plano. Esses dois acontecimentos, típicos de uma situação comum à grande maioria dos coletivos autóctones dos dois lados de Bering, ressaltam a oposição que se constata entre as políticas de assimilação praticadas por Estados que se enfrentam: do lado soviético, a diversidade das identidades étnicas foi convocada a se integrar na sociedade colonizadora, validada por uma coleção de culturas exibidas que rivalizam entre si nos concursos; do lado americano, essa diversidade foi, ao contrário, integrada sob a forma de agentes econômicos que maximizam seus lucros (no caso dos indígenas assimilados, pela exploração do território) ou sob a forma de embaixadores (legítimos porque autênticos, tradicionais) da natureza selvagem a ser protegida imperativamente. Dito de outra forma, no caso do projeto soviético, o modelo da "diversidade autóctone integrada" torna-se a diversidade de línguas e culturas que traduzem uma intenção uniforme; no caso do projeto americano, é a pluralidade dos interesses individuais colocados em disputa de mercado (seja ele procedente da lógica ecológica ou exploradora) que manifesta a diversidade integrada.

Se perseverarmos nessa oposição esquemática, poderemos dizer que, do lado americano, a assimilação dos indígenas passou pela conversão à ideia de uma Natureza extra-humana (a ser protegida/a ser explorada), cujo conceito deve ser compartilhado por todos para que as práticas concretas possam ser articuladas; do lado russo, é a conversão à ideia de Cultura (a ser diversificada) que se torna a maior ferramenta de integração dos indígenas em um projeto estatal comum.

Mas toda estrutura, isto é, toda estabilização de uma forma particular em um dado momento, seja ela de ordem biológica, política ou conceitual, tem uma vida útil limitada. Dão prova disso, por exemplo, ecossistemas inteiros que colapsam (no Alasca), sistemas políticos que desmoronam (em Kamtchátka) e, mais prosaicamente, nossos próprios corpos, que se compõem na barriga de nossas mães para se decomporem algumas décadas depois com a morte. Todo o meu trabalho anterior tentava mostrar como os modos autóctones de estar nos mundos não desapareciam quando se viam confrontados com o conceito motriz de "Natureza", recurso ou santuário, aplicado pelas políticas de assimilação americanas. Com efeito, os posicionamentos midiáticos dos indígenas a favor de um ou de outro aspecto do naturalismo americano estão em desacordo com o que experimentam cotidianamente os indígenas que ainda vivem de caça e de pesca na floresta, como as pessoas cujo cotidiano eu compartilhei em Fort Yukon. Pode-se dizer que essa divisão institucional da natureza e sua valorização folclórica por certos ativistas da causa indígena funciona "parcialmente" bem (digo parcialmente porque, dada a dimensão dos problemas sociais atuais nos vilarejos do Alasca, "bem" é uma palavra e tanto) até o momento em que as coisas vão longe demais e afetam muito diretamente o que ainda "sustenta" os caçadores no coração de suas existências.

O caso dos inupiat é um bom exemplo desses limites que um coletivo indígena decide não cruzar. Quando, há dez anos, a Shell comprou as concessões marítimas de Beaufort para explorar o petróleo *offshore*, testemunhamos uma verdadeira reviravolta por parte daqueles supostos porta-vozes da modernidade exploradora dos recursos no Alasca. Em Nuiqsut, os membros da corporação de North Slope abandonaram seus empregos na exploração de petróleo e fizeram de tudo para impedir a extração, chegando até a sabotar infraestruturas. Pôr em perigo a existência das baleias, que eles caçam tanto no mundo físico como em sonhos, era impensável e, mais ainda, insuportável. Do lado dos gwich'in, as regulações de caça emitidas pela US Fish and Wildlife, instituição com a qual, "à primeira vista", os gwich'in parecem se dar bem, já não são totalmente respeitadas quando os animais migratórios finalmente chegam ao território: os caçadores largam seus empregos, casas, família e escola — todos esses elementos de estabilidade promovidos pelo Ocidente para canalizar os caçadores, apartá-los de suas presas e impedi-los de voltar à floresta seguindo o rastro dos ausentes. Gostem ou não os ativistas gwich'in que defendem a causa da *wilderness*, já não há "natureza a ser respeitada" que se sustente quando novamente é chegado o momento de enfrentar fisicamente os animais que transitam pelo território.

Esses exemplos mostram que, em uma situação de crise, como a causada pela crise climática e pela exploração excessiva dos recursos naturais (no caso do Alasca), implodem as modalidades de existência com que se tentou ordenar os habitantes de um território particular. O que chamo provisoriamente, na esteira de Philippe Descola, de pragmática animista ressurgiu quando menos se esperava, pois parece mais apta a responder à destruição das formas estabilizadas pelo e no processo colonial. Os maiores indícios disso são o ressurgimento das práticas de caça e de pesca, acompanhado das histórias míticas que voltam à tona, mostrando-se mais pertinentes para compreender a hibridação dos seres e sua fuga para fora das demarcações de espécies que os confinam em certos hábitos e disposições.[28]

---

[28] Para aprofundar a questão dos híbridos grolars, pizzlies (de ursos brancos com pardos), coywolfs (de lobos com coiotes), ver N. Martin, *Les Âmes sauvages*, op. cit., e N. Martin e B. Morizot, "Retour au temps du Mythe. Sur un destin commun des animistes et des naturalistes face au changement climatique à l'Anthropocène", *Journal of Art and Design*, Genebra, HEAD Institute, 2018.

A atualidade ecológica caótica do Grande Norte não é um impensado; a desregulação potencial dos seres (suas fronteiras são flexíveis, lábeis, seus encontros produzem o imprevisível) vem sendo expressa em palavras e em histórias há milhares de anos. Nesse sentido, as metamorfoses ecossistêmicas no Alasca provocam respostas coletivas que ninguém esperava; a existência destas atesta a falência da Natureza ocidental e, por extensão, das formas de gestão coloniais que deveriam ser capazes de conter a todos — humanos, rios, florestas, montanhas, mares e animais.

O que desejo abordar neste livro representa o correspondente em Kamtchátka desses processos de recomposição dos mundos, justamente quando a forma colonial que lhes fora imposta se desintegra, ao menos em parte: assim como a Natureza americana diante da crise climática, a Cultura russa diante do colapso do sistema político também fracassou em formatar todos os coletivos autóctones para que coubessem em uma ideia e, depois, em uma práxis inescapáveis. Foi o que aconteceu em 1989, em Kamtchátka, com o coletivo even com o qual trabalho e que servirá de exemplo nestas páginas. Portanto, o objeto da minha atenção não será o declínio das práticas rituais tradicionais, nem a suposta "revitalização cultural" que se crê observar nos vilarejos e, menos ainda, a busca por uma "autenticidade" sob a forma de vagas sobrevivências silvestres de um sistema cosmológico solapado por uma atualidade caótica. Ao contrário, o que me interessa é o ressurgimento da instabilidade como *ponto de partida* para o retorno de uma criatividade existencial, uma criatividade não normatizada previamente pelas políticas coloniais e que se produz fora delas, quando os ecossistemas do Grande Norte se modificam irreversivelmente e as leis que tratam de seus usos se endurecem consideravelmente.

Se faz sentido a ideia (defendida há vários anos por muitos cientistas de diversas disciplinas) de que é preciso sair da bipartição natureza/cultura se quisermos ter meios de apreender diferentemente o mundo comum no momento de uma crise ecológica global, então a confrontação entre os meus dois campos de pesquisa se revela pertinente. O que nos mostram as experiências desses coletivos autóctones que resistem à forma instituída fazendo escolhas existenciais inesperadas é que precisamos voltar nossa atenção para aquilo que se cria no lugar do encontro entre mundos que divergem, apesar da escala *a priori* incomensurável de tais mundos.[29] Um problema de tamanho, literalmente, se coloca aqui: como comparar as formas produzidas e sustentadas pelo Estado de direito com aquelas dos coletivos microscópicos, tanto no que concerne à quantidade de membros como aos meios de ação? A resposta, parece-me, pode ser novamente encontrada na simetrização proposta por Bruno Latour, ainda que o uso que proponho aqui não seja idêntico àquele que se faz em antropologia. Não se trata mais de nos livrarmos temporária e voluntariamente da História para simetrizar ontologias diferentes mas agora dispostas todas em um mesmo plano — mesmo quando umas são "menos povoadas" do que outras, dado que o naturalismo esmaga todas as outras por obra dos múltiplos processos de colonização que o difundiram pelo mundo. Em vez disso, é preciso, *a partir* desse processo histórico e sem obliterá-lo, simetrizar os coletivos que, apesar de suas diferenças de tamanho, divergem em suas tentativas de produzir respostas divergentes em relação ao pensamento dominante e à sua aplicação gestionária sobre os humanos e os meios. A simetrização em antropologia deve ser hoje ao mesmo tempo histórica (não deixar de lado o percurso colonial) e política (abrir a possibilidade de *escolher* dar a palavra aos coletivos minoritários que definem coletivamente outras normas para continuarem existindo).

---

29 Para uma reflexão sobre as escalas (*scalability*), ver A. L. Tsing, "On nonscalability: The living world is not amenable to precision-nested scales", *Common Knowledge*, 18 (3), 1 de agosto de 2012, pp. 505-24; idem, *Le Champignon de la fin du monde*. Paris: La Découverte, coleção "Les Empêcheurs de penser en rond", 2015.

A saída da dualidade natureza/cultura não passa mais, portanto, unicamente pela estabilização de outras ontologias de mesma importância no plano teórico, como bem demonstrou Descola; e tampouco por opôr o naturalismo a uma outra ontologia intrinsecamente mais "religada" a tudo o que existe fora da humanidade (como o animismo) e que não sente necessidade de cindir o mundo em dois registros autônomos.[30] A via de saída que proponho consiste em documentar as respostas, imprecisas, instáveis e heterogêneas, mas individuadas e pragmáticas, que alguns coletivos inventam diante da dominação moderna, simultaneamente a seu deslocamento sob o violento ataque das metamorfoses ecológicas; a existência dessas respostas, justamente porque são sempre fragmentárias e porque seus modos de ação são minoritários e da ordem do detalhe, é capaz de subverter a forma estabilizada e instituída pelos Estados, incapaz de resumi-las em seu edifício teórico-político.

Ao dizer isso, estou admitindo que o naturalismo, assim como definido por Descola, sustenta as modalidades operatórias das políticas de assimilação que foram atualizadas de maneiras esquematicamente opostas e complementares na Rússia e nos Estados Unidos; mas o que me interessa é menos a qualidade ontológica dualista e reversível do naturalismo do que sua impressionante fragilidade precisamente quando ele parecia tão globalmente implantado — e sobretudo tão poderoso em sua capacidade de devorar todas as outras maneiras de fazer mundo que encontrou pelo caminho. Considerando essa fragilidade revelada por uma crise ecológica generalizada no conjunto do planeta e por coletivos *a priori* assimilados que decidem desertar as formas que a eles tinham

---

30 Ver, por exemplo, T. Ingold, *The Perception of the Environment: Essays on Livelihood, Dwelling and Skill*. Londres: Routledge, 2000. E. Viveiros de Castro, "Cosmological deixis and Amerindian perspectivism", *The Journal of the Royal Anthropological Institute*, 4 (3), 1998, pp. 469-88, 1998.

sido atribuídas, somos forçados a relativizar o tipo de prova sobre a qual o naturalismo se apoia. Deparamo-nos com um primeiro problema nessa tentativa de relativização: os textos ideológicos e filosóficos que sustentam e embasam nossas ciências não têm, do ponto de vista do senso comum moderno, o mesmo valor que os discursos e práticas revelados pelos dados etnográficos que documentam outros modos de relação com o mundo — as chamadas "culturas autóctones". Os escritos dos primeiros pertencem ao terreno da natureza e da verdade; as palavras dos outros, ao terreno das culturas e da crença. Contudo, o encadeamento das múltiplas crises ambientais e políticas mostra que o edifício teórico que serve de base à modernidade produtivista literalmente fracassa em englobar os seres que ele deveria federar para aumentar sua eficácia e seu poder. Toda a questão passa então a ser: o que se cria nas ruínas desse edifício? Mais ainda, é possível mudar de episteme quando os modos de identificação com o mundo e os princípios fundadores[31] que tomávamos por definitivos são desmembrados pelas metamorfoses do sistema-terra? Para compreender esse desmoronamento do naturalismo e os novos agenciamentos que seu recuo permite, temos que levar a sério a ideia latouriana segundo a qual o naturalismo seria, menos que uma ontologia, uma construção teórica e figurativa impossível na prática.

E se o naturalismo não fosse mais que um parêntese na história? — pergunta Bruno Latour.[32] Um parêntese exótico, durante o qual teríamos reduzido as entidades e suas

---

[31] Que podemos resumir assim: a Natureza é exterior aos humanos; ela pode, portanto, ser explorada ou protegidas por eles, mesmo que se organizem em uma pluralidade de culturas (de "formas") que, apesar de suas perspectivas diversas, não mudam nada do "fundo" do ecossistema tal como estudado e mostrado pelos cientistas.

[32] Ver Bruno Latour, "Ce cheval ne rentre pas dans le cadre", in G. Cometti, P. Le Roux, T. Manicone e N. Martin (orgs.), *Au seuil de la forêt. Hommage à Philippe Descola, l'anthropologue de la nature*. Saint-Dizier: Tautem, 2019.

relações a "pontos separados uns dos outros", ordenados nas e pelas leis universais da natureza, mas que só poderia ser operante por pouquíssimo tempo. O modo de ser moderno, nos diz Latour na esteira de William James e Alfred North Whitehead, é mais figurativo do que ontológico, resultando de um *enquadramento* particular que é inaplicável "em realidade" ao mundo da experiência concreta. "A dupla operação de isolamento das entidades e de obediência total a leis que lhes são exteriores faz com que a maior parte dos seus movimentos sejam incompreensíveis", razão pela qual é preciso segui-los quando decidem, deliberadamente, sair do enquadramento que lhes foi imposto. "Um modo incapaz de se manter por dois ou três séculos, para sermos muito generosos quanto à sua extensão temporal e espacial, não pode ser facilmente comparado a modos capazes de se manter por milênios",[33] explica também Bruno Latour ao reler Descola. Este livro interessa-se por aqueles que nos precederam, que foram massacrados pelas políticas coloniais sustentadas por esse *corpus* de imagens e ideias, e que reemergem hoje graças à instabilidade ecossistêmica.

Se por ora deixo a outros a tarefa de explicar a incapacidade do naturalismo de ser duradouro e as razões pelas quais esse modo de estar no mundo não tem nem a mesma persistência temporal nem a mesma capacidade de enfrentar a instabilidade atual que têm outros modos — como aqueles descritos por Descola —, vou tentar mostrar que a questão da emancipação diante do registro naturalista imposto a todos os que vivem na periferia da modernidade é hoje da maior importância para entender os motivos de recomposição de outros coletivos. Não é apenas que o "esquema se enverga", para retomar as palavras de Latour ao criticar a tabela ontológica com quatro entradas de Descola; o caso é que a gaveta naturalista implode, pois os seres que ela deveria

---

[33] Ibid., p. 581.

conter estão claramente se desprendendo do seu domínio. As ruínas que as tentativas políticas naturalistas vão deixando atrás de si são lugares onde poderão se reconstruir maneiras de ser que, durante séculos, foram privadas de todo valor, por mais que nos antecedam em milhares de anos. Sua reinvenção é a chance que temos, enquanto pesquisadores ocidentais, de nos deslocar para produzir novos relatos, conectados às frágeis trajetórias dos múltiplos seres que esses relatos finalmente acolhem. Adeus ao esquema; que a vida tome lugar.

Segunda parte
Viver nas ruínas

> Este é o tempo do dizível, aqui, sua pátria.
> Fale e confesse. Mais do que nunca, as coisas desmoronam e desaparecem, aquelas que não podemos viver pois o que as reprime e substitui é um fazer sem imagem.
>
> <div align="right">RAINER MARIA RILKE, <i>Nona elegia de Duíno</i></div>

INTRODUÇÃO

Quem é você, afinal?
O cotidiano de um campo é feito de *small talk*, quem disser o contrário não está contando toda a verdade. Pior: muitas vezes, tudo começa com uma acusação da parte das pessoas que primeiro, quase a contragosto, acolheram o recém-chegado, porque você chegou e elas não podem, com alguma decência, deixar você congelar ou morrer de fome. O que você vem fazer aqui, você que é do outro mundo, aquele que nos agrediu? A primeira vez que tive uma conversa prolongada com Ivan, contei-lhe sobre meus trabalhos no Alasca com os gwich'in. A recepção foi péssima: de um ponto de vista profissional, eu vinha da América, então, necessariamente, eu estava ali para espioná-los. Por acaso eu faria parte de um serviço francês de inteligência e estava trabalhando para os Estados Unidos? Por que eu me interessava por suas vidas ali em Kamtchátka, território que há pouco mais de dez anos era fechado aos estrangeiros? Estaria eu me aproveitando da recente abertura da região para os turistas e os cientistas para, na realidade, com o álibi "even", fazer alguma coisa totalmente diferente?

Essas acusações me lembraram dolorosamente aquelas que marcaram meu primeiro campo no território gwich'in, em Arctic Village. Eu me vi novamente sentada naquela cabana em que vivia um casal de cerca de cinquenta anos, televisão ligada e frigideira crepitando, com quarenta graus negativos do lado de fora. O marido tinha me enquadrado no sofá violeta completamente roto: Wounded Knee, isso lhe diz alguma coisa? Foi sua raça que fez os meus passarem por isso. Você está aqui para se retratar? Para se arrepender? Lembro-me de ter tentado explicar que era absolutamente injusto me fazer carregar um fardo como aquele: eu tinha 22 anos na época, era francesa e não americana, nenhum antepassado meu havia estado em Wounded Knee, sem contar que, para mim, 1890 parecia bem distante; além disso, os dele não eram Lakota, e Dakota do Sul não ficava propriamente ao lado do território gwich'in naquela época. Evidentemente, meus argumentos racionais não tiveram nenhum peso. Tive que optar pelo silêncio e chorei a noite inteira, porque de algum modo entendia por que ele se indispunha comigo: eu estava ali, embaixo do seu nariz, um protótipo do outro mundo que ele atacava a partir de ângulos estereotipados, por meio dos quais podia me colocar em uma gaveta claramente identificada, sem que eu pudesse recriminá-lo por isso. Eu tinha sido, no intervalo de uma hora, reduzida ao Outro branco, o colono, a pessoa não desejável que chega carregada de uma história de massacres perpetrados por seu povo, mesmo que esse "povo" não tivesse para mim nenhuma forma de realidade tangível. Que eu pudesse ser assimilada ao processo colonial americano, sendo que acabava de estudar as maneiras de estar no mundo dos gwich'in, era algo que me enchia de horror. Um exemplo flagrante da minha grande ingenuidade na época: uma pessoa nunca chega "sozinha" a um lugar; ela chega carregando um coletivo e uma história, traz em seu rastro um sem-número de entidades invisíveis que ela não reconhece, das quais se defende, mas que aderem a ela, pouco importa o que diga. Que esse coletivo histórico que ela atualiza ao chegar não seja "verdadeiramente" o seu não tem importância alguma, porque esse não é o ponto. O ponto, em um primeiro encontro, é sempre reposicionar o "nós" com relação ao "eles", que se converteu quase imediatamente em "você", pois é muito mais prático se dirigir a uma pessoa em carne e osso do que aos demônios mortos (mas sempre tão dolorosos) do passado e da história colonial.

Naquele dia na iurta com Ivan, revivi essa cena primordial do estrangeiro culpado, revisitando-a por outro ângulo. Eu não era mais a descendente dos sanguinários, eu era a prova viva de uma conspiração americana que se estendia até a floresta de Ítcha em Kamtchátka, e nada do que eu pudesse dizer durante aquelas primeiras semanas alteraria minha condição ou as suspeitas deles. Eu teria que esperar vários meses, esperar que me vissem evoluir, pensar e falar no dia a dia, para que esse mal-entendido se dissipasse; ainda que ressurgisse com frequência nos meus sete anos de campo, sob uma ou outra forma, sobretudo quando divergíamos em temas políticos.

Ivan se calou

Claro que não!, me repreende Ivan quando lhe digo que as pessoas com as quais trabalhei no Alasca pareciam um pouco com ele, pois armavam o mesmo tipo de rede no mesmo tipo de rio para pegar o mesmo tipo de peixe. Nós não temos nada a ver com os americanos, acredite em mim. A única coisa que nos aproxima é que todos os pescadores do mundo são como todas as aranhas do planeta: uma vez lançadas as redes, ficam todos à espreita das presas. Mas o mundo com o qual os gwich'in têm que lidar no Alasca não tem nada a ver com este aqui. Ele continua, assumindo um discurso patriótico que acho difícil de engolir, sobretudo se levarmos em conta o lugar em que estamos, em Tvaián, no rio, a mil léguas da vigilância russa; é essa a minha primeira impressão. Os russos não fazem a guerra da mesma maneira que os americanos. Eles se defendem, só isso. E se os gwich'in tivessem permanecido russos, eles viveriam melhor, como nós. Ivan retoma um tema de discussão recorrente entre nós, concernente às regulações da pesca e da caça deste lado do Bering, que ele continua minimizando neste momento do nosso encontro, a fim de provar que elas são manifestamente mais rígidas no Alasca. Por que os americanos estão por toda parte, Nástia, até mesmo aqui, para onde vêm caçar muflões e pescar salmões? Porque são eles os colonos, não os russos. Com certeza, Nástia, se declarassem guerra à Rússia e eu fosse convocado, eu iria lutar. Por pouco não me engasgo com um pedaço de salmão defumado, os olhos fixos no rio. Hum-hum!, eu digo, desobstruindo a garganta. Então você pode me dizer por que está aqui e não em Esso, como todos os outros? Você pode me dizer por que decidiu largar o exército, sendo que poderia estar em Kliutchí no campo de treinamento, ou ainda em Vielutchínsk com sua irmã e o marido militar dela? O que você está fazendo aqui, com sua mãe e seu irmão, se a Rússia é assim tão grande, tão pacífica, e se as oportunidades fora da floresta são tão vastas assim? Ivan resmunga. Não falei em oportunidades, ele responde, falei da história do meu governo. Ah, a história, falemos disso. Fale-me do momento que precede o seu nascimento, quando você e seu povo foram reunidos nos colcozes para trabalhar. Fale das renas que tiraram de vocês, da língua da qual foram despojados. Ivan estranhamente se alegra por fim. Então, justamente, eles não conseguiram nos amontoar para todo o sempre, já que estamos aqui, como você pode ver. Ah!, exclamo novamente. Veja só como você é paradoxal. Diz que é patriota e, no entanto, está aí todo orgulhoso por ser um desertor. O que tem a dizer? Ivan joga para mim a mochila de lona, rindo, vamos logo, não vamos deixá-los agonizando aqui, diz puxando em sua direção a rede em que os salmões se debatem.

Ivan tinha quase a minha idade na época dos meus primeiros trabalhos de campo em Ítcha, beirávamos os trinta anos. É um homem de poucas palavras, parece até que elas ficaram presas em sua garganta na adolescência, quando ele fez uma escolha que o marginalizou para sempre tanto perante os colegas da época, como perante a Rússia. Ele tinha três meses quando, em 1989, Dária o levou para a floresta com seus irmãos e irmãs. É seu filho menor. Fica em Tvaián até os sete anos, quando é enviado ao vilarejo pelas autoridades para entrar na escola. É um processo caótico, entrecortado por retornos à casa da mãe, na floresta, no período de férias. Em Esso, ele mora com as duas irmãs, Iúlia e Ina. Iúlia é três anos mais velha, e foi ela que cuidou dele nos primeiros anos, pois a que é dez anos mais velha do que ele vive oscilando entre um trabalho de cozinheira e períodos de alcoolismo severo. Aos quinze anos, Ivan abandona a escola. Ele me conta que, aos dezesseis anos, passou um ano inteiro sem ficar sóbrio. Chegou a "idade adulta", como ele diz, isto é, a obrigação do serviço militar aos dezoito anos. Ele só estava esperando isso, que viessem buscá-lo. Parte a pé, uma semana antes de seu aniversário, em direção ao acampamento militar do outro lado da península, para que os soldados o salvem de si mesmo.

Ivan tem espírito de caçador desde pequeno. Aos dez anos, é tão experiente quanto seus irmãos mais velhos, e assim tido por eles. No verão em Tvaián, eles o levam a todos os lugares, participa de todos os cercos. Tem cinco anos quando mata seu primeiro ganso selvagem; onze quando executa seu primeiro urso. Nesse contexto de existência, o exército, o rifle na mão, lhe parece a saída mais evidente caso tenha que viver sua vida de homem na e pela Rússia. Quando passam para buscá-lo à beira da estrada estropiada que vai para Ust-Kamtchatsk, levam-no a Kliutchí, onde fica um ano. Raspam-lhe a cabeça, dão-lhe um uniforme e um fuzil. Ele não reclama do treinamento, é um dos melhores do batalhão, não é atingido pelos discursos patrióticos. Diz que finalmente tem a impressão de pertencer a algo maior do que ele, de ter sido integrado a um país que precisa que ele ponha toda sua força a seu serviço; diz ainda que sua família está fragmentada, espalhada; que ele também se sente despedaçado, e que talvez o exército vá reintegrá-lo. Ele se faz útil e no começo isso lhe é basta, como um sentido para a sua vida. Mas naquele ano, o tempo passando e os dias se sucedendo, idênticos uns aos outros, a tristeza aumenta nele. Sente falta da floresta, sente falta do rio, sente falta dos animais. Ele pensava em se engajar oficialmente ao acabar o serviço militar, mas muda de ideia. Na sua volta a Esso, e depois de seis meses de errância pós-exército, marcada por uma reflexão incessante mediada pelos vapores cotidianos da vodca, ele decide juntar-se à família em Tvaián. Aos vinte anos, Ivan não se torna o soldado russo que pensava querer ser, mas sim o caçador even de Tvaián. Não voltará mais ao vilarejo, ele o elimina do registro dos possíveis, só irá passar brevemente por lá, de tempos em tempos, em alguns períodos-chave do ano, para vender produtos da floresta e adquirir outros, como farinha, açúcar, chá, combustível, peças mecânicas de barco e moto de neve, tabaco. Quando eu lhe pergunto (em várias ocasiões, de diferentes formas) o que está fazendo aqui em Ítcha em vez de estar no vilarejo com o pessoal da idade dele, com um trabalho "normal", mulher e filhos (por exemplo), ele sempre dá o mesmo tipo de resposta simples e categórica: tento fazer com que a vida seja possível na floresta. Aqui, sou livre. Vivo em meu barco, vivo perto do fogo, vivo quando persigo os animais. No vilarejo, passo meu tempo bebendo e assistindo à televisão, não há trabalho e nenhuma saída para mim, nada. Em Tvaián, minha família precisa de mim, e posso ajudá-la a viver dignamente. A viver, simplesmente. O resto é detalhe.

Apesar dessas considerações sempre evasivas, Ivan se recusa obstinadamente a abordar a questão da violência colonial de seu país, assim como as razões intrínsecas à organização do serviço militar que o levaram a não o prolongar. Nós discutimos várias vezes por dia, mas não é nada de mais, essas brigas fazem parte do nosso cotidiano por vários meses. O motivo de nossas brigas insignificantes é simples: tenho dificuldade de me desvencilhar de um espírito crítico em relação às instituições estatais que pesam sobre a história e a atualidade desse clã familiar no meio da floresta, ao mesmo tempo que resta o fato: é quase impossível arrancar de um jovem even, mesmo que viva nas profundezas silvestres, uma palavra subversiva sobre o governo que o administra. A força totalizante da Rússia é palpável na maneira como mesmo os que estão mais distantes dos centros de poder falam de seus governos e de seu presidente com uma admiração e uma submissão que, à primeira vista, parecem imperturbáveis. À primeira vista, ou melhor, às primeiras palavras, pois suas práticas e vidas em geral desmentem as certezas do discurso e mesmo as desmontam. Essa linha divisória que rapidamente se traça entre discursos e práticas, mesmo no caso do jovem Ivan, reproduz uma postura característica de sua mãe, Dária, aquela que trouxe todos eles para cá quando o modo de vida contido no e pelo discurso colonial não se sustentou mais nas formas que lhe tinham sido atribuídas.

Era um menino tão risonho..., quando era pequeno falava o tempo todo, me disse certa manhã Dária sobre seu filho, que víamos apagar silenciosamente o cigarro contra o banco em frente ao *atien*, pegar seu rifle e meter-se na floresta com passo cadenciado. Um dia, ele se calou, suspirou Dária novamente. Voltou, mas não tinha mais palavras para contar. Voltou, mas nunca mais quis me responder em even.

Dária sonha com Tvaián
Sentada à beira do rio Tvaián em um dia de verão, Dária me conta sobre o sonho recorrente que a surpreendia quase toda noite, no período em que morou no vilarejo de Esso. Tvaián,

Tvaián, sussura ela. Acontecia contra a minha própria vontade, a despeito do que eu tentava fazer e me tornar. Eu fechava os olhos e via o rio, a margem, a tundra acima; depois a clareira, as cabanas, o *atien* e sua fumaça, a floresta em volta, acordava com lágrimas nos olhos, pensava em tudo o que havia perdido e que não voltaria a existir. Mas acabei escutando a minha mãe. Dária suspira e continua com a voz embargada. É preciso voltar, é preciso ir, é preciso partir, minha mãe me repetia toda vez que a encontrava por alguns meses na floresta. Não tem nada para você no vilarejo, nada para nós. Eu a escutava, mas não sabia o que responder. Uma vez, fiquei um ano sem ir visitá-la. Dentro de mim, pensei que tinha morrido. Quando voltei, ela me repreendeu duramente. O que você está inventando lá?, ela me disse. Eu tentava lhe explicar todas as coisas que eu precisava administrar, o dinheiro que tinha que ganhar, as crianças na escola, mas ela não entendia. Ou talvez entendesse, mas ignorava minhas reclamações. Há muita coisa para fazer aqui, ela repetia continuamente, não posso ficar o tempo todo sozinha, preciso de ajuda. Você não pensa em mim, não pensa na floresta. Mas não era verdade, acrescentou Dária. Eu pensava o tempo todo, sonhava o tempo todo. Simplesmente, achava que era impossível fazer diferente. Depois, chegou 1989, e tudo mudou. Entendi que devia mudar minha vida.

Aconteceu em outubro, algumas semanas antes da queda do Muro de Berlim, do outro lado do continente. Nada mais funcionava como antes. A farmácia na qual Dária trabalhava em Esso não recebia mais remédios, as lojas estavam vazias, os trabalhadores não recebiam mais o que lhes era devido. Dária tinha três filhos pequenos, e todos os membros de sua família mais próxima já tinham partido havia muito tempo para a floresta — ou nunca haviam se instalado no colcoz, no caso daqueles que tiveram escolha, seus irmãos, por exemplo, que foram caçadores profissionais no período soviético, encarregados de levar as peles para Esso (de zibelina, principalmente) em troca de víveres. Mas Dária aguentou firme, não queria renunciar a uma tentativa política na qual de certa forma acreditava, apesar das provações pelas quais passara desde sua saída do internato e sua instalação em Esso. Sua mãe não estava lá, decidira permanecer na floresta depois do processo de coletivização, mesmo sem as renas, vivia principalmente de caça, de pesca e de coleta desde que suas últimas cabeças lhe foram retiradas no fim dos anos 1960. Quanto ao primeiro marido de Dária, pai de seus dois primeiros filhos, morrera no fim dos anos 1970, destroçado por uma colheitadeira nos campos ao redor do colcoz de Esso. Se Dária aguentou firme foi porque, acima de tudo, acreditava na escola. Ela queria que seus filhos pudessem aprender tudo o que lhes fosse necessário para evoluir nos dois mundos. Lentamente, mas certamente, os lugares de sua infância tinham se convertido em um lamento lancinante que a assaltava nas horas melancólicas do dia, nos tempos livres em que o vazio era repovoado pelos seres perdidos.

A floresta de Dária — ela usa indiferentemente (ou melhor, inclusivamente), a palavra russa *liês* para nomeá-la — não é uma "floresta pura" no sentido que imaginamos. A região de Ítcha, lugar de seu nascimento e, anos depois, território de seus sonhos, tira seu nome do rio que nasce nos glaciares do vulcão Ítchinsk. Seu curso estreito e agitado, depois amplo e tranquilo, corre por mais de trezentos quilômetros para desaguar no mar de Okhotsk. Os bosques de abeto e as florestas de alerce que se unem às altas tundras nas proximidades do vulcão rapidamente dão lugar a zonas úmidas, povoadas de bétulas, de choupo-tremedor, amieiros, salgueiros e álamos. O inverno ali é muito rigoroso, e a denominação "bétulas de pedra", que caracteriza a espécie majoritária ali radicada, torna-se mais que palpável. A vegetação se fixa em um envoltório de gelo, frio e neve; ou ao menos se fixava, mas por enquanto essa é outra história. O verão é sufocante e úmido, uma selva colorida desponta a partir do começo do mês de junho, com o capim atingindo dois metros de altura nas zonas mais descobertas, e flores desmesuradamente grandes surgindo aqui e ali nas pradarias verde-esmeralda. Do verão ao inverno, salmões, trutas, gansos e patos, ursos, águias, renas selvagens e domésticas, cavalos, alces, muflões, lobos, zibelinas, raposas, linces, entre outros, percorrem incansavelmente o território, vão, saem, somem, se escondem e retornam. A vida inteira em Ítcha é um perpétuo "cruzar-se", um "familiarizar-se" mutuamente seguido necessariamente por um "deixar-se partir".

No início, a *liês*, a floresta de Ítcha foi para mim menos um ecossistema específico povoado de seres com trajetórias variadas, e mais a voz de Dária, a voz humana de Dária recordando para mim a história, particular e global, dos humanos que lá viveram e daqueles que para lá voltaram. Como no Alasca, cheguei a Ítcha com a ideia de entender as relações animistas que esse clã familiar even que voltara para a floresta depois da queda da União Soviética mantinha com os seres e entidades não humanas com quem compartilhavam seu território; mas primeiro me deparei com a humanidade, a dela, a minha, a deles, a nossa. Seu relato inicial me serviu de via de escape das minhas obsessões teóricas, que resistiam, que tinham a casca dura, apesar dos meus tropeços no Alasca; seu olhar de senhora recordando as lembranças de infância era a mais bela lição de humildade em relação ao que esperamos dos outros e que eles não nos dão, pois suas vidas sempre escapam às nossas perspectivas, mesmo às mais abertas.

Faz frio no *atien*, amanhece, Dária acende o fogo. Esfregamos nossas mãos em silêncio por cima das chamas, a noite foi povoada por sonhos estranhos, nenhuma vontade de falar a respeito. Você sabe que em Tvaián não estamos sós, ela me diz finalmente. Há todos aqueles que estavam aqui, antes. Aqueles que morreram aqui continuam habitando o acampamento, eles nos observam viver durante o dia e, às vezes, falam conosco à noite. Fantasmas?, digo toscamente. Por que não? Os espíritos dos mortos que viram tudo e viveram de tudo.

Eles se divertem com nossas vidas agora, e também se divertem por você ter vindo agora, quando tudo acabou por aqui já faz muito tempo, não resta mais nada, correio, vilarejo, loja, mais nada, apenas nós, as árvores, o céu, o rio e os animais. Esboço um sorriso. E você, você se lembra? Me conte mais, eu lhe peço, conte como era. A chaleira apita, Dária enche nossas xícaras enquanto corto alguns pedaços de salmão seco. A fumaça faz meus olhos arderem, observo Dária com um olhar avermelhado e úmido. Ela me passa um pedaço de pano, bebe alguns goles em silêncio, abaixa a cabeça e fixa o olhar no piso destruído do *atien*. Sua voz se eleva e aos poucos vai preenchendo o espaço turvo entre nós e o fogo.

Dária se lembra de Tvaián
Nasci em uma iurta aos pés do vulcão, em um período de nomadismo com as renas. Foi em 21 de agosto de 1952. Nos três primeiros dias depois do meu nascimento, minha mãe me contou que eu não parava de chorar, não comia quase nada. Eles chamaram o velho Appa; ele veio ter comigo no terceiro dia. Cantou a noite inteira. De manhã, perguntou à minha mãe como ela queria me chamar. Ela disse Uliana. Ele disse que não seria possível, que eu precisava me chamar Dária, o nome da minha avó morta muito jovem. Com certeza, ele estava em contato com ela. Disse também que se não me dessem seu nome, eu iria morrer. É por isso que me chamo Dária. Depois dessa noite, passei a dormir, e dormia tanto que minha mãe tinha que beliscar minha bochecha para que eu pegasse o peito. Sou a segunda criança da minha mãe, somos oito. Igor, eu, Artium, Klava, Gália, Lena, Ilo e Vadim. Quatro meninos, quatro meninas. Três de nós nascemos nas montanhas, dentro da iurta com as renas. Gália, Ilo e eu. Os outros nasceram em Tvaián.

Depois, mais tarde, quando tivemos que nos deslocar para novas pastagens, fui transportada em um bercinho equilibrado no flanco direito da rena na qual minha mãe estava montada, ela cantava para encorajá-la, cantava para me tranquilizar. Quando pequena, eu era muito curiosa. Era curiosa principalmente para entender por que um dia nos estabelecemos, de maneira mais sedentária, em Tvaián, sendo que nossa vida era um permanente deslocamento com as renas. Não entendia por que, a partir dos meus seis anos, quase todos os membros da minha família se instalaram ali, eles que até então viviam de maneira dispersa, que se encontravam apenas em certos períodos do ano, sobretudo no inverno. Naquele momento, eu não sabia que no período soviético eles realocavam as pessoas de um vilarejo para outro. Nós nos movíamos menos, essa era minha única certeza. Meu pai, seus irmãos e seus sobrinhos cuidavam de renas que não eram mais suas, os rebanhos tinham aumentado, passado de uma dezena de renas por família a vários milhares. As pessoas já não montavam nelas, não cantavam mais nada para elas. Minha mãe dizia que era preciso se acostumar com isso, que agora era assim, que os cantos tinham se desvanecido na massa dos animais e que os humanos esqueciam quem eles eram ao mesmo tempo que as renas esqueciam o valor de seus pastores. Sobrava Tvaián. As mulheres que faziam todo o trabalho. A vida e os vínculos que se criavam. E Tvaián era, apesar de tudo, um bom acampamento-base, dizia minha mãe.

  O campo de pesca e caça que você vê hoje tem pouco a ver com o que era isso aqui antes. Tinha muita gente. Galinhas, porcos, jardins. Tínhamos abatido árvores logo ali, atrás da colina, e cultivávamos grandes parcelas de batata. Tínhamos boas colheitas, e o excedente era levado para Ítcha, o vilarejo que fica no litoral. Cerca de cinquenta pessoas viviam aqui, tinha um correio, uma loja, um poço coletivo. Um pouco depois, houve até um trator, que era preto. Além dos moradores permanentes que faziam o vilarejo funcionar, sobretudo as mulheres, havia aqueles que passavam com as renas para se abastecer, e os que traziam víveres de fora e ficavam algum tempo. Eu via botes e barcos navegarem no rio Ítcha, carregados de provisões. De onde eles vinham? Do mar, respondia sempre minha mãe. Mar que eu nunca tinha visto, mesmo que não estivesse longe, a sessenta quilômetros, mar que me dava medo, de onde saíam desconhecidos que subiam o rio até aqui, a cada verão, com produtos vindos de outro mundo. Um dia, comi um queijinho com uma casca vermelha. Achei muito ruim e tive muita dor de barriga, eu não estava acostumada com laticínios, naquela época comíamos apenas carne e peixe, além dos legumes que você conhece e das bagas e raízes coletadas no verão. Mas leite, não. Eu nem imaginava que do leite era possível fabricar um alimento como o queijo.

E não estávamos apenas entre nós, os even, em Tvaián. Em 1958, eles trouxeram os coriacos. Sabe a estrada antiga que atravessa o campo? À esquerda, estávamos nós; à direita, os coriacos. Nós nos dávamos até que bem, mesmo que não falássemos a mesma língua. Nós quase não falávamos russo, mas de qualquer forma virou nossa língua comum. Para adquirir produtos nas lojas, não tínhamos dinheiro, vivíamos de crédito. Recebíamos um adiantamento que tínhamos que pagar com dias de trabalho, em razão da quantidade de produtos comprados e de sua natureza. Minha lembrança mais bonita dessa época é de quando um cinema ambulante aportou no rio num dia de verão. Sentamo-nos do lado de fora, onde fica a casa de inverno atual. Eles esticaram um grande lençol branco entre as árvores. Fiquei muito impressionada com as grandes bobinas e o projetor. Descobri naquela noite que os russos também dançavam, mas não como nós. Tudo parecia tão ordenado, tão harmonioso. Disseram-me que aquilo se chamava balé. Achei as mulheres lindíssimas. E me senti um pouco mal, também. Olhei minhas roupas de pele, e pela primeira vez na minha vida achei que eram sujas e insossas, em comparação aos trajes delas, sedosos e brilhantes. Lembro-me de ter achado estranho, isso de serem assim tão diferentes.

Dária revira as brasas no fogo, enquanto tento imaginar um colcoz aqui, em um dos lugares habitados mais distantes em que me aconteceu de viver. Ela recomeça, com a voz mais grave. E então veio o ano de 1963. No fim do verão, quando acompanhava minha mãe na caça, escutamos um helicóptero. Meu pai nos alcançou no mato, disse-nos que devíamos voltar para casa, que havia chegado o momento. Seus olhos estavam úmidos, e não entendi por que, já que ele não chorava nunca, aliás, ninguém nunca chorava na família. Voltamos os três para o vilarejo, dois russos nos esperavam diante da cabana, fumando. Eu soube que iria embora, iria para o internato, do outro lado da península, em Kliutchí. Tudo aconteceu muito rápido, não me despedi de ninguém, apenas parti, sem mais, desapareci no ventre do helicóptero. Chorei muito. Lá, as coisas começaram muito mal. Peguei tuberculose e um tracoma, perdi a visão por vários meses e tossia o tempo inteiro. Mal ia à escola naqueles primeiros tempos, ficava na enfermaria de cuidados intensivos. Não entendia nada do que me diziam. Aprendi russo posteriormente, na marra, porque na escola nos batiam quando falávamos nossa língua com outras crianças even. No mês seguinte, maio, fomos levados a Tvaián para passar quatro meses. Entendi então que minha vida seria assim. Durante o ano, no internato, e durante os quatro meses de verão, na floresta com a minha família. Eu me acostumei com isso, aprendi, fiz tudo o que me disseram para fazer. E a continuação da história você conhece. Esso, meu emprego de farmacêutica, os filhos. Depois, 1989, e a floresta que voltou a ser um futuro possível, tantos anos depois.

Dária vai para Tvaián
No verão de 1964, quando me levaram do internato em direção à floresta e aos meus pais, fiquei surpresa por não chegar a Tvaián, mas perto da nascente do rio Ítcha. Fiquei sabendo que o vilarejo tinha sido deslocado. Os nossos, e também os

coriacos, tinham sido transferidos de seus postos, enviados como pastores para tomar conta dos rebanhos de renas ou levados a colcozes mais importantes, como Esso e Anavgai.

Depois de 1964, não houve mais moradores permanentes em Tvaián, exceto geólogos russos de passagem, que vieram investigar as reservas de gás e petróleo. Eles cavaram buracos em toda parte ao redor do campo, fizeram prospecções. Posso lhe mostrar, se você quiser, diz Dária me indicando a direção dos lugares com um vago meneio de cabeça. Ali, um pouco a jusante do rio, tem também carvão, que é marrom, mas queima bem. É melhor que eles nem saibam disso, digo ingenuamente. Dária deixa escapar um risinho, balançando a cabeça. Eles sabem de tudo, conhecem tudo o que há aqui. E há recursos que interessam a eles. Mas eles os deixaram sob reserva, para mais tarde. Então, por enquanto, não corremos risco algum.

Depois do declínio do colcoz, sua mãe continuou na floresta? Mais ou menos. Ela vivia periodicamente em Esso conosco, quando não estava com os homens e os rebanhos de renas que nomadizavam. Ela voltou para se instalar de maneira definitiva na floresta nos anos 1980, em Drakoon, quando Artium se tornou caçador profissional no vilarejo de Esso. Por causa das peles, como Ivan? Por causa das peles. De raposa, de glutão, de urso; e principalmente de zibelina, mas disso você já sabe. No fim do inverno, Artium levava as peles ao vilarejo, havia cotas. Em troca, ele conseguia um pouco de dinheiro e víveres que levava para a floresta. Naquela época, tudo era muito controlado, não havia caça e pesca clandestina. Essa clandestinidade começou, para valer, depois da queda da URSS. E você? Dária suspira. Eu precisei de quase dez anos para encontrá-los, esperei a luz se apagar, as lojas ficarem vazias, a farmácia fechar. Na escuridão dos dias, o sonho de Tvaián foi se reavivando. Vi a floresta, vi os peixes, vi o rio. Vi todos os mortos que ficaram por lá. Todos aqueles que por muito tempo eu só via à noite, eu os via em pleno dia. Estavam todos lá, o tempo todo. Haviam voltado. Naquele momento, entendi que precisava partir, que não havia mais nada para mim aqui. Era preciso escutar o sonho.

Vítia, meu segundo marido, foi antes de nós. Reuniu cavalos em Tvaián, pensamos em começar uma criação, pois havia cavalos na tundra e no vilarejo, a preço bom; e, ao contrário das renas, eles não interessavam comercialmente aos russos. Vítia chegou em Tvaián na primavera de 1989, reconstruiu uma iurta, um *atien* e restaurou a cabana de inverno. Nós todos retornamos definitivamente no fim do outono, foi o tempo de arrumar minhas coisas em Esso. Ivan tinha três meses e Iúlia três anos. O retorno foi difícil. Era outubro, tinha muita neve, levamos duas semanas para chegar a Tvaián, quando normalmente, a partir de Esso, se seguirmos reto, levamos uma semana. Mas por causa da neve tivemos que fazer desvios. Houve uma tempestade, os cavalos tinham neve até a barriga. Apesar de tudo, continuamos, e quando chegamos à costa oeste, depois da passagem dos contrafortes do vulcão, o tempo já havia melhorado. Chegamos a Tvaián no dia 3 de novembro. Cavamos ao pé da colina para desenterrar batatas, não tínhamos mais nada para comer. Tivemos sorte de cruzar com gente de bem na estrada. Anna me deu açúcar; Oksana, farinha; alguns pescadores coriacos deixaram para nós peixe e gordura de urso. Um pouco aqui, um pouco ali, foi assim que encontramos uma saída.

*

Esse relato de Dária, eu o escutei várias vezes e sob várias formas. Fiz-lhe perguntas que tinham a ver com sua realidade, perguntas que provinham do meu mundo, perguntas próximas, distantes, conexas, derivadas. A cada vez a grande história era engolida pela história local, a da sua família e, por extensão, a dos *orótchel*[34] da região de Ítcha. Eu quis guardar o teor de

---

[34] Nome vernáculo que designa os even, usado ocasionalmente por Dária e sua família.

suas palavras infantis quando ela falava a partir do lugar da lembrança, a textura de sua voz de mulher madura quando evocava os períodos mais recentes; queria dar a ler a pluralidade de seres que coabitavam nela. Reuni todos os fragmentos de nossas discussões noturnas e matinais ao longo de vários anos, linearizei um pensamento que só se exprime em círculos, em *flashes*, de acordo com as situações, muitas vezes oníricas, às quais nos entregávamos perto do fogo, pois em Tvaián é sempre em torno do fogo que o passado emerge. As datas se sobrepõem e se perdem, os atores se alternam sem hierarquização temporal. Demorei vários meses para entender o que exatamente tinha acontecido em Tvaián e responder às perguntas simples, quem, quando e como; levei vários anos para recompor os relatos fragmentados de Dária em uma história unificada, ainda que conservando o teor hesitante da oralidade e do tempo longo que passamos oscilando juntas.

No dia 3 de novembro de 1989, ou seja, seis dias antes que o muro de Berlim caísse do outro lado do continente, Dária e os filhos se instalam em Tvaián de maneira permanente. O projeto de criação de cavalos rapidamente se revelará um fracasso nesses primeiros anos de vida na floresta, pois nessa época, na península, as rixas e o banditismo começam a grassar. Três anos após a mudança para Tvaián, Vítia, o segundo marido de Dária, morre no mar de Okhotsk, o mesmo mar que tanto assustava Dária quando pequena. Ele fora participar de uma pesca comercial para levar algum dinheiro à família. Para Ivan e Iúlia, os caçulas de Dária, seu pai morreu de um ataque cardíaco no mar. Para mim, certa noite, com os olhos cheios de lágrimas, Dária me conta uma história completamente diferente. Às vezes, Vítia vem me ver em sonho, na forma de um urso. Vítia não morreu de um ataque cardíaco. Ele foi assassinado por bandidos. Meus filhos não podem saber. Por quê? Porque é duro demais. O silêncio? O silêncio.

Dois maridos, duas tentativas de vida, dentro e fora, duas mortes cruéis. O primeiro homem, morto em um sistema político cuja brutalidade era irrefreável mesmo nos limites do colcoz; o segundo, falecido em meio aos conflitos que a queda do regime provocou, em um mundo onde, durante alguns anos, o caos se tornou a norma, mesmo para aqueles que tentavam reconstruir condições de existência viáveis longe da refrega. Ivan tem três anos e Iúlia sete quando o pai morre. Dária não terá outro marido. Dária ensina seus filhos a pescar, caçar, coletar. Mais tarde, eles também partirão para ir à escola. Mas Tvaián permanecerá o lugar de Dária, com ou sem marido, com ou sem filhos. Os filhos voltarão todos os verões e, uma vez crescidos, Ivan e seu irmão Volódia, filho do primeiro marido, se estabelecerão definitivamente em Tvaián com a mãe. Iúlia, por sua vez, casada com um militar, vai se instalar na cidade, em um campo militar russo. Iúlia tem exatamente a minha idade, com uma diferença de dois dias. Ela tem quatro filhos. Vassilina, Gricha, Iliá e Sennia. Hoje, eles também passam os quatro meses de verão em Tvaián, onde a avó lhes ensina tudo o que devem saber sobre a floresta para não se perderem.

*

Naquele dia, não me lembro bem qual, Dária termina sua história mergulhando como sempre seus olhos nos meus. É isso, faz trinta anos que estamos aqui, trinta anos desde que voltamos. Cada um de nós, meus irmãos, minhas irmãs e seus filhos, tem seu próprio acampamento de caça. Artium em Manach, Klava em Drakoon, nós, aqui. Nós aguentamos, estamos vivos, não juntos, mas não distantes, nossos filhos estão crescendo. Nossa força é a de Memme. A de ter acreditado na floresta quando tudo ao redor desmoronava.

Terceira parte
Cosmologias acidentais

> Imagino uma alma marcada e como que sulfúrea e fosforescente por esses encontros como o único estado aceitável da realidade.
>
> ANTONIN ARTAUD, *Le Pèse-nerfs*

INTRODUÇÃO

Retomo agora o fio das discussões comparativas iniciadas em torno dos espelhos da Beríngia, e suspensas pela resposta histórica e concreta que Dária propõe quando volta a viver nas ruínas de um sistema colapsado. Tentei mostrar como as políticas de assimilação sustentadas pela dualidade moderna, sejam elas abordadas pelo ângulo da natureza ou das culturas, falharam parcialmente em sua missão original, isto é, a operação de enquadramento dos coletivos humanos e não humanos tanto de um lado quanto de outro do Estreito de Bering.

  No caso dos gwich'in do Alasca, o ressurgimento das histórias míticas a fim de compreender as hibridações atuais, isto é, a fuga dos animais para fora de suas barreiras de espécie, foi uma maneira de responder à instabilidade ecológica provocada pela mudança climática, compreendida como um dos efeitos das condições de produção da modernidade industrial. A pragmática animista dos gwich'in leva-os a considerar que os animais respondem às metamorfoses ambientais de maneira individuada e que seus movimentos imprevisíveis e suas transformações inesperadas correspondem a uma capacidade interna de responder às incertezas ambientes, uma disposição compartilhada por todos os seres vivos — uma disposição que as histórias míticas não deixaram de recordar ao espírito dos humanos: também eles podem a qualquer momento reagenciar diferentemente seus próprios limites para se articular àqueles de um meio exterior que se altera.

É exatamente o mesmo movimento que Dária opera quando volta para a floresta, com uma diferença: sua transformação não é concebida apenas de maneira ideal e/ou em modo menor, como é o caso no Alasca; ela se atualiza numa escolha existencial que arrasta consigo todo um coletivo. O colapso sistêmico não é mais pensado apenas como capaz de produzir este ou aquele efeito, diante do qual seria preciso se preparar e preparar as gerações futuras; ele é vivido, e a resposta do coletivo engaja todas as esferas de sua existência: ontológica, econômica, política, social. Nesse sentido, é preciso antes encontrar uma maneira de se religar aos seres e entidades relevantes da floresta, reativando as possibilidades de relação que foram suspensas pelo processo colonial. O retorno da família de Dária a Tvaián é tensionado por dois motivos principais: a volta dos sonhos performativos e a reinvenção de um modo de vida que implica uma relação concreta e cotidiana com os seres que habitam um meio específico. "Reapropriar-se de seu sonho", para Dária, significa encarnar o sonho de Tvaián, transformado em escolha política que a levou a desertar Esso para retornar à floresta. Também significa reconhecer uma eficácia na própria ação de sonhar que, de um ponto de vista animista, requer adentrar o mundo dos outros — aqui, a floresta —, onde encontros não projetivos são possíveis. Esses sonhos, cuja existência (ou mesmo a possibilidade) tinha sido silenciada durante o período soviético, prefiguram e dão um enquadramento às práticas de caça e de pesca e, por extensão, à existência completa dos humanos em Tvaián. A reinvenção de uma outra organização de vida (caça, pesca e coleta) independentemente das renas e/ou das práticas folclóricas, umas e outras *in fine* destinadas a consumidores externos, é o principal efeito disso.

    Antes de entrar nas minúcias dessas respostas oníricas (noturnas) e encarnadas (diurnas), temos que entender as premissas ontológicas que lhes conferem forma. Pudemos concordar temporariamente com o fato de que o naturalismo enquadrava filosoficamente as políticas de Estado; é preciso agora nos questionarmos a respeito do tipo de mundo, anticolonial, no qual as respostas atuais do coletivo de Dária se dão. Nessa altura, nossa pergunta passa a ser: como é possível que tenha bastado "a luz se apagar", isto é, que o sistema econômico e político em que os even de Kamtchátka estavam inseridos tenha desmoronado, para que, segundo as palavras de Dária, "os espíritos ressurgissem", para que, de alguma forma, uma latência tenha se liberado e lhes permitido percorrer trajetórias inesperadas? Essa latência nomeia o quê? A pedra angular de suas escolhas de vida torna-se não mais apenas saber como ganhar dinheiro e/ou viver no e pelo Estado que governa suas relações com os humanos e com os outros: ela também diz respeito a como retomar o diálogo com as entidades e seres relevantes de maneira horizontal, um diálogo deixado em suspenso meio século antes.

    Compreendemos os mecanismos conceituais acionados pelas políticas de assimilação para constituir uma organização de mundo que serve aos interesses do Estado de direito e dos atores econômicos a ele associados; consideremos agora a hipótese segundo a qual o naturalismo seria incapaz de perdurar no tempo e perguntemo-nos, sendo esse o caso, pelo que existia antes, quando o naturalismo não parecia abarcar tudo. O que contam as histórias que há séculos dão forma ao mundo dos coletivos autóctones do Grande Norte, antes do recente processo de colonização? O que é feito das formas ditas míticas desses mundos, e sob que perspectiva são elas suficientemente contemporâneas para se verem reanimadas no contexto político e ecológico atual? Em suma, em que tipo de cosmologias estamos tomando pé, e como elas podem ser reatualizadas no âmbito da atualidade caótica provocada pela mudança climática e/ou pelas crises sistêmicas nas regiões do Grande Norte?

4.
COSMOGONIA ACIDENTAL I: NASCIMENTO DOS CORPOS

> E tudo o que é percebido com os sentidos, pensado, sentido e sonhado, existe.
>
> PAUL RADIN[35]

Estamos familiarizados com o relato judaico-cristão:

> No princípio, Deus criou o céu e a terra. Ora, a terra estava disforme e vazia, as trevas cobriam o abismo, e o espírito de Deus se movia sobre as águas. Deus disse: "Haja luz" e houve luz. Deus viu que a luz era boa, e Deus separou a luz das trevas. Deus chamou a luz "dia", e Ele chamou as trevas "noite". Assim, houve uma noite e uma manhã: foi o primeiro dia.

O mito judaico-cristão formula a questão clássica da introdução das diferenças no interior da matéria ou, para dizê-lo

---

[35] "And everything that is perceived by the sense, thought of, felt and dreamt of, exist." P. Radin, "Religion of the North American Indians", *The Journal of American Folklore*, outubro-dezembro de 1914, 27, 106, p. 352.

trivialmente, da passagem do disforme às formas — questão, ademais, formulada pela maioria dos mitos de origem no mundo. Na introdução a *Steps to an Ecology of Mind*, Gregory Bateson compara o relato do Gênesis a um mito de criação iatmul da Nova Guiné.[36] Este último também trata da maneira como a terra foi separada da água, mas, em vez de pôr em cena um Deus todo-poderoso, ele narra o encontro entre o crocodilo Kavwokmali e o humano Kevenbuangga, que, em seu combate mortal, permitem que uma terra se estabilize — ao morrer pela lança do homem, o crocodilo deixa de espalhar a lama pela superfície da água, a lama se enrijece e se torna terra. A primeira coisa a notar é que, na versão iatmul, a terra não é intencionalmente criada por um único agente que lhe é exterior, como no mito do Gênesis: a terra é produto de um encontro. É para expandir esse aspecto abordado por Bateson que quero avançar a ideia de que, mais do que um encontro, trata-se de um encontro fortuito. Se o tema é o mesmo — a introdução das formas diferenciadas que compõem o mundo que conhecemos hoje —, é a *maneira* como essas formas ganham existência que me interessa aqui. Essas maneiras que chamo de *acidentais*, em vez de intencionais, mudam tudo, pois fazem variar a cartografia das relações entre os seres e os elementos desde a origem, inaugurando um outro registro dos possíveis, capaz de se desenrolar no tempo enquanto dá forma à experiência do presente.

    As histórias que evocam os tempos míticos nas regiões setentrionais geralmente começam com a seguinte contextualização: "Naquele tempo, animais e humanos falavam a mesma língua e todos se compreendiam". Esses relatos

---

[36] Bateson compara os dois mitos para questionar a aparente evidência da indução na filosofia e nas ciências. Ele ressalta sua impossibilidade "de base", uma vez que ninguém nunca conheceu uma terra disforme, indiferenciada, ou pior, "vazia". Gregory Bateson, *Steps to an Ecology of Mind: Collected Essays in Anthropology, Psychiatry, Evolution, and Epistemology*. Chicago: University of Chicago Press, 1972.

nos falam de um tempo anterior ao processo de especiação, ou, mais precisamente, de um tempo que coincide com o momento da mudança, quando os seres estão se tornando aqueles que hoje nós encaixamos nas categorias de espécies e elementos diferenciados: o tempo do mito. A criação primeva é sempre relatada como uma negociação a propósito de um mundo incognoscível em sua globalidade, que seres imprevisíveis estão incessante e infinitamente a criar. Não existe estado de graça, nem paraíso nem queda, mas um relacionamento transespecífico, contínuo e infinito, que se dá nas metamorfoses de uns em contato com outros. Os seres estão mergulhados na escuridão ou flutuando em um oceano sem margem, seus contornos não são definidos, a fronteira de suas almas e de seus corpos é porosa, cada um pode deslizar para dentro da pele do outro, sob seus trajes e para dentro de sua cabeça, a todo momento.

Gostaria de introduzir o motivo da cosmologia acidental por meio da figura do Corvo, pois ele é o demiurgo mais conhecido do Grande Norte, ainda que não seja o único. Este é o relato mítico tsimshian, cujas variantes estão bem espalhadas pela costa noroeste da América do Norte:

> Era noite em toda parte. A escuridão era tão impenetrável que Corvo tropeçava em tudo. Insatisfeito com esse estado do mundo, Corvo vaga como pode até a casa de um homem muito velho, que morava com a filha na desembocadura do rio Nass. Ele ficara sabendo que o velho guardava a luz do mundo em uma caixinha minúscula, escondida dentro de outras caixas, e Corvo tinha a intenção de se apropriar dela. Ficou muito tempo do lado de fora, perguntando-se como fazer para entrar sem ser flagrado. Tateou as paredes da casa, mas não encontrou nenhuma abertura discreta, só havia a porta de entrada. Um dia, a jovem foi pegar água no rio, e Corvo entendeu que sua oportunidade tinha se apresentado. Ele se transformou em espinho de *pinus* e se deixou

levar pela corrente, até terminar no balde que a jovem estava enchendo. Corvo lhe deu tanta sede que ela bebeu a água aos goles e tragou o espinho de *pinus*. Ele se instalou confortavelmente no estômago vazio dela e se transformou uma segunda vez. Algum tempo depois, a jovem deu à luz um recém-nascido de aspecto estranho, dotado de algumas penas no corpo e de olhar vivo e penetrante. O pequeno não era outro senão o próprio Corvo. Imediatamente, ele se esforçou para ganhar a confiança e conquistar seu avô, que pouco a pouco terminou por ceder às suas exigências. Quando finalmente Corvo obteve as caixas contendo toda a luz do mundo, apoderou-se delas imediatamente e novamente se transformou em corvo, voando chaminé afora. Tão feliz com o butim que trazia no bico e com o efeito que a luz produzia sob as asas quando ele sobrevoava a terra, não prestou atenção na Águia que o perseguia. Ao escapar por pouco de suas garras curvas, desafortunadamente deixou cair metade da luz, que se espatifou nos rochedos e virou uma miríade de estilhaços que dispararam até o céu e o estrelaram. Águia não parava de perseguir Corvo, e assim voaram até o fim do mundo. Cansado, Corvo renunciou ao último naco de luz, que desapareceu nas nuvens. Alguns minutos depois, um astro ofuscante se levantou a leste e seus raios se espalharam por toda parte nos arredores.[37]

Se o Corvo do mito tsimshian pode ser visto como um demiurgo, isto é, um criador de mundo, ele é um demiurgo de aspecto estranho, pois ele mesmo ignora a categoria de seres à qual parece pertencer. Sua ação é acidental, pois é produto de um encontro desafortunado com um outro, Águia, que entra em cena sem avisar e tumultua os planos que ele tinha em

---

[37] Para uma versão longa deste mito, traduzida para o francês, ver, por exemplo, B. Reid e R. Bringhurst, *Corbeau vole la lumière. Essai autochtone*. Saint-Boniface: Éditions des Plaines, 2011.

mente. É precisamente esse tumulto, "águia persegue corvo em pleno céu e houve luz", que deve nos interpelar a propósito de como, nas cosmologias do Grande Norte, considera-se que um mundo toma forma.

O que aconteceu? Corvo acaba de lançar a luz sobre o mundo e, portanto, de torná-lo passível de ser conhecido a distância, de longe: doravante, os seres podem distinguir limites visuais, e não apenas táteis, auditivos, gustativos e olfativos. Cada entidade que habita e constitui o mundo se desprende bruscamente das outras à medida que o astro se levanta e verte luz sobre suas diferenças de matéria, de forma e de constituição. É o começo da especiação, isto é, o nascimento dos corpos limitados; é o começo de um mundo constituído por uma diversidade sensível que, ao se estabilizar no tempo e se manifestar nos corpos, aos poucos produzirá efeitos de barreira sobre os seres em copresença. À medida que suas disposições físicas se especificam, eles se distanciarão uns dos outros, e quando o tempo do mito chegar ao fim, "já não falarão a mesma língua". O ciclo das metamorfoses cessará temporariamente até que, em razão — não mais original, mas contemporânea — da passagem de um estado a outro, o tempo do mito seja reativado em um mundo agora diversificado, e as coordenadas iniciais desse meio específico sejam redistribuídas.

Corvo, por distração, lança luz sobre a questão das fronteiras que separam os seres com que ele cruzou, e ele o faz, paradoxalmente, recorrendo à metamorfose de maneira quase compulsiva. Para piorar as coisas, ele cai na própria armadilha e fracassa lamentavelmente em levar a cabo a missão que atribuíra a si próprio: roubar a luz e guardá-la para si. Suas aventuras são narradas como errâncias indecisas e incertas, jamais como buscas. Quais são suas motivações? Impossível saber, embora, com certeza, não sejam intencionais. Mas isso em nada impede que o gesto criador se cumpra: é graças à participação de outros e (apesar de toda sua magia) graças a seu fracasso pessoal, que Corvo espalha a luz sobre os elementos e os seres, tornando-os *visíveis*, apreensíveis pelo pensamento e não unicamente pelos sentidos.

O mundo que os humanos conhecem depois da intervenção de Corvo é, portanto, o produto de um mal-entendido grotesco, mais que da ação de um herói civilizatório ou de uma intervenção divina. No Alasca, os gwich'in caíam na gargalhada quando eu perguntava se o corvo, cujas histórias eles me contavam regularmente, era um animal sagrado: "Por que o adoraríamos ou o invocaríamos? É um pobre coitado, traiçoeiro e astuto, um verdadeiro trapaceiro! É impossível confiar nele".[38] Em Kamtchátka, quando eu fazia a mesma pergunta, os even me respondiam laconicamente: "O corvo não tem nada de um deus, mas é tão inteligente quanto você e eu, então devemos ter cuidado com ele!". À maneira das hipóteses antecipadas por certos etnólogos que procuraram determinar mais firmemente o lugar que o corvo ocupa em um sistema cosmogônico,[39] os coletivos que o evocam em suas histórias e mitos cultivam, na maior parte das vezes, certa reserva quanto a suas qualidades intrínsecas, seu papel cósmico e seu *status* social. Sua instabilidade comportamental e suas capacidades metamórficas fazem dele alguém difícil de captar, e é até perigoso querer dizer com certeza *quem* de fato ele é, pois ele poderia surpreender. É esse princípio que é encenado e reencenado nas histórias míticas: a impossibilidade de determinar a identidade de certo tipo de seres, fragilizando assim as relações constituintes do coletivo, exatamente aquelas que importaria preservar. No contexto ecológico dos caçadores-coletores do Grande Norte, marcado por incertezas cotidianas, a mensagem de um ser como Corvo torna-se bastante clara: é preciso desconfiar do sentido comum e da aparente estabili-

---

38 N. Martin, *Les Âmes sauvages*, op. cit.
39 R. K. Nelson, *Make Prayers to the Raven: A Koyukon View of the Northern Forest*. Chicago: The University of Chicago Press, 1983.

zação dos seres e das coisas, mesmo quando *a priori* o tempo do mito se encerrou e os seres se distinguiram uns dos outros, tornando-se assim "reconhecíveis de longe".

Temos certeza de reconhecer aqueles que nos cercam? É uma das questões formuladas pelos coletivos autóctones do Grande Norte quando evocam as histórias míticas e as transmitem. Estas são menos narrativas que relatam a origem de um povo em particular, ou mesmo de um território, do que modelos de relações com os outros seres, propondo uma cartografia diferente da nossa, uma cartografia acidental. A relação dos humanos com essa cartografia está longe de ser normativa: antes, ela abre um registro de correspondências possíveis entre o que outrora já foi consumado e a atualidade mais urgente. A relação entre histórias míticas e práticas atuais é de ordem analógica: abre-se a possibilidade de ressonâncias entre o infinitamente próximo e o infinitamente distante, entre o encerramento do passado e a abertura do presente, que se entrelaçam no fluxo da experiência vivida e se reconfiguram mutuamente. Com isso em mente, compreendemos de outro modo o que Claude Lévi-Strauss escrevia há mais de cinquenta anos: "Mas o valor intrínseco atribuído ao mito provém do fato de que os eventos que supostamente ocorreram num momento do tempo também formam uma estrutura permanente, que se refere simultaneamente ao passado, ao presente e ao futuro".[40] Segundo ele, os mitos são ao mesmo tempo históricos e a-históricos; afirmação que encontra eco na maneira benjaminiana de articular historicamente o passado tornando-se "senhor de uma lembrança tal como ela reluz no momento do perigo"; afirmação com a qual os coletivos autóctones mobilizados aqui concordariam, pois estão sempre retomando essas histórias e fazendo com que ressoem no presente, desmembrando-as ao

---

40 C. Lévi-Strauss, *Anthropologie structurale*. Paris: Plon, 1958, p. 231 [ed. bras.: *Antropologia Estrutural*, tradução de Beatriz Perrone-Moisés. São Paulo: Ubu, 2019].

arrancá-las dos limbos para colocá-las em relação com uma realidade defasada, reconstituindo-as e restituindo, em seu interior, a atualidade caótica ativa e transformadora. Talvez tenha a ver com essa intuição inicial a citação de Franz Boas feita por Lévi-Strauss na abertura de "A estrutura dos mitos", essa frase enigmática que, tendo em vista as perguntas que aqui nos interessam, não poderia soar mais precisa: "Dir-se-ia que os universos mitológicos estão fadados a serem pulverizados assim que se formam, para que novos universos nasçam de seus destroços".[41]

---

[41] F. Boas, Introdução a James Teit, "Traditions of the Thompson River Indians of British Columbia", *Memoirs of the American Folklore Society*, VI, 1898, p. 18. C. Lévi-Strauss, epígrafe de "La structure des mythes", *Anthropologie structurale*, op. cit., pp. 227-55. [ed. bras.: *Antropologia Estrutural*. Trad. Beatriz Perrone-Moisés. São Paulo: Ubu, 2019].

5.
TRICKSTERS

Turaki
A linha de pesca flutua suavemente na torrente que finalmente rompe o gelo, mas não há fisgada. Enfiadas até o joelho na neve fofa, perdemos a esperança de capturar o que quer que seja para o almoço. Um peixe frito viria a calhar, diz Dária. A água desfila sob nossos pés. Mas não vi ninguém em sonho esta noite. As árvores estalam sob o efeito do sol que distende seus tecidos. E ainda temos muita carne de rena. Consinto em silêncio, com os olhos fixos nos pedaços de gelo que se soltam da massa congelada do rio e seguem para a vazante fazendo nossas linhas rodopiarem. Isso me lembra uma história... Você conhece a do corvo e do salmão? Não, vá em frente, respondo.

Turaki[42] vai à caça. Após matar uma rena e colocá-la em seu trenó, ele se dá conta de que ela é pesada demais para arrastar. Então, decide passar pelo rio. Os salmões que vai

---

[42] Turaki é a palavra even para "corvo".

pegando, ele não os mata, converte todos em assistentes. Eu lhes darei de comer!, anuncia Turaki para engambelá-los. Ele os atrela, e os salmões começam a puxar o trenó como cachorros. Estamos cansados, Turaki!, eles reclamam depois de algum tempo. Turaki, quando você irá nos alimentar? Esperem um pouco mais, vamos avançar até o meu destino, em seguida lhes darei de comer. Eles chegam ao lugar indicado pelo corvo, mas ali ele tampouco os alimenta, nem mesmo olha para eles. Eles se revoltam uma segunda vez. Você está cheio de carne, dê um pouco para nós! Turaki os repreende. Ainda falta um pouco. Sejam pacientes, chegando lá eu os alimentarei. Na terceira vez em que exigem sua parte, novamente não são escutados, então enfiam embaixo de suas escamas as tiras de couro que Turaki tinha amarrado neles, deixam-no sozinho com sua carne e seu trenó pesado demais retido na neve e voltam a mergulhar no rio.

Sorrio para Dária. E então? Então o quê?, ela me responde. É isso, esse é o final da história. Fico irritada, puxo a linha da água, enfio minhas luvas no casaco. Bom, não teremos nada para hoje, diz Dária. Eles foram embora, ou não estão aí. Vamos acabar como Turaki se isso continuar, criando raiz na neve, se não desistirmos. Ela sai numa gargalhada só. Vamos? Vamos.

*

Turaki, o tiro que saiu pela culatra, imediatamente recorda ao leitor ocidental as personagens das fábulas de La Fontaine, cujos heróis são animais que se comportam como humanos, enganando-se mutuamente para levar seu quinhão em detrimento dos outros. Contudo, uma das principais diferenças está no fato de que as histórias de Dária e sua família — como as de todos os coletivos animistas do Grande Norte — nunca são portadoras de moral. "Não se saciar" é uma constante à qual é preciso se acostumar, e acaba virando, com o tempo, o estímulo que atiça o pensamento: nós registramos histórias ambivalentes, pressentindo a potência que elas escondem, sem, contudo, jamais saber qual sentido lhes conferir. É provável que essa ausência de moral, esse espaço sonoro deixado, se não vacante, ao menos suspenso quando a voz se apaga, seja aquela que tentamos captar ao longo de toda a nossa vida de pesquisadores. O agenciamento das histórias a seguir e seu entrelaçamento com as opiniões interpretativas que seu conteúdo e sua forma acabaram gerando são a própria expressão desse movimento.

O Turaki de Dária, assim como o Corvo do rio Nass, pode ser associado ao conceito de *trickster*, que, nas histórias míticas e na vida cotidiana, faz de tudo para interromper ou alterar o curso das atividades humanas, ao não respeitar nenhum limite social ou físico. A figura polimorfa do *trickster* se estabiliza no começo do século xx, com o surgimento de um *corpus* de mitos tsimshian, tlingit e haida, registrados por Franz Boas, Henri W. Tate[43] e John Swanton.[44] Neles, encontramos os três ciclos do Corvo, envolvido em aventuras fantásticas e rocambolescas, obscenas e chamativas, nas quais ele se diverte fazendo e desfazendo o mundo comum, nunca por filantropia, mas por descuido e picardia. Boas qualifica esse ser de "*trickster culture hero*", porque, apesar de sua natureza ambivalente, com frequência Corvo está na origem do mundo assim como hoje o conhecemos. Lévi-Strauss, por sua vez, propôs em seguida identificá-lo mediante o termo *décepteur*, combinando os sentidos

---

[43] F. Boas, *Tsimshian Mythology (based on texts recorded by Henry W. Tate)*, Thirty-first Annual Report of the Bureau of American Anthropology 1909-1910, Government Printing Office, 1916.
[44] J. R. Swanton e F. Boas, *Haida Songs & Tsimshian Texts*, vol. III, Publications of the American Ethological Society, Leyde, Brill, 1912; J. R. Swanton, *Tlingit Myths and Texts*, Smithsonian Institution, Bureau of American Ethnology, Government Printing Office, Washington, 1909.

de "decepcionar, frustrar" com os do latim tardio *decipere*: confundir, enganar, causar uma dificuldade. A etnografia mais rica desse personagem concerne à América do Norte, ainda que seja encontrado em outras regiões setentrionais (como no presente caso) e também na África[45] e na Oceania. A noção de *trickster* (ou de *décepteur*), formulada quando do contato com os mitos ameríndios para tentar dar conta da identidade flutuante, vacilante e ambígua dos animais que eles mobilizavam, pertence às ciências humanas: ela surge no cruzamento da antropologia social e cultural norte-americana com o estudo etnográfico da arte popular. No decorrer da primeira metade do século XX, sua polissemia a fará migrar para outras disciplinas — da história das religiões à história da arte, passando pela semiótica e a etnolinguística até a psicologia junguiana. Segundo Gilles-Félix Vallier, "essa promoção é concomitante ao reconhecimento do *trickster* na maioria das sociedades humanas (com ou sem escrita) em todos os continentes e em períodos históricos muito diferentes, a contar da Alta Antiguidade, despontando novamente no mundo pós-moderno. Eles apareceram como diferentes avatares, ou como uma identidade constante, quase absorvente. Desse modo, ocuparam imperiosamente os *interstícios definitórios*".[46]

Ulitchan

Uma carcaça de rena cortada em pedaços jaz na entrada da iurta, dentro de uma pequena peneira de lona e pele. A noite cai, faz muito frio. De dentro, escutamos um esfregar estranho contra as paredes. Dária se levanta e sai apressada, sigo seus passos. Psst

---

[45] Ver, por exemplo, E. E. Evans-Pritchard, *The Zande Trickster*. Oxford: Clarendon Press, 1967.
[46] G.-F. Vallier, "Le concept du héros imprévisible", *Cahiers d'études africaines*, 204, Varia, 2011, pp. 811-45 (os itálicos são meus).

psst psst, Ulitchan! Tire as patas daí, grita ela para a silhueta que se distancia trotando na escuridão. Olhe para todas essas pegadas. Faz um tempo que ele está dando voltas! Nós entramos para nos esquentar, recuperamos nossas xícaras de chá deixadas na mesa baixa perto do fogão. Esses pequenos intrometidos estão realmente em toda parte, diz Dária ao sentar-se. Nas nossas histórias também, pequenos embusteiros. Quer escutar uma? *Davái*, respondo laconicamente.

É a história de um homem que não tinha nada para comer e saíra para pescar. Ulitchan[47] passa ao lado e vê que o homem teve uma pesca abundante, seu trenó está cheio de belos salmões. Ulitchan se aproxima e o cumprimenta. Oh, sinto tanta dor na perna, não consigo mais andar! Por favor, leve-me em seu trenó! O homem, que era ingênuo, aceita gentilmente. Enquanto Ulitchan arrumava um lugar no meio dos peixes, o homem pediu que ele especificasse seu destino. Oh, vou apenas um pouco adiante!, responde Ulitchan. Eles se põem a caminho, o homem vai levando o trenó com a raposa e os peixes em cima. Onde paramos?, pergunta o homem depois de um tempo. Siga mais um pouco, logo paramos. O homem aceita, dessa vez mais descontente. Enquanto o homem avança, pouco a pouco Ulitchan come os peixes. O homem não olha para trás e Ulitchan continua comendo. Pela terceira vez, o homem pede para parar, e mais uma vez Ulitchan posterga o destino. Dessa vez, o homem não lhe dá ouvidos e para. Já chega, diz ele. Estou com muita fome e cansado. Vá buscar água para preparar o almoço, responde Ulitchan. Eu vou buscar lenha para a fogueira. Ulitchan pega o machado, pula do trenó e desaparece atrás de uma pequena colina. O homem fica esperando ele trazer a lenha, mas Ulitchan não volta mais, deixando-o sozinho, sem peixe e sem fogo.

Ele foi bem enrolado, eu disse. Dária fica pensativa um momento. Essa é a história even, ela continua. Os russos

---

47 *Ulitchan* é a palavra even para a raposa.

contam outra versão. O homem vai pescar e encontra no caminho uma raposa que finge estar morta. A raposa também rouba peixe dele. Porém, na variante russa, o homem consegue matá-la, e volta à casa para presentear sua esposa com a pele. Na nossa história, a raposa está sentada no trenó e come o peixe. E como o homem que puxa o trenó não olha o que está acontecendo atrás, no fim ele não tem mais nada.

Lembro-me de ter ficado chocada com essa última frase e de ter dito a Dária: nós também não olhamos para trás.

*

Farsante, fanfarrão, embusteiro e herói civilizador, demiurgo e criador, o *trickster* é um ser polimorfo. Nós o vimos com roupas de corvo, raposa, coelho, coiote, glutão e muitas mais. Daí emergem perguntas espinhosas para serem resolvidas pelos exegetas: em que animais ele se encarna, e por que nesses? Aliás, é realmente importante o fato de ele se encarnar nesse ou naquele animal? Ele não seria uma simples projeção mental própria aos humanos? Sua utilidade é psicológica, social ou ecológica? Ele é uma contingência cultural, própria aos coletivos que o mobilizam, ou uma figura universal, capaz de ressoar em nós, reavivando um antepassado que considerávamos perdido? Como então delinear seus contornos e captar o indefinível, ou pior, o "indecidível"?[48]

"Para mim, a significação é sempre fenomenal",[49] Lévi-Strauss responde a Paul Ricoeur quando este lhe pergunta sobre sua análise estrutural dos mitos. Ele explica que o sentido dos símbolos só pode ser "de posição", que eles nunca possuem significação intrínseca. Para ele, o relato mítico sobre o *trickster* polimorfo é uma maneira de refletir sobre o

[48] G.-F. Vallier, "Le concept du héros imprévisible", loc. cit., pp. 811-45.
[49] C. Lévi-Strauss, "Réponses à quelques questions. *La Pensée sauvage* et le structuralisme", *Esprit*, 11, 1963.

conjunto das conciliações possíveis entre as oposições que o pensamento introduz no mundo, sendo o seu propósito fornecer um modelo lógico para resolver uma contradição. O pensamento mítico busca menos descrever o real do que "justificar as limitações a que ele se sujeita, já que as posições extremas são *imaginadas* apenas para serem demonstradas como *insustentáveis*".[50]

O *décepteur* lévi-straussiano encarna essas "posições extremas" em um mundo instável e caótico; sua missão torna-se, então, operar mediações e apreender a passagem entre as oposições que atravessam o tecido cultural no momento de sua formação. Da morte à vida, da feminilidade à masculinidade, da caça à agricultura, o *trickster* permite resolver a incomensurabilidade dos termos, superando sua dualidade e assim tornando o mundo habitável.

Na origem dos tempos, diz Lévi-Strauss, "os desejos mais extravagantes podiam se realizar. Em compensação, a época atual, em que os humanos e os animais adquiriram naturezas distintas, é marcada pela necessidade [...]. Já não se pode fazer qualquer coisa. É o que *décepteur* descobre, muitas vezes com perdas e estragos; porque seus apetites imoderados fazem dele, em primeiro lugar, vítima dessas coerções incipientes, cabe a ele estabelecer suas modalidades. Em um universo em plena mudança, ele é ao mesmo tempo o último insubmisso e o primeiro legislador".[51] O objetivo do *trickster* é aqui "trabalhar" um mundo indiferenciado para nele fazer emergir limites (portanto, alteridades), bem como reencenar a indiferenciação primordial e a maneira, na maior parte das vezes hilariante e burlesca, contingente e acidental, pela qual o processo de especiação se efetua.

---

50 C. Lévi-Strauss, *Anthropologie structurale* II, op. cit., p. 209. [ed. bras.: *Antropologia estrutural* II. Trad. Beatriz Perrone-Moisés. São Paulo: Ubu, 2017].
51 C. Lévi-Strauss, "Préface", in B. Reid e R. Bringhurst, *Corbeau vole la lumière. Essai autochtone*, op. cit.

Haveria *mais* a ser encontrado nos mitos que encerram os *tricksters* do que apenas suas conspirações para se apropriarem de certas disposições metamórficas, por meio das quais eles se tornam "operadores da passagem", encarregados de resolver (ou ao menos suspender) as oposições e contradições que se impõem no processo de especiação? Não, diz Lévi-Strauss. Os mitos e seus protagonistas não significam nada além do "espírito, que os elabora por meio do mundo do qual ele mesmo faz parte".[52]

Por que Ricoeur ficava simultaneamente "fascinado e inquieto" com essa formalização lévi-straussiana dos mitos?[53] Por causa do "contrassenso" que ele sentia despontar no interior do edifício lógico dos sistemas de transformações. Tal contrassenso coincidia com a crítica feita pelos psicanalistas aos antropólogos: ao recusar qualquer significação ao conteúdo dos mitos, eles os condenam ao empobrecimento. Em 1901, muito antes das construções teóricas de Lévi-Strauss, Sigmund Freud se posiciona quanto à questão mítica em *Psicopatologia da vida cotidiana*: "Em grande medida, a concepção mitológica do mundo, que anima até as religiões mais modernas, não é senão uma psicologia projetada no mundo exterior".[54] Os mitos se tornam, com Freud, a expressão primeira do mecanismo da projeção. Deformados pela maior parte dos adultos modernos ao longo de uma "evolução pretensiosa"[55] que criou um fosso cada vez maior entre o ser humano e suas "cocriaturas animais",[56] os mitos são abordados como arquivos psíquicos (aos quais as crianças teriam naturalmente mais acesso) contendo a cristalização de um "antigo

---

52 C. Lévi-Strauss, *Mythologiques, Le Cru et le Cuit*. Paris: Plon, 1964, p. 346. [ed. bras.: *Antropologia estrutural* II. Trad. Beatriz Perrone-Moisés. São Paulo: Cosac & Naify, 2004].
53 C. Lévi-Strauss, "Réponses à quelques questions", loc. cit.
54 S. Freud, *Psychopathologie de la vie quotidienne*. Paris: Payot, 1975, pp. 273-4.
55 S. Freud, *L'Inquiétante Étrangeté et autres essais*. Paris: Gallimard, 1985, p. 182.
56 Ibid.

modo de pensamento"[57] e remetendo "aos sonhos seculares da jovem humanidade".[58]

Lévi-Strauss não cessará, ao longo de todo o seu trabalho com os mitos, de contestar essa implacável "psicologia da profundidade".[59] Ele questionará o que classifica de "velhas interpretações" ostentadas por exegetas incapazes de conceber as histórias míticas de outro modo senão como "devaneios da consciência coletiva",[60] não deixando nenhuma margem de manobra possível "entre a banalidade e o sofisma".[61] Se essa postura do antropólogo é, antes de tudo, fundamentalmente intelectual, ela também é discretamente política, pois coloca a antropologia na cena das ciências sociais reivindicando firmemente a horizontalidade na análise, isto é, a possibilidade de um exame *não projetivo* do mundo dos outros, interessando-se por suas lógicas próprias, sem contudo se privar de relacioná-las às nossas. Lévi-Strauss recusa-se a se prender entre, de um lado, uma visão segundo a qual o mito expressaria os sentimentos primordiais recalcados do homem (amor, raiva, vingança e assim por diante, repostos em cena de modo deturpado ao serem projetados em animais, por exemplo) e, de outro, uma abordagem ainda mais problemática, para a qual as histórias míticas não fazem senão explicar metaforicamente fenômenos naturais ou meteorológicos que não compreendemos — acepção mais compartilhada por nossos contemporâneos. Entre uma forma de realismo ingênuo que considera as histórias míticas como imagens especulares e deformadas das relações sociais e/ou da existência de

[57] Ibid.
[58] Ibid., p. 45.
[59] N. Journet, "La fonction mythique selon Lévi-Strauss", in idem (org.), *Les Grands Mythes. Origine, histoire, interprétation*. Paris: Éditions Sciences humaines, 2017, pp. 45-50.
[60] C. Lévi-Strauss, "La structure des mythes", *Anthropologie structurale*, op. cit., p. 228.[ed. bras.: *Antropologia Estrutural*. Trad. Beatriz Perrone-Moisés. São Paulo: Ubu, 2019].
[61] Ibid.

um ambiente natural que tentamos explicar sem, no entanto, conseguir, e seu oposto simétrico, a projeção em outros seres de sentimentos humanos universais recalcados, a "vencedora é sempre a dialética"[62] em seu avanço rumo ao horizonte da significação — inacessível, segundo Lévi-Strauss, para desagrado de Paul Ricoeur. Quando cedemos a essa facilidade interpretativa, não conseguimos apreender outras lógicas subjacentes a essas histórias que escutamos: não é possível haver um *deslocamento* em direção ao "pensamento selvagem", mas apenas a bricolagem de um espantalho assustador que representa nossas próprias psicoses, que, relegadas aos mundos ditos pré-modernos, justificam comodamente suas reminiscências noturnas.

Para Lévi-Strauss, o veredicto sobre essa apreensão dos mitos é inapelável: ela é da ordem de uma renúncia ao pensamento. É para enfrentar essas concepções empobrecedoras com um arsenal potente que a resposta lévi-straussiana é formulada: ele retira o mito da História e o inscreve na Lógica. Se o outro dos outros é, *também*, um outro, a antropologia não tem outra saída senão estabelecer um alinhamento de princípio com o "pensamento selvagem", sua primeira missão passando a ser a simetrização — programa de pesquisa que dura até hoje e que este livro prolonga à sua maneira. Lévi-Strauss se opôs então, resolutamente, à pretensão da psicanálise de constituir um conhecimento universal sobre a vida inconsciente graças unicamente à experiência clínica e psicoterapêutica, experiência que revelaria, escondidas nas profundezas da alma humana, representações compartilhadas pela humanidade inteira e, no entanto, situadas fora de qualquer espaço-tempo e de qualquer cultura em particular:

> Eles [os psicanalistas] se recusam a reconhecer e admitir que essa grande voz anônima que profere um discurso vindo de

[62] Ibid, p. 229.

tempos imemoriais, proveniente das profundezas do espírito, possa deixá-los surdos, tanto lhes é insuportável que esse discurso diga uma coisa completamente diferente do que aquilo que, de antemão, eles haviam decidido que ele diria. Quando leem o que escrevo, sentem uma espécie de decepção, quase rancor, por figurarem como terceiros em um diálogo mais rico de sentido do que qualquer outro até o momento estabelecido com os mitos, mas que prescinde deles [dos psicanalistas] e para o qual eles não têm nada a contribuir.[63]

A psicanálise junguiana, por sua vez, irá ainda mais longe do que a abordagem freudiana, na medida em que ela se apodera da figura do *trickster* para fazer dele um "psicologema", isto é, uma "estrutura arquetípica psíquica proveniente dos tempos mais remotos". Segundo Jung, cuja postura evolucionista hoje parece chocante, o *trickster*, em suas mais diferentes manifestações, representa a "imagem fiel de uma consciência humana indiferenciada em todos os aspectos, correspondendo a uma psique que, em sua evolução, mal deixou o plano animal".[64] O "trapaceiro divino"[65] descrito pelo etnólogo Paul Radin (que, aliás, Lévi-Strauss elogia em *Antropologia estrutural* II) conservou, para Jung, "a forma original e mítica da sombra. Ele testemunha, assim, um nível da consciência muito anterior ao nascimento do mito [...]. Enquanto a consciência era semelhante ao 'trapaceiro', uma tal objetificação [a do mito] não podia evidentemente se fazer".[66]

---

63 C. Lévi-Strauss, *L'Homme nu*. Paris: Plon, 1971, p. 572.
64 P. Radin, C. Kerenyi e C. G. Jung, *Le Fripon divin*. Genebra: Georg éditeur, 1958, p. 183.
65 "É assim que, para todos, ele continua sendo ao mesmo tempo um deus, uma besta, um ser humano, um herói, um bufão, ele que já existia antes da diferenciação do bem e do mal. Ele é o negador, o afirmador, o destruidor e o criador. Resumindo, é o trapaceiro divino. Se rirmos dele, ele nos olha com sarcasmo. O que acontece com ele, também acontece conosco", ibid., p. 46.
66 Ibid., p. 187.

Para Jung, a natureza dual e reversível do *trickster*, sua inconsciência e astúcia, sua impulsividade e magia, aproxima-o do mercúrio dos alquimistas; ele torna-se uma figura da transformação psíquica, tendo como principal efeito a inversão. Essa "dinâmica da sombra" não designa uma consciência infantil, como seríamos levados a crer ao fazer uma leitura rápida demais, mas uma capacidade de renascimento e renovação que permanece em nós e pode ser reativada no momento oportuno:

> Por fora, somos quase um homem civilizado, mas, no fundo, somos primitivos. Há no homem algo que de forma alguma cogita abandonar o que existia nos tempos primordiais, enquanto outra parte dele mesmo acredita que, há muito tempo e em todos os sentidos, já superou essa era primitiva.[67]

Se deixarmos de lado o evolucionismo social, que é um dos abismos que separam o pensamento dos psicanalistas do pensamento de Lévi-Strauss, resta um efeito fundamental do trabalho sobre os mitos que os une: a separação entre os humanos e o resto do mundo. Por um lado, o ser humano torna-se *humano* por um divórcio entre materialidade exterior e psiquismo; por outro, por uma clivagem entre natureza e cultura. Por um lado, o foco é o modo como o espírito individual se reapropria do mundo exterior; por outro, os modos como as culturas colocam em cena o dado natural. E cabe ao *trickster*, pobre-diabo proveniente de tempos ou espaços imemoriais, costurar essa intolerável fissura e curar a ferida aberta. O mito e seus protagonistas polimorfos, interrompidos antes de terem reluzido, serão a partir daí a expressão de um espaço fendido, onde os habitantes se movem entre os fulgores de duas verdades distintas que eles terão como missão, se não

[67] Ibid., p. 195.

reconciliar, ao menos articular. O *trickster* torna-se um verdadeiro "lançador de pontes" (no sentido de Roger Bastide),[68] um ser que, graças à sua posição liminar, abre lugar para os múltiplos sentidos e a ambiguidade, indispensáveis para que a vida se preserve além das dualidades aparentemente consolidadas entre vida interior e realidade social, vida humana e realidade natural.

A surdina imposta à experiência vivida, necessária à modelização do estruturalismo, certamente prejudicou tanto os seres liminares como o *trickster*, quanto a maneira psicologizante de lhes atribuir um simbolismo imutável. Mas essas duas abordagens lançam luz conjuntamente sobre algo primordial, apesar de suas divergências *a priori* irreconciliáveis: os seres do exterior possuem, a despeito de si próprios, coisas que com muita frequência pertencem a nós; muitas vezes, eles se tornam espelhos de nossas interioridades humanas fendidas e/ou de nossos coletivos humanos clivados. Nessa ordem de ideias projetivas, o *trickster* foi associado à questão da transgressão, pois ele refuta toda categoria positivamente dada em uma cultura. Já se afirmou mesmo que o *trickster* tinha um destino de "violador de interditos",[69] tendo por missão primeira infringir os costumes e as regras, fazendo o contrário do que fazem os outros: "Assim ganha forma a figura do violador que separa-se da sociedade e transcende sua lei sacrificando-se à causa dos homens. Ele assume para si a culpabilidade de todos, e é condenado de partida à reparação, a fim de que a ordem social triunfe e seja recomposta

---

[68] Roger Bastide tinha qualificado o Exu dos Iorubás e o Lebá dos Fons de "lançadores de pontes". Segundo ele, essas figuras míticas conferiam uma imagem à função dialética do pensamento ao lançar pontes na direção da alteridade e da criação. São suas posições liminares que os aparentavam com formas sagradas. R. Bastide, "Le rire et les courts-circuits de la pensée", in J. Pouillon e P. Maranda (orgs.), *Échanges et communications. Mélanges offerts à C. Lévi-Strauss*. Berlin: De Gruyter Mouton, 1970.
[69] L. Makarius, "Le mythe du trickster", *Revue de l'histoire des religions*, 175-1, pp. 17-46, 1969.

a contradição que a pôs temporariamente em risco".[70] Mas o *trickster* também foi visto como uma antiestrutura, um ser que desestabiliza o sistema das relações entre os seres: "À sua maneira, ele se mantém no mundo da experiência comum ao mesmo tempo que a transcende, embora às vezes de maneira destrutiva [...]. O *trickster* representa um mundo deformado no qual os humanos, assim como as outras criaturas, seriam exterminados em razão das próprias ações".[71]

Triunfo da ordem social ou anúncio de sua destruição iminente, o que se questiona aqui é a normatividade do *trickster*. Trazer à tona as contradições permite valorizar a instituição de um coletivo e trabalhar em prol de sua estabilização ou, ao contrário, exacerba as capacidades metamórficas de alguns para ampliar a característica incerta e instável dos seres que habitam um meio particular? Transgredir as fronteiras aparentemente estabelecidas permitiria recolocar o mundo em movimento, questionando a lei e, portanto, evitando as derivas autoritárias? Não é inaudito nem exótico que uma sociedade desejosa de violar as próprias leis só consiga fazê-lo por meio da ação de um grande mágico, de um ser liminar, ou que ela delegue tal violação a animais[72] — o importante é que os violadores da lei estejam separados do coletivo. A posição marginal que ocupam lhes permite, ao pô-la em perigo, pô-la também à prova: para viver em um mundo incerto, é preciso ter a capacidade de desestabilizar regularmente a ordem estabelecida. O que fazemos hoje no Ocidente, bem

---

[70] Ibid., p. 25.
[71] "In his own way he stands in the world of ordinary experience and also transcends it, though often in destructive ways... trickster represents a deformed world in which both human and other creatures would be destroyed probably as a consequence of their own actions." H. L. Harrod, *Renewing the World: Plains Indian Religion and Morality*. Tucson: University of Arizona Press, 1992, p. 65.
[72] Aqui pensamos no *Roman de Renart*, coletânea de relatos medievais franceses dos séculos XII e XIII, em que o espelho dos animais serve à crítica social do mundo humano.

podemos nos perguntar diante de nossa atualidade ecológica e sanitária, senão delegar a outros, não humanos, a causa da derrocada do nosso mundo?

Iyip

Um frio seco e fulgurante paralisa nossos dedos assim que tiramos as luvas. Ajoelhadas na neve, colocamos uma armadilha de zibelinas no oco de uma bétula, ao nível do chão. Depois de limpar o interior da cavidade e instalar o mecanismo, introduzimos delicadamente uma cauda de salmão como isca. Depois cobrimos o buraco com ramagens, folhas mortas e húmus para dissimular tudo. Por que esconder a armadilha se queremos que a zibelina caia nela?, pergunto a Ivan com um ar meio bobo. Você não as conhece, ele me responde, as Iyip são as mais espertas de todos![73] Se você fizer uma armadilha evidente demais, seguramente elas vão saber que é uma armadilha! Siga-me, diz ele. Recuamos com dificuldade, agitando as ramagens sobre a neve por uns bons quinze minutos. Com o corpo inclinado, Ivan ri dissimuladamente ao me ver transpirar, parece que ele exulta tanto quanto eu protesto. É uma piada? Um teste?, pergunto, meio alegre, meio irritada. Claro que não!, ele responde. Fazemos isso sempre, apagamos nossos rastros de chegada. É a mesma coisa com as armadilhas: se elas as virem, saberão. Então fazemos o mesmo que elas. Como assim, o mesmo que elas?, pergunto novamente, sentindo-me mais estúpida a cada minuto. As zibelinas embaralham as direções, ele responde. Elas pulam das árvores para a neve, correm em círculo e em espiral, às vezes em zigue-zague, retrocedem sobre seus próprios rastros depois saltam novamente para as árvores. É assim que despistam seus perseguidores. Nem tente encontrar o local onde elas moram seguindo seus traços na neve, é perda de tempo. Basta ver os cachorros, eles ficam loucos, começam a correr de modo

[73] Palavra even que designa a zibelina.

totalmente desordenado tentando entender por onde elas passaram. Então é isso. Nós também semeamos a dúvida e embaralhamos as pistas apagando nossos rastros.

*

Os mitos fundadores são como os animais gigantes que presumimos ter vivido na terra muito antes dos humanos:[74] eles deixam rastros; a paisagem fica marcada. No entanto, *Iyip*, ou Zibelina, não é um ser mítico, e não é nem mesmo recuperada em uma história de carochinha. Ela não é dotada de poderes mágicos e extraordinários como Corvo, não tem a desenvoltura de *Turaki* quanto às relações sociais a serem preservadas, nem a malícia de *Ulitchan* quando tumultua o senso comum: ela é simplesmente ela mesma, e tentamos capturá-la. É a esse "simplesmente ela mesma" que é preciso voltar.

Zibelina, por seus deslocamentos que tentamos seguir, mostra que a ideia de que o *trickster* seria unicamente uma projeção humana (independentemente da modalidade, cultural ou psicológica) é não apenas incompleta, mas tóxica para o pensamento, quando manipulada em excesso. Tóxica porque permite esquecer não apenas que um mundo exterior existe, mas sobretudo que o poder de agência que nele detectamos é de fato real. Admitir que não há "ninguém por trás da máscara do *trickster*" pode produzir efeitos deletérios para os habitantes de um meio de vida movido por relações de predação constantes. Se o *trickster* é uma "projeção mítica", ele o é apenas na medida em que exprime uma comunidade de destino, passando pela formulação de propriedades e disposições que atravessam todos os seres vivos.

A história da armadilha de zibelina significa que, em um contexto de caçadores-coletores, os animais (mesmo os

---

[74] S. Smith e Vuntut Gwich'in First Nation, *People of the Lakes: Stories of Our Van Tat Gwich'in Elders*. Edmonton: The University of Alberta Press, 2009.

pequenos) são levados a sério. Zibelina é poderosa, no sentido de que ela suscita inteligência astuta em seus predadores, que não querem enlouquecer perdendo-se em seus rastros, isto é, desviar de suas trajetórias e fazer coisas que não esperavam. Se Zibelina produz pensamento em seus perseguidores, é porque partilha com eles a inteligência astuta: sendo "simplesmente ela mesma", ela os exorta a "pensar mais longe". Zibelina é um *trickster* no sentido pleno do termo: ela encarna "realmente" tudo aquilo que não controlamos, tudo que resiste e no entanto nos atrai, tudo que queríamos dominar, mas que se recusa, e ao fazê-lo obriga os humanos a pensar no movimento seguinte. Ao contrário de Corvo no mito de criação da costa noroeste mencionado anteriormente, Zibelina possui um poder mágico restrito, que a obriga a se submeter ao teste de uma vontade outra que não a sua, portanto a enganar constantemente para se manter viva. Ela é um ser metamórfico, pois coloca a astúcia a serviço de tudo que pode torná-la invisível, logo, incapturável.

Iyip, o *trickster*, torna-se a astúcia, a *mētis* de Vernant,[75] a inteligência a-humana em ação, a qual sempre se deve ter em mente se não quisermos acabar sozinhos, sem fogo e sem alimento no meio de um inverno cruel. Simultaneamente, ela é também a expressão da fragilidade de nossas existências, que é preciso cotidianamente ter em mente em um contexto de caçadores-coletores. Ela não é exclusivamente de ordem projetiva, visto que exprime *realmente* as fissuras de cada ser vivo, na base de suas forças assim como de suas vulnerabilidades. É a partir dessas fissuras, dessas brechas mal fechadas que sobrevivem em cada um desde o tempo do mito, que um diálogo é possível. Por todas essas razões, as "histórias de *trickster*" são contadas às crianças desde muito cedo, evocadas tanto nas expedições de caça como nas noites ao redor

---

[75] Ver M. Detienne e J.-P. Vernant, *Les Ruses de l'intelligence. La mētis des Grecs.* Paris: Flammarion, 2018; J.-P. Vernant, *La Mort dans les yeux, figures de l'Autre en Grèce ancienne.* Paris: Hachette, 2011.

do fogo, com uma mistura de medo e humor. Trata-se de formular verbalmente que os seres que nos rodeiam são dotados de atenção e de intenções, e que, consequentemente, eles podem nos ultrapassar, e a qualquer momento desmantelar nosso mundo. E mais, é a proximidade instável desses seres que funda o coletivo, lembrando ao espírito humano as capacidades que é preciso ter para se mover em um ambiente incerto e aleatório. O *trickster* nos ensina que as trajetórias dos outros raramente coincidem com as nossas, obrigando-nos a exercer nosso discernimento: viver se torna, então, metabolizar o imprevisível no cotidiano.

O *trickster*, no tempo da história, suspende a História: a especiação, no fim das contas, não aconteceu. Graças a essa nova coordenada inicial, ele pode se mover com toda liberdade entre as barreiras de espécies bem como nas bordas dos códigos sociais e às margens dos interditos culturais. Necessariamente, ele implode os limites que nós nos havíamos imposto coletivamente, e força os humanos a aceitarem o fato de que possuem bem menos controle do que pensam. O *trickster* é a figura do sistema que estremece, é a brecha na instituição, aquele que habita as fronteiras da desagregação de uma cosmologia dada, que a martiriza e coloca em risco sua estabilidade. É nesse sentido que o *trickster* gera um verdadeiro problema aos seus exegetas, uma vez que eles giram em torno de um mistério, assim como os caçadores giram em torno de Zibelina: é o caminho que é preciso percorrer para decifrar o enigma que produz inteligência. Como Zibelina, o *trickster* resiste à análise, pois é exatamente essa a sua missão: ele impede que os humanos o julguem e tirem conclusões sobre ele, isto é, que encerrem seu sentido e seu destino. Precisamente por essa razão, nunca haverá moral nas histórias de *trickster*.

Viver em um mundo animado, isto é, um mundo que sabemos partilhar com seres dotados de perspectivas necessariamente singulares porque orientadas por disposições corporais diferentes das nossas, obriga a apelar a figuras do tipo *trickster* para pensá-lo. Inversamente, os *tricksters* se impõem a nós antes do pensamento, por suas ações cotidianas, que nos tocam e transformam, por suas maneiras de resistir ao sentido e de sempre serem mais do que esperávamos deles. O *trickster* certamente é um revoltado; mas ele não é apenas imaginário.[76] Animal e humano; ser encarnado e princípio; forma e matéria. *Trickster* é aquele que se infiltra nos confins de cada mundo com astúcia para embaralhar as cartas. Ele é o exterior que pensa e age, corporifica forças de fora. Ele é o potencial de metamorfose que jaz em nós. Ele é Corvo que faz jorrar a luz sobre o chão ao ir de encontro à Águia nos céus, Humano que forma uma terra ao ar livre com o fragmento de lodo subaquático que Rato-almiscarado lhe oferece.

*

Ricoeur e seus colegas da revista *Esprit* tentam encurralar Lévi-Strauss. Deslocados em suas posturas intelectuais por *O pensamento selvagem*, que faz explodir o enquadramento restrito de uma mentalidade primitiva diante de um pensamento civilizado, eles põem Lévi-Strauss diante do "indecidível". Onde se situa o pensamento selvagem no espaço-tempo? Onde ele começa? Lévi-Strauss se insurge diante do abismo de uma pergunta como essa, pensa em se esquivar. Ele, a quem pensávamos dever a reprodução da grande separação entre natureza e cultura, no seio mesmo do espírito humano, responde sobriamente, quase timidamente, com aquela ponta de ironia que evoca todos os *tricksters* do mundo, sempre prontos a demolir o sólido edifício sobre o qual pareciam se sustentar: "Eu estaria mais inclinado a admitir que o pensamento começa antes dos homens".[77]

---

[76] A expressão "revoltado imaginário" é de G.-F. Vallier, "Le concept du héros imprévisible", loc. cit.
[77] C. Lévi-Strauss, "Réponses à quelques questions", loc. cit., p. 646.

6.
COSMOGONIA ACIDENTAL II: NASCIMENTO DOS PENSAMENTOS

> Tudo deve ser dotado de uma alma para existir (como um ser animado).
>
> A. I. HALLOWELL[78]

Em 1960, Irving Hallowell escreve que um dos grandes problemas que as "visões do mundo"[79] dos coletivos autóctones vão colocar para os antropólogos é o da "etno-metafísica".[80]

---

[78] "Everything has to have a soul in order to exist (as an animate being)", I. A. Hallowell, "The Ojibwa self and its behavioral environment", in B.J. Good, M. M. J. Fisher, S. S. Willen e M.-J. DelVeccio Good (orgs.), *A Reader of Medical Anthropology: Theoretical Trajectories, Emergent Realities*. Hoboken: Wiley-Blackwell, 2010, p. 40.

[79] Hallowell retoma o conceito de "visão de mundo" (*worldview*) de Robert Redfield. "In the metaphysics of being found among these Indians, the action of persons provides the major key to their world view". A. I. Hallowell, "Ojibwa ontology, behavior, and worldview", in S. Dimond (org.), *Primitive Views of the World*. New York: Columbia University Press, 1964, p. 51. Sobre o conceito de *worldview*, ver R. Redfield, "The Primitive World View", *Proceedings of the American Philosophical Society*, 96, 1, 29 de fevereiro de 1952, pp. 30-6.

[80] "Human beings in whatever culture are provided with cognitive orientation

A fim de abordar essa questão de maneira sensata e objetiva, Hallowell sugere que o antropólogo terá não apenas que se esforçar para resistir à tentação de projetar suas próprias categorias (que ele qualifica de "dogmáticas" porque respaldadas pela ciência moderna) nos coletivos que estuda, como também procurar uma forma "mais elevada de objetividade", adotando uma perspectiva que consideraria a maneira como essas sociedades compõem seus mundos como um "procedimento complementar".[81] Ao abrir a possibilidade de uma etno-metafísica, Hallowell levanta simultaneamente a questão das provas. Penetrar essas outras culturas exige passar por um estudo das formas do discurso? Pelos conteúdos dos mitos? Pela observação atenta dos hábitos e costumes? E mais, que confiança poderemos ter nas inferências que iremos propor?[82] Essas perguntas clássicas já eram difíceis em 1960; elas permanecem espinhosas hoje em dia e estão longe de serem resolvidas. Em resposta a esses questionamentos, Hallowell decide explorar a noção ojibwa de *pessoa*, por todos os lados e com todas as ferramentas à sua disposição, trafegando habilmente entre o risco de subjetivismo e de relativismo que sempre paira sobre um texto de antropologia, sobretudo se for "escrito",[83] e a necessidade de continuar a produzir um saber confiável e reflexivo sobre os mundos estudados. Em um de seus textos, Hallowell faz um gesto metodológico que pode nos parecer estranho, mas que demonstra sua vontade

---

in a cosmos; there is 'order' and 'reason' rather than chaos. There are basic premises and principles implied, even if these do not happen to be consciously formulated and articulated by the people themselves. We are confronted with the philosophical implications of their thought, the nature of the world of being as they conceive it. If we pursue the problem deeply enough we soon come face to face with a relatively unexplored territory-ethno-metaphysics." A. I. Hallowell, "Ojibwa ontology, behavior, and world view", op. cit., p. 50.
81 Ibid., p. 51.
82 Ibid., p. 50.
83 Ver C. Geertz, "A strange romance: Literature and Anthropology", *Profession*, 1, 2003, pp. 28-36.

de operar um deslocamento dentro de sua própria cosmologia, de fazê-la variar. Quando aborda a cosmologia dos ojibwa, ele utiliza a primeira pessoa do singular para explicar o animismo assim como ele o compreende por meio de fragmentos de sonhos e de relatos transmitidos por seus interlocutores. Ao recuperá-los com suas próprias palavras e na primeira pessoa, Hallowell se desloca em pensamento para o mundo dos outros, tentando encarnar *momentaneamente* uma perspectiva que não é a sua.[84] Desse modo, ele cria as virtualidades de existência de um diálogo entre a cosmologia ojibwa e a sua, seu pensamento tornando-se um lugar de encontro possível. Em outras palavras, ele utiliza suas capacidades imaginativas para penetrar uma realidade que não é a sua, mas que ele reconhece como inteiramente válida.

Esse procedimento heurístico não lhe é exclusivo. Como ouvinte atento dos mitos e histórias ojibwa, ele está acostumado com uma metodologia análoga, empregada pelos humanos que o cercam quando tentam entender os modos de agir dos seres que habitam seu meio: é preciso poder se colocar temporariamente no lugar deles para questionar o mundo a partir da perspectiva deles, perspectiva essa que frequentemente colorimos de humor e brincadeiras, como uma proteção contra as potências de pensamento e de ação desses outros que sabemos perfeitamente que podem nos ultrapassar a qual-

---

[84] "Speaking as an Ojibwa, one might say: all other 'persons' — human or other than human — are structured the same as I am. There is a vital part which is enduring and an outward appearance that may be transformed under certain conditions. All other 'persons', too, have such attributes as self-awareness and understanding. I can talk with them. Like myself, they have personal identity, autonomy, and volition. I cannot always predict exactly how they will act, although most of the time their behavior meets my expectations. In relation to myself, other 'persons' vary in power. Many of them have more power than I have, but some have less. They may be friendly and help me when I need them but, at the same time, I have to be prepared for hostile acts, too. I must be cautious in my relations with other 'persons' because appearances may be deceptive." A. I. Hallowell, "Ojibwa ontology, behavior, and world view", loc. cit., p. 73.

quer momento. Ao se apoderar desse método para apreender as relações constitutivas do meio que ele estuda, Hallowell pretende manter "aberta uma porta, que a nossa posição sobre um solo dogmático mantém completamente fechada".[85]

Retomemos o motivo da origem. Se nos voltarmos novamente para os mitos e histórias dos coletivos que nos interessam, nos damos conta de que o lugar do pensamento — concebido como o efeito da *animação* de um mundo — tem um *status* muito particular. Assim, eis aqui uma variante nabesna do mito de criação do mundo, em que Corvo se vale de mecanismos diferentes daqueles de seu vizinho tsimshian para estabilizar as formas dos seres e entidades no modo como os conhecemos hoje:

> Corvo se apaixona por uma senhorita Cisne, e lhe pergunta se pode viajar ao seu lado. Ela aceita, apesar das reticências de seus pais, que lhe dizem que ele nunca terá força para voar tão longe e tão rápido quanto eles, pois ele não tem as mesmas faculdades que um pássaro migratório. Corvo faz um trecho do caminho ao lado da senhorita Cisne, mas rapidamente o cansaço se faz sentir, como os pais tinham previsto, e ainda há um longo caminho pela frente. Ele pede para descansar sobre a asa de Cisne, que aceita de bom grado. Rapidamente, porém, ela mesma começa a se

---

[85] "Leaving a door open that our orientation on dogmatic grounds keeps shut tight." Nesse sentido, como o mostrou Pauline Turner Strong, Hallowell já se recusava a ver nas "visões de mundo" construções culturais diversas que se desenvolviam em uma natureza universal cujo estudo das leis científicas seria o único apanágio das ciências ocidentais. Hallowell levava a sério a experiência ojibwa do mundo e deixava em suspenso a questão do que "realmente" era esse mundo. Ele antecipa, assim, em grande medida o que mais tarde foi chamado de "virada ontológica", embora, como aponta Strong (com raras exceções — Descola, Viveiros de Castro), ele tenha sido ora esquecido (E. Kohn), ora lido de maneira bem pouco generosa (T. Ingold). Ver P.T. Strong, "Irving Hallowell and the ontological turn", in R. Handler (org.), "Voicing the Ancestors II: Readings in memory of George Stocking", *Journal of Ethnographic Theory*, 7, 1, 2017, pp. 461-88.

cansar, o peso do seu fardo diminui a velocidade da travessia e ela vai ficando para trás do resto do bando. Depois de algum tempo, não aguentando mais, ela se livra de Corvo, deixando-o cair de sua asa no mar infinito. Durante a queda, Corvo se pergunta como irá aterrissar: só há água, se ao menos alguma terra firme aparecesse para que ele pudesse pousar, pensa ele. Então, eis que avista um pequeno ramo branco saindo da água; pousa nele e momentaneamente se salva do afogamento. Mas logo sente cãibras nas patas, precisa encontrar algo maior se quiser sobreviver. Pensa que precisa que alguém venha ajudá-lo, faz esse pedido pousado em seu ramo, espera. Na sequência, uma lontra, uma mobelha-grande e um castor vêm ao seu encontro. Ele pergunta a cada um deles se concordariam em mergulhar nas profundezas da água para trazer-lhe um fragmento de rocha, um pouco de limo, uma poeira, alguma coisa. Eles aceitam. Um por vez, Mobelha, Lontra e Castor mergulham, mas fracassam em sua busca, ou porque o mar é fundo demais, ou porque a visibilidade é muito ruim. Assim como na variação do mito gwich'in, é a entrada em cena de Rato-almiscarado que faz tudo mudar. Ele mergulha e desaparece por um bom tempo, para reaparecer sem fôlego com uma pedrinha em suas garras, que ele dá para Corvo (no mito gwich'in, Corvo é um humano). Corvo coloca a pedrinha na ponta de sua haste, e pensa: se ao menos esse fragmento de rocha do fundo do mar pudesse crescer, eu poderia repousar minhas patas formigantes. Aparece um rochedo, depois uma ilha, que cresce mais e mais até virar uma terra.

A conclusão nabesna dessa história é a de que Corvo é o primeiro dos xamãs. Não porque criou o mundo que habitamos "como num passe de mágica", à imagem do Deus todo-poderoso que nos é familiar, como seríamos levados a crer. Mas sim porque os movimentos internos, próprios a seu pensamento, quando ele encontra os outros seres que vêm ajudá-lo, tornam-se performativos: "Ele pensa, e acontece".[86] Marie-Françoise Guédon ressalta que nas cosmologias atabascanas a força do pensamento preexiste ao verbo performativo do tipo "Haja luz e houve luz". Mas se quisermos ir mais longe, é aos encontros que precedem à formação do pensamento performativo de Corvo que precisamos retroceder. No mito tsimshian de Corvo, os corpos se diferenciaram uns dos outros após a colisão inesperada com Águia. Na história nabesna, é um segundo aspecto das cosmologias acidentais que é ressaltado: os seres são capazes de dialogar uns com os outros, de se compreenderem *desde o princípio*; é a partir das ações que emergem da possibilidade de uma compreensão mútua que se forma um mundo.

Às limitações dos corpos, induzidas pelas metamorfoses dos seres que entram em copresença, responde a capacidade que eles têm de conectar suas interioridades para criar um mundo comum. Em outras palavras, o Corvo nabesna instaura, entre outras, a capacidade primeira dos seres de dialogar em um plano horizontal; *no início,* o pensamento é compartilhado e compartilhável por todos, apesar das capacidades cognitivas distintas que as disposições físicas vão limitar ao se especificarem; são os encontros, prefigurados pelo fundo comum animado que atravessa os seres em copresença, que podem criar os meios de vida. O pensamento compartilhado é aqui concebido como preexistente ao tipo de mundo que a diferenciação dos corpos e a variação das disposições cognitivas geraram. Mais ainda, é sua existência como base comum que permite que a especiação aconteça: postular que o pensamento é *a priori* compartilhado por todos autoriza as relações e, consequentemente, a diferenciação, que se torna um dos efeitos do diálogo interespecífico.

---

86 Ver M.-F. Guédon, *Le Rêve et la Forêt. Histoires de chamanes nabesna.* Québec: Presses Université Laval, 2005.

Esse relato nabesna, correspondente dialético do mito tsimshian, nos permite entender, concomitantemente, as razões pelas quais a especiação aconteceu — e com ela o encerramento das alteridades —, mas também as modalidades graças às quais um diálogo permanece possível, desde que nos munamos dos meios de reativá-lo *em certos momentos* e *em certos contextos* bem definidos. A consequência disso é que o pensamento — a disposição animada primeira dos seres — não pode ser *a priori* encerrado em um corpo, porque ele existe antes em partilha com todos os seres (para além de suas fisicalidades, seus *Umwelt*, seus mundos etc.), razão pela qual eles podem se comunicar, apesar de seus corpos que caminham para a diversificação. Postular a comunicação primordial no âmbito do tempo do mito significa que os seres vão tomar decisões informadas por seus encontros, isto é, decisões mais coletivas do que individuais.[87] O caso de Corvo e seus acólitos ilustra o fato de que as decisões subsequentes aos diálogos e encontros (tanto em seus fracassos como em seus logros) são, elas sim, consideradas como criadoras ou recriadoras de mundos.

Voltemos à nossa cartografia acidental, que distribui os possíveis de relação desde os tempos das origens e autoriza, em certos contextos, sua reatualização. O diálogo primordial, que se fecha com a conclusão do tempo do mito e, portanto, da especiação, não se fecha para sempre. Ao contrário, esse mapa das relações com os outros seres permanece acessível ao pensamento, e é a ele que os coletivos que nos interessam se esforçam para voltar, a fim de permitir uma reviravolta, um retorno, uma metamorfose quando enfrentam situações

---

[87] "All they take for granted (as an implicit metaphysical principle) is that *multiform appearance* is an inherent potential of *all* animate beings [...]. The soul is the essential and persisting attribute of *all* classes of animate beings, human or nonhuman. But the soul is never a direct object of *visual* perception under any conditions. What can be perceived visually is only the aspect of being that has some form or structure." I. A. Hallowell, "The Ojibwa self and its behavioral environment", loc. cit.

bem precisas de bloqueio na experiência — incertezas vitais ligadas a condições meteorológicas difíceis, a elementos que saem do controle, a animais que desaparecem ou se movem de maneira errática e incompreensível e assim por diante. Como restabelecer o diálogo com os seres dos quais precisamos para existir, quando nossos corpos já não têm as disposições necessárias para se compreenderem mutuamente? Essa é uma pergunta que, do norte da América do Norte à Sibéria, vários coletivos tentam responder por meio de práticas rituais, de técnicas de caça e do sonho, e isso muito antes de seu encontro com o mundo moderno.

Esses bloqueios na experiência se amplificam há dois séculos e aceleram-se completamente nos últimos cinquenta anos. Penso primeiramente na mudança climática e nas metamorfoses ecológicas induzidas pela história colonial, e nas consequências concretas, políticas e econômicas, suscitadas pelos sistemas de assimilação e produzidas pelas instituições governamentais oriundas dessa mesma história colonial. No caso do coletivo even de Ítcha, e ao contrário dos gwich'in no Alasca, a questão das modalidades da "retomada do diálogo" é exacerbada e acrescida das seguintes: como proceder quando o sistema político em que vivemos (a Rússia soviética) e que acaba de ruir exige que abandonemos a rede de relações que sustentava nossas existências? E mais ainda, no momento em que a estrutura estatal se desarticula, aonde ir para recomeçar a sonhar, isto é, reativar os possíveis abertos pelo tempo do mito (o diálogo interespecífico) sem xamãs para intermediar as relações com os seres e entidades (nos rituais), uma vez que todos foram dizimados pelo processo colonial? A terceira pergunta, corolário das duas primeiras, passa a ser: que tipo de economia vital implementar para tornar esse diálogo novamente possível se as renas, no centro de nossos modos de existir, foram retiradas de nós uma primeira vez durante a coletivização dos rebanhos, expropriação que se confirma com a privatização desses mesmos rebanhos?

A reinvenção de um modo de vida baseado principalmente na caça e na coleta em Tvaián, sobre as ruínas de uma tentativa política fracassada, deve ser entendida nos seguintes termos: ela é prefigurada pela possibilidade de recomeçar a sonhar, isto é, de retomar o diálogo com os outros não humanos em um plano horizontal, de gente a gente, de pensamento a pensamento.

Sonhar com

> Quando uma pessoa dorme, qualquer um pode ver onde está o seu corpo, mas ninguém pode dizer se sua alma está ali ou não.
> W. BERENS A I. A. HALLOWELL[88]

É inverno, as luzes tênues do amanhecer despontam no interior da cabana. Dária remexe as brasas no forno e fecha a portinhola diante de seu rosto corado pelo calor. Estou sentada diante dela, o olhar vago, ainda perdido nas imagens da noite. O que você viu?, ela me pergunta com doçura. Nada de interessante, estou padecendo de uma psicose climática, digo forçando um sorriso. Conte mesmo assim, sussurra ela novamente. Somos duas mulheres, eu e uma desconhecida, estamos correndo em uma floresta labiríntica, fugindo de alguma coisa, um fogo, um deslizamento, não me lembro. Chegamos a um barranco abrupto que descemos escorregando. Ali, um bote nos espera, para nos levar à outra margem. Do outro lado do braço de mar, um encontro político acontece em uma ágora gwich'in. Entramos no bote e o barqueiro começa a remar. Na sua opinião, ele pergunta à minha com-

---

[88] "When a person is sleeping anyone can see where his body is, but you can't tell whether his soul is there or not". I. A. Hallowell, "Ojibwa ontology, behavior, and world view", loc. cit.

panheira de viagem que vai ccordenar o encontro gwich'in e está atrasada, na sua opinião seria melhor inundar primeiro a Antártida ou o Ártico? Claro que a Antártida, ao menos para começar, porque lá não tem ninguém. O condutor tira o tampão do fundo do bote, a água entra lentamente, sinto meus membros congelando. A desconhecida entra em pânico. O condutor joga os remos na água e com uma voz solene diz: isso é o que acontece quando se afunda, isso é o que se sente quando a água sobe. Meus membros se intumescem. Nós afundamos, estou embaixo da água congelante, nado com os olhos fechados, encosto na terra com a ponta dos dedos, agarro ramagens e tufos de mato, respiro. Escalo o barranco como dá, percebo que não consegui salvar minha mochila. Perco o fôlego, e acordo.

 Dária suspira. Está bem, mas você não encontrou ninguém essa noite. Você se voltou para dentro de si. Tem que tentar ir mais longe. Fora do seu mundo. Senão, não vai obter nenhuma informação sobre o que realmente está acontecendo lá fora. Dessa vez dou uma risada espontânea. Mas eu tinha avisado que era uma psicose! Bom, talvez esse clima estranho também esteja me transformando! Agora é Dária que dá risada. Talvez, mas neste caso é apenas o resultado do que você viu misturado com as suas lembranças do Alasca. Você não encontrou mais ninguém, ela repete. E você, viu o quê? Eu também voltei para dentro de mim essa noite, ela responde. Sonhei com a minha pedra. Somente a vi, ela estava lá, eu me lembrei, e dei voltas ao redor dela como da primeira vez, aos seis anos. Que pedra? A pedra do meu nascimento. Quer que eu lhe conte? Inclino a cabeça em sinal de aprovação.

 Quando eu era pequena, não sabia de onde vinham os bebês. Um dia, minha mãe me levou a um lugar na floresta, perto de onde tinha sido colocada a iurta no momento do meu nascimento. Uma grande pedra estava posicionada em meio às árvores, era maior que eu naquele momento. Dária leva as mãos na altura da cintura para me mostrar o tamanho. Minha mãe me disse, aí está, esta é a sua pedra. É daí que você veio. Em seguida, ela foi embora, deixou-me sozinha durante várias horas com a pedra, e me disse para pensar naquilo. Dei voltas e voltas em torno daquela pedra, perguntando-me o que minha mãe queria dizer. Como eu podia ter saído daquela pedra tão pesada, se não conseguia nem mesmo levantá-la? Minha mãe voltou mais tarde. Nós nos sentamos perto da pedra e ela me contou. Quando você nasceu, ela me disse, você se recusou a comer, chorou durante dois dias sem parar. Appa, o último xamã que tivemos aqui, veio à nossa iurta no terceiro dia. Passou a noite conosco, cantou e depois sonhou. De manhã, ele me contou o que viu. Você estava com o nome errado. Eu queria ter te chamado de Uliana, mas esse não podia ser seu nome. Ele disse que em sonho tinha encontrado minha mãe, que morrera algumas semanas antes do seu nascimento. Disse então que eu devia lhe dar o nome dela, para que seu choro cessasse, e que você escolhesse viver. Dária levanta os olhos para mim, esboça um sorriso. Por isso eu me chamo Dária. Porque Appa encontrou minha avó naquela noite. E a pedra? Qual é a relação com a pedra? Não sei bem, respondeu Dária. O sonho de Appa ainda vive nessa pedra, foi tudo o que minha mãe disse. A pedra guarda a lembrança do sonho. Como uma memória das circunstâncias do seu nascimento? Sim, é isso. Um ponto fixo ao qual retornar quando você esquece como veio ao mundo. É por isso que quando vejo a pedra em sonho, eu me lembro.

 Mais tarde, ao voltar para casa e refletir sobre o que Dária me contou a respeito de sua sobrevivência após um nascimento difícil, que se aferrara ao tênue fio do sonho de Appa, voltei a pensar em Hallowell e nos relatos parecidos que ele apresentou. Que um corpo nasça de outro corpo, tanto para Dária como para o interlocutor ojibwa de Hallowell, não significa necessariamente que a alma se ajuste nele de imediato. Quando o recém-nascido vai mal, às vezes é preciso que um xamã faça um trabalho de pesquisa — por meio do transe e depois do sonho — para entender os motivos desse não ajustamento da alma ao corpo: "Algumas pessoas dizem que escutaram recém-nascidos urrando sem parar até que alguém reconhecesse o nome que eles estavam tentando pronunciar. Ao lhes darem esse nome, eles paravam de chorar. Quando isso acontece, significa que alguém que já viveu na terra está tentando voltar à vida".[89] Hallowell comenta essa história dizendo que a reencarnação é bastante frequente entre os ojibwa, e que trazer à lembrança a vida pré-natal pode se revelar primordial em alguns casos. A sobrevivência do bebê só é então confirmada quando o "nome correto" lhe é atribuído. No caso de Dária, é Appa que explora essa memória pré-natal por meio do sonho, no qual ele entra em relação com a alma daquela que partiu, mas que ainda está presa em algum lugar "entre dois mundos", para usar as palavras de Dária.

Naquela manhã, fiz uma pergunta a Dária. A resposta dela mudaria para sempre minha percepção de nossas noites em Tvaián, infundindo nelas um peso e uma eficácia não simbólicos e etéreos, mas históricos e pragmáticos. Não existem mais xamãs?, perguntei a Dária. Não, Appa, o do meu nascimento, foi o último. Ele morreu quando eu tinha seis anos. Appa, o velho que você conhece, que vive sozinho em uma toca embaixo de uma ramagem na nascente do rio, é filho dele. Ele ainda sonha, e, aliás, é por isso que mora lá no alto, sozinho como uma raposa, mas não ajuda mais ninguém. Tudo isso acabou. Então, como fazer para ir ao encontro das outras almas das quais você diz que precisamos para sobreviver em certos casos, quando sabemos que sozinhos não conseguiremos? É simples, me diz Dária. Temos que so-

---

[89] "I have heard some other old people say that they had heard babies crying constantly until someone recognized the name they were trying to say. When they were given this name they stopped crying. This shows that someone who had once lived on the earth came back to live again." I. A. Hallowell, "The Ojibwa self and its behavioral environment." Loc. cit., pp. 38-9.

nhar sozinhos, sem os xamãs. É preciso treinar para sonhar. Não apenas com os espíritos dos mortos que às vezes nos visitam, e que podem nos ajudar, sobretudo no momento das mortes e dos nascimentos; mas também com os outros, se quisermos poder sobreviver na floresta. Os animais? Sim, os animais. Precisamos tentar sonhar com eles para compreender o que fazem e para onde vão. Por quê? Dária ri novamente. Para saber o que nós vamos fazer!

Em outra manhã de inverno, acordo, vejo os meninos que dormem e Matchilda, o genro de Dária, apoiado sobre os cotovelos na mesinha perto do forno. Fico olhando para ele sem propósito, com a cabeça vazia, pensando de um jeito vago no longo dia provavelmente tedioso que me espera. Ela já saiu, ele diz sem me olhar. Deve ter sonhado, acrescenta, seus rastros vão na direção do rio... Ela sonhou, com certeza. Ele parece irritado, quase ciumento. Eu me visto depressa, enfio minhas botas e saio no ar reluzente. Antes mesmo de chegar ao limite do campo, vejo a silhueta de Dária que se destaca no fundo da clareira sobre o estreito caminho de neve que volta do rio. Paro, vejo-a se aproximar. Ela está com um sorriso de orelha a orelha, orgulhosa como uma menina que capturou sua primeira borboleta. Sobre seus ombros, uma sacola úmida balança. Ela a deposita no chão, abre-a e me mostra as trutas arco-íris. Essa noite eu as vi, elas falaram comigo, me disseram o lugar em que estariam, diz ela sem abdicar de seu sorrisão. Soube que elas iriam se entregar. Me apressei, fui ao lugar que tinha visto em sonho. Elas chegaram quase imediatamente.

Mais tarde, sentadas no banquinho na frente da casa, tomando os poucos raios de sol do dia, morremos de rir: Matchilda está voltando do rio, de mãos abanando. Você nasceu ontem ou o quê?, diz Dária. Você sabe que não adianta nada ir até lá se você não viu nada durante a noite! Sempre dá para tentar, balbucia Matchilda passando na nossa frente, com a cara fechada.

Sonhar sem

> Para os despertos, existe um mundo uno e comum, mas entre os que dormem, cada um se volta para seu próprio mundo.
>
> HERÁCLITO

No âmbito da modernidade, herdamos uma tradição que gradualmente foi concebendo sonho e realidade como duas esferas bem separadas, hierarquizáveis em importância. Se as imagens noturnas, relacionadas às *phantasiai*, já eram consideradas por Aristóteles pálidos reflexos do mundo,[90] essa concepção ganhará ainda mais força com o passar do tempo, o trabalho de distinção entre real diurno (o original) e ilusório noturno (a projeção) tornando-se o ponto nodal e fundador dessa concepção. Hoje ainda, a maioria dos nossos contemporâneos, mesmo que não sejam nem filósofos nem cientistas, concordam que o mundo vivido durante o dia é mais "verdadeiro" do que as imagens noturnas que habitam os sonhos. A hipótese de Aristóteles tornou-se lugar-comum compartilhado por todos: os sonhos distorcem o mundo, porque não são mais do que projeções deformadas de uma realidade que a mente humana recupera desajeitadamente durante a noite. Dessa ideia decorre uma afirmação tão amplamente aceita que dificilmente podemos discuti-la: os sonhos *derivam* da realidade, mas não são a realidade.

Podemos considerar que a cesura entre imagens diurnas e imagens noturnas se estabiliza mais solidamente no Renascimento. Em 1633, Descartes, em seu *Tratado do homem*, apresenta uma tese que rapidamente irá se impor no Ocidente como uma evidência irrefutável: os sonhos são

---

[90] M. Armisen-Marchetti, "La notion d'imagination chez les anciens. I: Les philosophes", *Pallas*, 26, 1979. pp. 11-51.

acontecimentos integralmente psíquicos, analisáveis em termos quase mecânicos. Os filósofos fecham definitivamente a porta aos sonhadores visionários europeus, cujas práticas pressupunham a independência parcial da alma em relação ao corpo.[91] Se, na Idade Média, o sonho ainda era concebido como "transporte, presentificação, exploração e revelação"[92], seus registros possíveis de ação e eficácia se simplificam drasticamente, passando a ser confinados em um único lugar: a mente humana. Malebranche considerava, por exemplo, o sabá como o sinal de sonhos desajustados, prova da grande força da imaginação, potente, mas ilusória:[93] se a alma vagueia, viaja, desvia e divaga, ela passa agora a fazê-lo apenas em termos metafóricos. Nada mais "sai" do corpo; seu repouso é suficiente para dar conta dos movimentos erráticos do espírito que nele fica preso. Essa nova concepção do ser indica que as imagens confusas produzidas pela mente são incapazes de gerar informações objetivas úteis, exceto no caso da autoanálise que será desenvolvida pelos psicanalistas, como veremos mais adiante. O sonho, assim como aconteceu com o olhar e a visão, torna-se o teatro do dentro, uma experiência de representação à qual poderemos, em seguida, conferir um valor íntimo, mas em nada social.

Contudo, como mostra Daniel Fabre, a palavra "*rêve*" só se impõe no fim do século XVII, em substituição a "*songe*", muito embora uma profusão de pesquisas etimológicas sobre o enigma suscitado pela palavra "*rêve*" indique que, originariamente, tratava-se de um conceito móvel, cristalizado apenas muito recentemente em sua última acepção, a mais pobre

---

[91] C. Ginzburg, *Le Sabbat des sorcières*. Paris: Gallimard, 1992; C. Ginzburg, *Les Batailles nocturnes. Sorcellerie et rituels agraires aux XVIE et XVIIE siècles*. Paris: Flammarion, 2019.
[92] D. Fabre, "Rêver. Le mot, la chose, l'histoire", *Terrain*, 26, 1996, p. 69-82.
[93] N. Malebranche, *De la recherche de la vérité. Livre II (De l'imagination), partes 2 e 3*. Paris: Garnier-Flammarion, 2006.

e mais simplificada ("*rêve*", sonho como projeção mental).⁹⁴ Desviar, enervar-se, endiabrar-se, dar meia-volta, extraviar-se, aventurar-se, divagar, evadir-se, delirar, rondar, vagar, escapar, ser transportado... Fabre nos apresenta as errâncias, as idas e vindas da "caça etimológica" da palavra *rêver* [*sonhar*], que no fim da Idade Média ainda evocava a "máscara noturna das bandas de carnaval",⁹⁵ até que a época clássica fixou o seu sentido. Aqueles que "queimavam os sonhadores [*rêveurs*] foram sucedidos pelos modernos mecânicos do espírito",⁹⁶ eliminando assim as antigas acepções do termo.

    Contudo, no século XIX, o princípio estabelecido da projeção onírica parece vacilar um pouco nos escritos dos etnógrafos. Quando os lemos, verificamos que o que os modernos consideram verdadeiro a respeito de suas fantasias noturnas é uma concepção derivada de sua história, ou melhor, uma *exceção* em relação às histórias dos outros. Os relatos de sonho registrados pelos etnógrafos transportam os leitores para mundos em que se considera que as visões noturnas permitem aceder a realidades muitas vezes mais importantes do que aquelas que a visão diurna e ocular possibilita; ao mesmo tempo, esses mesmos relatos conduzem os etnógrafos às suas "velhas concepções", aquelas mesmas que, ao evoluírem, deram lugar às categorias científicas atuais. É, entre outros, um dos efeitos produzidos pelo movimento analítico de Edward Tylor em *Cultura primitiva*, de 1871:

> Quando pensamos na série incontável de histórias similares de sonhos que encontramos a todo momento na literatura antiga, na da Idade Média e na literatura moderna, reconhecemos que é muito difícil distinguir a verdade da ficção.

---

94 "*Rêve* [sonho], pela sua etimologia, pelo campo de suas derivações, foi primeiro, sem nenhuma dúvida, um termo bastante concreto, descrevendo uma concepção 'móvel' do *songe* [sonho]", ibid.
95 Ibid.
96 Ibid.

Mas, ao examinar esse sem-número de relatos sobre os fantasmas humanos que aparecem em sonho [*songe*] para consolar ou atormentar, para aconselhar ou fazer revelações ou, ainda, para pedir que seus próprios desejos sejam realizados, podemos acompanhar o problema das aparições em sonho [*rêve*] em sua evolução progressiva, desde a crença primitiva de que uma alma desprovida de corpo visita de fato o homem adormecido, até a ideia moderna de que esse fantasma é produto da imaginação do sonhador, não envolvendo a percepção de qualquer figura objetiva externa.[97]

É por meio da documentação de concepções exóticas e antigas do sonho [*rêve*] que Tylor desenvolve sua teoria da origem da alma e, em sua esteira, a possibilidade de existência da antropologia social como uma área autônoma de conhecimento. *Cultura primitiva* nos propõe um inventário (muitas vezes semelhante a um gabinete de curiosidades) de sonhos e visões disseminados no tempo e no espaço, buscando exemplificar o modo como a alma humana era "primitivamente concebida". Dos sonhos cosmopolitas, acrescentados pelo fundador da escola antropológica inglesa, emergirá uma teoria do animismo como religião arcaica da humanidade. O animismo conceitualizado por Tylor deriva diretamente de uma constante que ele pôde observar em diversos sonhos [*rêves*] exóticos e antigos por ele registrados: a alma era, em outros lugares e outras épocas, não apenas destacável do corpo, mas também compartilhada por outros que não apenas os humanos.

Se Tylor não "acredita" no que escreve, ainda assim ele o escreve, reposicionando, talvez a despeito de sua própria vontade, essas estranhezas anímicas no espaço científico supostamente público da modernidade industrial. Um gesto de deslocamento se opera na direção de sonhos que ainda

[97] E. B. Tylor, *La Civilisation primitive*. Paris: Alfred Costes, t.I, 1920, p. 443.

são concebidos como transportes, como portas de comunicação possível entre humanos e os outros seres que habitam o mundo, embora o esquema de pensamento evolucionista no qual ele se inscreve o impeça de simetrizar as concepções de sonho [*rêve*] que ele estuda com aquelas provenientes da história da modernidade. Assim, lemos, sem ter como evitar as pontadas no estômago: "O selvagem e o bárbaro, mesmo quando estão despertos e plenamente saudáveis, nunca aprenderam a fazer a distinção precisa entre o subjetivo e o objetivo, entre o imaginário e o real, que é um dos principais resultados da educação científica".[98]

Os animistas são, em sua maioria, os próprios etnógrafos e antropólogos, responde Émile Durkheim, ofendido, a Tylor! As religiões que eles estudam estão entre as mais grosseiras da humanidade! Isso explica, seguramente, "a importância primordial que atribuem às almas dos mortos, aos espíritos, aos demônios, ou seja, aos seres espirituais de segunda classe".[99] Isso explica também as trinta páginas afiadas que Durkheim lhes dedica em 1911 em *Formas elementares da vida religiosa*, para contestar um argumento segundo ele inaceitável: os sonhos se encontram nas origens da noção de alma, ela mesma na origem das religiões.

Durkheim vê na tese de Tylor sobre o animismo um simplismo perigoso, que revela a "credulidade cega" atribuída aos primitivos, quando se supõe que eles *realmente* tomam "seus sonhos por realidades". Para Durkheim, é evidente que a "preguiça intelectual" encontra seu auge nesses povos, ocupa-

---

[98] "[...] Além disso, quando sob a influência de um transtorno físico ou moral, ele vê ao seu redor fantasmas que assumem a forma humana, consegue ainda menos desconfiar do testemunho de seus sentidos. Por conseguinte, em todos os lugares onde a civilização não está muito avançada, os homens acreditam, com a fé mais viva e mais completa, na realidade objetiva dos espectros humanos engendrada por seu espírito doente, abatido ou superexcitado", ibid., pp. 443-4.
[99] É. Durkheim, *Les Formes élémentaires de la vie religieuse*. Paris: PUF, 1968, p. 71.

dos que estão em lutar por suas vidas contra as forças que os cercam. Segundo ele, é impossível que tenham tempo para o "luxo da especulação" e menos ainda, portanto, para fazer do sonho "o tema de suas meditações". Como nunca viveu entre os povos em questão, Durkheim projeta neles o que considera verdadeiro em sua própria cosmologia:

> O que é o sonho em nossa vida? Quão pouco lugar ele ocupa, sobretudo em razão das impressões muito vagas que deixa na memória, da rapidez com que se apaga da lembrança, e como é surpreendente, consequentemente, que um homem de inteligência tão rudimentar tenha dispendido tantos esforços a fim de encontrar uma explicação para o sonho![100]

A sentença durkheimiana é categórica: das duas vidas que o ser humano leva sucessivamente, diurna e noturna, a primeira, necessariamente, deve interessá-lo mais. Sua crítica se desenvolve a partir desse ponto: "Não é estranho que a segunda tenha atraído tanto a atenção dele [Tylor] a ponto de considerá-la a base de todo um sistema de ideias complicadas e que exerceram uma influência enorme sobre seu pensamento e sua conduta?".[101] Para Durkheim, uma concepção como essa é simplesmente impossível: Tylor e seus discípulos claramente construíram a noção de alma a partir das "imagens vagas e inconsistentes que ocupam nosso espírito durante o sono".[102] Se a tese do animismo se revelasse válida, seríamos obrigados a admitir que as crenças religiosas não passam de um amontoado de "representações alucinatórias sem nenhum fundamento objetivo".[103] Pior ainda, o animismo faria da religião um simples "sonho sistematizado".[104]

100 Ibid., p. 60.
101 Ibid., pp. 60-1.
102 Ibid., p. 69.
103 Ibid.
104 Ibid.

Diante de uma teoria que enche a natureza de espíritos análogos aos dos humanos, Durkheim chega a se perguntar se o termo "ciência" pode realmente ser empregado para qualificar o movimento analítico que Tylor desenvolve.[105] Ele arremata desprezando categoricamente toda a potência de uma concepção que, involuntariamente, ameaça seu objeto de estudo: "A religião não poderia sobreviver à teoria animista a partir do momento em que esta fosse reconhecida como verdadeira por todos os homens: porque eles não poderiam não se distanciar dos erros cuja natureza e origem lhes seriam reveladas".[106] Durkheim faz, por fim, esta pergunta — muito estimulante para os objetos que nos concernem aqui: "O que é uma ciência cuja principal descoberta consistiria em fazer desaparecer o seu próprio objeto?".[107]

Não nos surpreendamos ao lembrar que o momento em que a escola francesa de sociologia rejeita "qualquer valor fundador à vida onírica, preservando, ao mesmo tempo, sua dimensão essencialmente religiosa"[108] coincide com o momento em que a psicanálise a recupera para elaborar sua terapêutica e sua teoria da cultura. Esta última associa a imensa diversidade cultural dos sonhos a seu novo objeto: a mente humana. As regras da interpretação dos sonhos são generalizadas e os sonhos se tornam as portas de acesso privilegiado às pulsões sexuais e aos desejos infantis censurados e reprimidos nas profundezas do inconsciente. A vida onírica volta a ser originária,[109] mas é despojada dos possíveis que ela susci-

---

[105] "Uma ciência é uma disciplina que, de qualquer maneira que seja concebida, sempre se aplica a uma determinada realidade. A física e a química são ciências, pois os fenômenos físico-químicos são reais e dotados de uma realidade que não depende das verdades que elas demonstram. Existe uma ciência psicológica porque realmente existem consciências que não tiram do psicólogo seu direito à existência", ibid., p. 70.
[106] Ibid.
[107] Ibid.
[108] G. Charuty, "Destins anthropologiques du rêve", Terrain, 1996, § 6, p. 1.
[109] Ibid.

tava quando levada ao pé da letra — isto é, levada a sério —, o que foi, em sua época e com suas ferramentas, o que Tylor tentou fazer ao estabilizar a noção de animismo.[110] As análises de Tylor, acompanhadas das críticas de seus contemporâneos, foram uma porta aberta à entrada da psicanálise. Esta, longe de reavivar os usos sociais dos sonhos, utiliza-os para ganhar em generalização, considerando que eles remetiam às formas arcaicas da cultura, que ressurgem em nós, modernos, quando nosso inconsciente assume o controle durante a noite: se o fundo mítico de onde provêm nossos sonhos exprime a origem da humanidade, a experiência íntima que o transpõe e o traduz faz reemergir em nós nossa própria infância.

O psicanalista e antropólogo Géza Róheim retoma as teses defendidas por Freud em *A interpretação dos sonhos* e *Totem e Tabu*[111] para aperfeiçoar os princípios sistêmicos da antropologia psicanalítica em que se articulam observação clínica, hipótese biológica e descrição etnográfica. Segundo Róheim, a análise dos sonhos, sem dúvida, deve continuar a ser realizada "fora de contexto", pois esta é a única maneira de compreender o conteúdo inconsciente dos sonhos. Ele reformula, assim, uma das questões fundamentais da psicanálise: "Se a interpretação só tem valor no âmbito de determinada cultura, como é possível que encontremos elementos idênticos em inúmeras culturas, mesmo que elas sejam orientadas para objetivos diferentes?".[112] Para ele, a razão de ser dos componentes análogos dos sonhos, que atravessam culturas e continentes, é clara: por toda parte, os sonhos têm "a mesma significação latente";[113] os

---

[110] Ver também S. Poirier, "Une anthropologie du rêve est-elle possible ?", Anthropologie et Sociétés, "L'ethnolinguistique", 23, 3, 1999.
[111] Freud explicou o conteúdo inconsciente dos sonhos por meio da hipótese da horda primitiva: a lembrança das lutas reais entre o chefe e seus filhos no passado filogenético teria sido revivida durante cada ontogenia, e explicaria seu ressurgimento inconsciente à noite.
[112] G. Róheim, *Psychanalyse et anthropologie. Culture, personnalité, inconsciente.* Paris: Gallimard, 1950, p. 49.
[113] Ibid.

humanos sonham em termos de um mesmo "simbolismo fundamental". Não nos surpreenderá, portanto, ler em Róheim que o animismo tem essencialmente o sentido "da formação de um duplo, de uma reduplicação de nós mesmos", ideia que, uma vez mais, expulsa a possibilidade de um transporte e de um encontro para o âmbito da superstição e faz de um simbolismo universal (do qual todos nós seríamos portadores inconscientes) o único lugar de uma investigação minimamente defensável cientificamente.

As "lendas antigas" que faziam a alma viajar para fora do corpo foram, portanto, confinadas a dois espaços de formulação precários e restritos no âmbito da modernidade: o da etnografia, que as compila, a exemplo de Tylor; e o da poesia, que, como observa Tylor, se compraz em oferecer um refúgio romântico e melancólico às interpretações obsoletas da alma. As "antigas crenças, como tantas vezes acontece com seus semelhantes, encontram refúgio na poesia moderna: *Your child is dreaming far away, And is not where he seems*".[114]

Sonho projetivo e sonho anímico

Sejamos honestos. Mesmo com Dária na floresta de Ítcha, é impossível mandar Durkheim para o limbo, e é inevitável constatar que sua crítica a Tylor está longe de ser obsoleta, para além da "gênese aleatória"[115] manifestada pela relação de dependência sistemática da noção de alma em relação aos sonhos:

> Em todo caso, supondo que alguns sonhos peçam muito naturalmente a explicação animista, certamente há muitos outros que são completamente refratários a ela. Com muita frequência, nossos sonhos remetem a acontecimentos pas-

---

[114] "Seu filho está sonhando longe daqui, E não está onde parece". E. B. Tylor, *La Civilisation primitive*, op. cit., p. 440.
[115] P. Descola, *Par-delà nature et culture*, op. cit., p. 172.

sados em que revemos o que vimos ou fizemos no estado de vigília, ontem, anteontem, em nossa juventude e assim por diante; esses tipos de sonho são frequentes e ocupam um lugar considerável em nossa vida noturna. [...] Aliás, é provável que o primitivo faça uma distinção entre seus sonhos e que não os explique todos da mesma maneira.[116]

Se Dária e os membros de sua família nunca me transmitiram uma categorização precisa da vida onírica dos even, uma coisa é certa: quando consideram sua trajetória autobiográfica, eles não excluem os sonhos. O que acontece durante a noite existe em suas vidas como um acontecimento, do mesmo modo que o que acontece durante o dia. O dia a dia com Dária me ensinou que ela distinguia dois grandes tipos de sonhos, que constituem processos tão diferentes que quase não merecem o mesmo termo para designá-los. Não, os animistas não passam o tempo todo sonhando com as almas dos animais ou dos mortos; eles também projetam no exterior coisas que vêm deles e revisitam situações que viveram, como nós. Não obstante, agrade ou não aos psicanalistas, a diferença primordial em relação às nossas concepções modernas não é só que esses sonhos não são considerados os únicos a terem direito à voz, mas que, sobretudo, eles interessam pouco ou em nada interessam. "Você não foi a lugar algum, não encontrou ninguém." É o comentário típico de Dária a meu respeito quando lhe conto minhas visões projetivas noturnas. Ao contrário de mim, ela geralmente se abstém de contar tais sonhos pela manhã (a menos que eu implore), porque eles não dizem nada do mundo de fora, sobretudo não dizem nada sobre as relações passíveis de serem vislumbradas na temporalidade diurna da existência com os seres que habitam o mundo. Enquanto, no Ocidente, estamos acostumados com a prática que consiste em contar pela ma-

---

[116] É. Durkheim, *Les Formes élémentaires de la vie religieuse*, op. cit., pp. 59-61.

nhã nossas visões noturnas para explorar nossas problemáticas interiores, os even de Ítcha, quando isso acontece com eles (e é frequente), permanecem discretos no que concerne ao conteúdo de suas projeções. Se fazem como "se nada tivesse acontecido", é simplesmente porque para eles, naquela noite, não aconteceu *realmente* nada. Eles demonstram um grande desinteresse pelos movimentos internos de suas psiques, enquanto estão inteiramente concentrados nesse outro tipo de sonho, muito mais difícil de se manifestar, que consiste em sair de si para encontrar um outro. Dária certamente concordaria com Michel Foucault quanto ao fato de que os sonhos projetivos traduzem os afetos do sujeito que "acompanham a alma em sua jornada",[117] enquanto manifestam seu estado àquele que dorme. Mobilizado por Foucault, é Artemidoro que ressoa aqui:[118] entre *enupia*, que traduz na alma o que é da ordem do corpo, e *oneiroi*, que excita a alma e a modifica a partir do exterior, há todo um mundo. O primeiro remete ao monólogo interior próprio à pessoa, o segundo, ao mundo. Um deriva dos estados de alma e de corpo, o outro antecipa acontecimentos passíveis de se produzirem. Um manifesta lembranças, desejos ou faltas, outro é um sinal que vem de fora para a alma, capaz de modificar sua trajetória. "Como reconhecer se estamos

---

[117] M. Foucault, *Histoire de la sexualité*. Paris: Gallimard, 1984, t. III, p. 18.
[118] Foucault se volta para a *A chave dos sonhos*, de Artemidoro, escrita no século II d.C. e dedicada à interpretação dos sonhos. Trata-se de uma obra de método no que concerne aos procedimentos interpretativos dos sonhos, um "manual para a vida cotidiana". A maioria dos relatos de sonhos é interpretada metaforicamente segundo algumas regras convencionais que constituem os elementos de uma chave dos sonhos não escrita. Os sonhos comuns têm o *status* de signos de um acontecimento futuro a serem decodificados. Não que em Ítcha também não existam sonhos interpretados de maneira analógica: voar, por exemplo, é considerado um bom sinal; um incêndio, um mau sinal; o sangue, um membro da família que vai chegar. O que se passa é que, como no caso dos sonhos projetivos, essas explicações analógicas são, para os even, o parente pobre dos sonhos anímicos, e eles só se rendem à analogia interpretativa se, de fato, "nada acontecer" por várias semanas.

diante de um sonho de estado ou de um sonho de acontecimento?",[119] pergunta Foucault. Essa é uma pergunta sobre a qual as crianças são treinadas a pensar desde a mais tenra idade na floresta de Ítcha: assim como os ojibwa, elas vão "à escola quando sonham".[120]

Dária e sua família consideram que a alma está vinculada aos pulmões (*uxti*), ao coração (*meven*) e aos rins (*bochti*). Quando sonhamos "verdadeiramente" (e não de maneira projetiva), estima-se que esses três órgãos estejam ativos no corpo, mesmo que a alma tenha ido viajar. Se é difícil que os sonhos anímicos se manifestem, é porque eles impõem uma disciplina ao mesmo tempo mental e corporal, necessitando uma forma de ascese que exige aprendizado e paciência. Para conseguir se deslocar no mundo dos outros, é preciso antes se deslocar em si (colocar-se em disposições mentais que permitem a abertura à alteridade) e, às vezes, se deslocar fisicamente para fora de um cotidiano que não favoriza a porosidade em relação aos movimentos dos seres que nos são exteriores. Se os sonhos-encontros se oferecem em uma multiplicidade de formas, duas delas se destacam em Ítcha: os encontros com as almas dos humanos mortos e os encontros com as almas dos animais que habitam um meio compartilhado.

Recordemos o xamã Appa e a viagem onírica que ele empreendeu quando Dária nasceu, depois da qual diagnosticou que o sofrimento pós-natal dela estava vinculado à sua avó. Aqui, o sonho anímico permite aos vivos compreender algumas situações problemáticas e às vezes mesmo desobstruir bloqueios, se o sonho-encontro der seus frutos. Acrescente-se a isso a necessidade, bastante comum em Ítcha, de ajudar aqueles que morreram quando têm dificuldade para

---

[119] Ibid., p. 20.
[120] "… for Ojibwa go to school in dreams", A. I. Hallowell, "Ojibwa ontology, behavior, and world view", loc. cit., p. 68.

encontrar seu caminho. Lembremo-nos de Vítia, o segundo marido de Dária, que regularmente aparece para ela em sonho na forma de urso e com quem ela conversa à noite quando, segundo suas palavras, ele vem para estar com ela (quando deveria "estar em outro lugar").

A variante mais difundida e mais bem conhecida dos sonhos-encontros com os animais é aquela que ajuda os humanos em suas práticas de caça: servem para localizar presas e conceber as disposições em que elas se encontram, como no caso dos peixes que Dária encontra de manhã no lugar específico do rio que ela visitou em sonho durante a noite. Seria, porém, muito redutor acreditar que os sonhos-encontros com os animais sustentam *somente* a lógica da predação. Muitos deles não produzem efeitos diretos, mas efeitos diferidos, de um alcance muito maior: compreender os movimentos dos animais é *também* uma maneira de obter indicações sobre o sistema mais vasto no qual todos estão inseridos. Em Ítcha, como em todos os lugares por onde eles ainda circulam livremente, considera-se que os animais antecipam-se aos humanos em termos de atenção ao mundo: são mais sensíveis às mudanças meteorológicas, sentem a chegada prematura ou tardia das estações, antecipam os movimentos e flutuações dos elementos de seus meios de vida. Porque os animais sentem e pensam com antecedência em relação aos humanos, é aos movimentos deles que os humanos devem ficar atentos se quiserem captar as dinâmicas mais gerais das condições atmosféricas e dos fluidos terrestres dos quais tudo depende. Nesse sentido, se os sonhos anímicos permitem uma comunicação voltada para a possibilidade de dotar-se de uma compreensão mais fina das potências dos outros, aqui o que anima e interessa aos humanos é uma sensibilidade ampliada aos componentes elementares — ar, água, fogo —, que formam os meios pelos quais as trajetórias de todos se desenvolvem. São precisamente essas capacidades sensitivas, aumentadas nos animais e diminuídas nos humanos, que os humanos buscam redescobrir à noite por intermédio do diálogo anímico, com o objetivo, acima de tudo bem pragmático, de obter informações sobre os contornos que vão assumir os elementos e os acontecimentos, e ter assim os meios de lhes responder de maneira adequada: se estamos informados minimamente sobre a orientação geral dos fluxos fora de nós, torna-se difícil agir inconsequentemente e é nocivo imaginar que poderíamos tomar a direção contrária. Em Ítcha, é à noite que, em pensamentos, se constitui um *continuum* de existências entre e por meio dos elementos que tornam a vida possível ou que a ameaçam; abrimos os olhos pela manhã para redescobrir o que pode significar ser depositário de uma vitalidade encarnada neste mundo, que nos atravessa intensamente e nos ultrapassa infinitamente.

✶

Estamos no início de setembro, a tundra se tornou amarela e os bosques frondosos oscilam entre tons ocre e alaranjado. O clima é suave, o céu está sem nuvens há vários dias. Eu, as mulheres e as crianças ainda estamos dormindo no *atien*, as primeiras horas da manhã são frescas, reavivo o fogo por volta das quatro horas. Ao sair da cama, deixei entreaberta a tela que nos separa do átrio e nos protege dos mosquitos. No clarão das chamas que começam a consumir a madeira, vejo o rosto sonolento de Dária, há um movimento sob as pálpebras, sua respiração é rápida. Penso que está sonhando. Ao amanhecer, eu a questiono, ela me responde com um murmúrio. Essa noite, voei com eles. Vi os gansos partirem, percorri um trecho do caminho no céu ao lado deles antes de voltar. O tempo vai mudar, o inverno está chegando. Precisamos nos preparar.

Sonhar sem xamã
Dária, você sempre me falou do Appa do seu nascimento, o pai desse Appa que hoje vive no abrigo sob as ramagens, dizendo que ele tinha sido o último dos xamãs. Ele foi mesmo o último, ou eles ainda existem? Dária meneia a cabeça. Isso foi há muito tempo. Hoje em dia não sobrou nenhum. Antes, havia todo tipo de xamã. Alguns faziam mal às pessoas, magia negra, como dizem; outros curavam, eram luminosos. É assim em todo lugar, não? Certamente, respondo sem refletir. Appa tinha uma roupa especial, com um chapéu, chifres de ferro e pingentes. Tinha também um cajado com pingentes que indicavam a quantidade de filhos. Ele fazia os pingentes com orelhas de renas. Marcava as orelhas, cortava-as e costurava-as. Dária começa a rir. É claro que elas mostravam também a quantidade de renas que ele tinha. Ele morreu muito velho, com mais de noventa anos. Era um bom xamã, e era muito pobre. Lembro-me também de outro, não vou dizer o seu nome, mas ele era muito mau. Na época, havia vários campos de aprovisionamento para as renas e, no dele, as renas estavam bem gordas, tudo ia bem…, enquanto em outros campos as renas morriam por causa dos lobos e das avalanches. Ficava nas imediações do vulcão, lá onde eu nasci. Ele tinha esse jeito de falar com os seres e os elementos para que fizessem coisas negativas. Ele era muito sombrio. Mas tanto ele quanto Appa morreram há muito tempo, e ninguém os substituiu. 1975 e a morte de Appa, foi o fim de uma época.

∗

No fragmento de um capítulo que busca "restaurar o animismo", Descola escreve: a passagem do humano para o animal é um "atributo do poder atribuído a certos indivíduos — xamãs, bruxos, especialistas rituais — de transcender ao sabor da própria vontade a descontinuidade das formas para tomar como veículo o corpo de espécies animais com as quais eles mantêm relações privilegiadas".[121] A grande pergunta que Dária e os seus suscitam no antropólogo é a seguinte: como proceder uma vez que já não existem xamãs para mediar nossas relações com os seres valendo-se da metamorfose e vestindo, em sonho ou nos rituais, as roupas do outro para se colocar em sua pele e em seus pensamentos?

Até um momento bastante avançado do processo colonial entre os even, os rituais xamânicos garantiam a possibilidade da transferência e do deslocamento da alma para os mundos dos outros. Como mostrou Charles Stépanoff, o xamanismo é uma técnica por meio da qual os humanos têm a experiência de serem considerados a partir do prisma de outras existências, os xamãs desempenhando o papel de "diplomatas cosmopolíticos". Em *Viajar no invisível*, Stépanoff destaca uma forma de divisão do trabalho onírico entre os tuvanos: as "pessoas comuns" — que têm sonhos projetivos e os interpretam por metáforas ou analogias — e os "especialistas rituais" — cujos sonhos constituem encontros reais. Isso significa que, para eles, as modalidades de comunicação do sonho que chamo de "anímica" não são acessíveis a todos, longe disso, e que uma certa classe de humanos se reserva o direito de explorá-la:[122] ali onde o xamã pode transgredir, em certas condições, as fronteiras dos corpos limitadas pela especiação, os outros humanos encontram-se encurralados; eles precisam do xamã para desempenhar o papel de intermediário entre os mundos.

Ocorre que os even, assim como os tuvanos, fazem parte daquelas sociedades que Stépanoff chama de "xamanis-

---

[121] P. Descola, *Par-delà nature et culture*, op. cit., pp. 192-3.
[122] "Nas tradições hierárquicas, a abertura xamânica torna-se o correlato de um fechamento simétrico dos profanos [...] ao definir o xamã como aberto em contraste com as pessoas fechadas, estas últimas aparecem como hermeticamente cerradas ao olhar da porosidade xamânica." C. Stépanoff, *Voyager dans l'invisible*. Paris, La Découverte, col. "Les Empêcheurs de penser en rond", 2019, p. 137.

mo hierárquico" por oposição às sociedades ditas de xamanismo "heterárquico", ou ainda, de "tenda clara", por oposição às sociedades de "tenda escura".[123] Segundo ele, por onde se deslocaram na Ásia Setentrional, os nômades tungúsicos introduziram novas maneiras de instaurar o diálogo anímico com os seres do exterior, mediado pelo xamã, o único capaz de entender e falar suas línguas. Pouco a pouco, essas técnicas foram prevalecendo sobre os modos de relação mais igualitários, no âmbito do quais existia um *continuum* de competências reversíveis e flexíveis compartilhadas por todos.[124] Quando, na metade do século XIX, os even chegam com suas renas à península de Kamtchátka, encontram os coriacos e os itelmenos.[125] Pelo visto, estes últimos não têm xamãs, mas as anciãs (as "*koehtchoutche*") parecem ser consideradas "feiticeiras"[126] e conhecidas por saberem interpretar os sonhos, sem por isso vestir roupas especiais ou usar tambor, e sem tampouco monopolizar o acesso aos outros mundos. Stépanoff considera que, ao contrário dos even, essas sociedades são representantes, entre outras, da forma de xamanismo heterárquico em que a exploração onírica não foi confiscada pelos xamãs e continua, assim, acessível a todos. Entre os coriacos e itelmenos de Kamtchátka, assim como entre os tchuktchis

---

123 "A tenda clara era o protótipo do ritual xamânico para a maioria das populações do norte da Ásia, que ignorava completamente a tenda escura. Isso vale para os povos altaicos, isto é, de língua tungúsica (evenque, even, udegue, nanai, manchu), de língua turcomana (altai, teleut, khakás, tuva, iakut, dolgan), de língua mongólica (buriát, mongol), assim como para uma parte dos samoiedos (os enets e os nenets)", ibid., p. 118.
124 Ibid., p. 154.
125 A mobilidade dos even com as renas lhes permite percorrer territórios extremamente vastos durante suas migrações, e assim ter uma experiência da colonização russa muito diferente da dos caçadores-coletores, mais sedentários. Eles conseguiram escapar das epidemias e, às vezes, até serviram de guias aos cossacos. É somente na metade do século XIX que os even descem para a península de Kamtchátka e ali se instalam, com a aprovação da administração russa. Ibid., ver p. 382.
126 Kracheninnikov, 1768, citado por Stépanoff, ibid., p. 141.

mais ao norte no Tchukotka, cada membro do coletivo podia potencialmente encontrar as almas de outros seres em sonho sem precisar ser depositário de qualidades inatas para aceder ao *status* de xamã; nesses coletivos, são os próprios encontros, oníricos e/ou diurnos, que abrem para a disposição xamânica. Neles, não há o "monopólio" do xamanismo transmitido por herança e sim uma aquisição progressiva de competências sempre precárias e temporárias, que emergem de repetidas experiências de confronto com outros seres que não apenas os humanos, de noite como de dia. Não obstante, essa maneira igualitária de entrar em relação não é comum em toda parte: Stépanoff considera que ela é desconhecida dos altais e, na Sibéria, restrita a certos povos paleo-asiáticos orientais, tchuktchis, coriacos, yukaguiros e itelmenos.

Contudo, a situação atual dos even de Ítcha fragiliza essa hipótese, ou, em todo caso, a faz variar enormemente. Como no caso dos yukaghir da alta Kolimá estudados por Rane Willerslev,[127] durante décadas o poder soviético tratou as relações com os espíritos dos mortos e dos animais como um atraso que convinha modernizar. Era preciso converter os autóctones a um modo de relação gestionária com os seres que habitam seu ambiente (isto é, à ideia de que eles eram absolutamente exteriores ao reino humano), estes últimos transformando-se em recursos exploráveis para o bem do coletivo, e as vozes dos espíritos ingovernáveis e incontroláveis mergulhando, por sua vez, em um silêncio cada vez mais profundo. Como para os yukaghir, o colapso do regime soviético significou um eletrochoque capaz de reavivar formas que pareciam extintas, os sovcozes arruinados deixaram os even sozinhos e sem renas diante da taiga, que voltou a ser seu único lugar de subsistência; foi com os seres e espíritos que a compõem que eles precisaram reatualizar relações, se não estáveis, ao menos dinâmicas — para poderem sobreviver.

---

[127] R. Willerslev, *Soul Hunters*. Berkeley: University of California Press, 2017.

Vamos supor, seguindo Stépanoff, que Dária e sua família sejam provenientes de sociedades de xamanismo historicamente hierárquico. Não obstante, a história dos even de Ítcha mostra que esse mesmo xamanismo não resistiu muito tempo à dupla imposição da coletivização, por um lado (Dária estima que os últimos xamãs de Ítcha tenham morrido nos anos 1970), e da queda do regime, por outro (ninguém os substituiu quando a estrutura política se desintegrou). O colapso foi, para os even de Ítcha, a ocasião de reencontrar em si mesmos, como no caso das sociedades ditas de xamanismo heterárquico, as forças para operar um deslocamento para o mundo dos outros, necessário para a preservação da vida diurna e encarnada na floresta. Com o desaparecimento dos xamãs, foi preciso reaprender a viajar nas esferas invisíveis da existência sem intermediários, pois todos aqueles que dispunham de qualidades inatas e geracionais para operar essa viagem tinham sido dizimados pelo processo colonial.

Portanto, a maneira como Dária e sua família sonham atualmente já não se parece muito com as tradições altaicas que eles levaram consigo ao nomadizar até a península de Kamtchátka; paradoxalmente, eles se aproximam mais das maneiras heterárquicas siberianas, bem como das dos caçadores-coletores atapascanos da América do Norte (gwich'in, nabesna, ojibwa, entre outros). Isso levanta uma pergunta espinhosa: o xamanismo igualitário, mesmo parecendo mais precário e menos estabilizado, é uma forma mais perene que o xamanismo hierárquico? Se foi preciso apenas um século para que a hierarquia que regulava o acesso aos encontros nos rituais e nos sonhos desmoronasse parcialmente (como reação à ascensão do sistema soviético e, depois, à sua derrocada) e para que um diálogo com os seres do exterior pudesse ser *retomado* sob uma forma mais igualitária, o que podemos dizer da capacidade do sistema hierárquico de durar no tempo? E mais, podemos considerar as técnicas oníricas que ele favorece como ontologicamente diferentes daquelas do sistema heterárquico? Stépanoff se concentrou em mostrar que os contrastes entre as duas formas não traduziam necessariamente diferenças na organização social (como seria o caso se o xamanismo hierárquico fosse estruturante em sociedades mais segmentadas e mais hierarquizadas que outras) ou variações nos modos de subsistência (como seria o caso se ele fosse um dos elementos marcantes nas sociedades pastorais e ausente naquelas predominantemente caçadoras).[128] Para ele, a ideia era, antes, lançar luz sobre os contrastes profundos no interior dos coletivos, situados no *grau de autonomia* que se outorga a certos humanos para se religarem aos espíritos de outros seres. Se tais contrastes são tão marcados assim, como explicar o retorno da vida onírica sem mediadores em Ítcha, em 1989, quando tudo parecia perdido e as tradições xamânicas dos even ressoavam ao som de tambores e do tilintar das vestimentas adornadas, todas essas formas exteriores exprimindo e mediando relações maltratadas por um sistema político que talvez integrasse sua dimensão cênica e cultural, mas certamente não a cosmológica?

Podemos levantar a hipótese de que o acesso aos seres invisíveis volta a ser uma técnica compartilhável por todos a partir do momento em que o coletivo retoma voluntariamente relações cotidianas e encarnadas de dependência com os seres com que convive. Se a vida onírica sem diplomatas cosmopolíticos é uma ferramenta à disposição dos humanos para se religarem a outros mundos, talvez isso se dê porque as formas de viagens e transportes anímicos mais igualitárias precedem as tradições hierárquicas, ou, ao menos, porque

---

[128] Os coriacos, assim como os tchuktchis, tinham grandes rebanhos de renas e, no entanto, mantiveram tradições heterárquicas, enquanto os caçadores-coletores tungúsicos, selkup ou ket não tinham renas, ou tinham pouquíssimas, e, no entanto, praticavam uma forma hierárquica de xamanismo: o desenvolvimento econômico do rebanho não é, portanto, um critério satisfatório para compreender as diferenças de organização do trabalho xamânico.

essas são capacidades adormecidas, compartilhadas por todos esses coletivos, trazidas à memória quando as condições exteriores (econômicas, políticas, ecossistêmicas) terminam de implodir as estruturas que mantinham seus membros em papéis estáveis e definidos. A retomada da relação com seres incertos que habitam um mundo instável, instabilidade essa que é redobrada no contexto atual de crise ecossistêmica, exige uma flexibilidade das práticas, no âmbito da qual a dimensão hierárquica necessariamente implode. O princípio aqui em questão é, mais uma vez, o da metamorfose: o coletivo even de Ítcha, ao se reapropriar de suas capacidades de sonhar nas ruínas de uma tentativa política fracassada, reconhece na prática que entrar em diálogo com os seres que sustentam sua existência não pode ocorrer somente no plano diurno da existência e, mais ainda, que esse diálogo deve ser multiplicado e pluralizado, isto é, compartilhado, para ter chances de acontecer. Pensemos aqui no tabu que recai sobre certos sonhos no contexto norte-americano, no imperativo de silenciar as visões sob pena de perder o poder que elas conferem ao sonhador.[129] Os interditos de compartilhamento de certos sonhos, no passado também bastante presentes entre os even, segundo as palavras de Dária e sua família, dissipam-se ao mesmo tempo que a autoridade daqueles poucos humanos eleitos que "eles sim, sonham". Nós já não estamos lá, me disse um dia Dária quando lhe perguntei sobre isso. Hoje, as coisas se movem mais rapidamente lá fora, é necessário encará-las, acrescentou ela. O compartilhamento sussurrado dos sonhos pela manhã, para além das potências oníricas desiguais de cada um, pode ser interpretado como um sinal de rendição: a aceitação de uma movimentação coletiva vinda de todos os lados, incluindo o da viagem anímica noturna, que permite entender alguma coisa de um

---

129 Ver, por exemplo, B. Elk e R. J. DeMallie. *Le Sixième Grand-Père*. Mônaco: Éditions du Rocher, 1999.

mundo que muda rapidamente; um abandono da forma (as roupas, os tambores e os rituais em que ganham vida) em benefício de uma questão de fundo (as relações anímicas que é preciso manter, custe o que custar). Esse compartilhamento entre humanos de disposições outras, tocadas no fundo da alma durante os sonhos e inseridas nos corpos ao despertar, tem consequências que ultrapassam o campo das relações interespecíficas: ao cruzar a fronteira das formas corporais durante a noite, concomitantemente, Dária e sua família se dão os meios para metamorfosear suas relações com o coletivo humano que regulou suas vidas por mais de um século. Emancipar-se da instituição estatal consiste aqui em retomar o diálogo com os esquecidos da grande história, esses seres renascidos que recuperam suas potências, voltando a ser pessoas individuadas que se pode, em certas condições, reencontrar; uma vez reafirmadas suas existências, o mundo torna-se mais suportável para os próprios humanos.

Retomemos a nossa cartografia acidental, em que o pensamento é abordado como um fundo comum partilhado e a partir do qual é possível entrar em relação com outros, para além da diversidade das disposições físicas estabilizadas no tempo da especiação. O lugar de um pensamento concebido como transversal e interespecífico se transforma em um espaço de reformulação coletiva do devir: é possível sobreviver ao colapso de todas as estruturas que conhecemos anteriormente se desmantelarmos a totalidade englobante do mundo no qual supostamente devíamos viver para enfim *retomá-lo*, parte por parte, ser por ser. O resgate dos limites próprios à especiação no interior das práticas oníricas é, simultaneamente, um resgate do tipo de relações que se estabilizaram em um dado momento entre *todos os seres*, nos tempos míticos com outros não humanos, assim como nos períodos mais atuais, particularmente o da colonização, entre humanos; o espaço do pensamento tal como ele se reconfigura nas viagens oníricas torna-se o espaço da reinvenção de um nexo relacional e, posteriormente, da resistência a um estado diurno do mundo que parece inabalável.

*

Dária, por cima das chamas, sussurra palavras para sua mãe morta. Sua cabeça repousa a leste, o olhar de Dária ao pé do fogo brando está voltado para o levante. Amanhã você voltará outra. Amanhã, você vai poder novamente se *orientar*.

Quarta parte
Compor com a economização do mundo

Há um tempo para essas palavras.
Do estupor do ouvido
Tamborila a vida
Leis altíssimas.

Quem sabe vem de um ombro
Que a testa comprime.
Quem sabe vem de um raio
Que não se vê de dia.

Numa corda inócua, vestígios
Da mão sobre o lençol.
Um tributo ao seu medo
E aos seus vestígios.

É o tempo de ardentes desmandos
E do rogo mais sereno.
É o tempo da fraternidade sem terra.
É o tempo da orfandade universal.

11 de junho de 1922

Marina Tsvetáieva, *Depois da Rússia*

INTRODUÇÃO

Já notaram como tudo fica mais complicado quando tentamos liberar espaço para as zonas incômodas da experiência, precisamente ali onde as coisas estão amarrotadas, um pouco emaranhadas, não muito coerentes, às vezes até completamente contraditórias? Penso em todas as pequenas aporias do entendimento que preferiríamos deixar cuidadosamente escondidas sob o tapete para não corrermos o risco de perturbar o sistema heurístico que nos esforçamos para estabilizar; em todas as insignificâncias perturbadoras relegadas ao silêncio, por medo de que fragilizassem o sólido edifício sobre o qual nos mantemos empoleirados. Essas insignificâncias não são insignificantes, são pedras em nossos sapatos que com o tempo se tornam incômodas e nos forçam a parar e a tirar os sapatos antes de voltar a caminhar com passo mais suave.

  A economia de vida que existe fora da floresta e com a qual os even de Ítcha compõem cotidianamente foi uma dessas pedras em meu sapato. Por muitos anos, me recusei a me interessar por produtos tais como farinha, açúcar, gasolina, peças mecânicas para barcos, moto de neve, motosserra, geradores e tabaco; a me perguntar como eles chegavam a Tvaián. Compreendi o porquê desde o começo: mesmo para um even em Ítcha, ou precisamente para um even em Ítcha, é mais confortável se deslocar de forma motorizada do que a pé ou a cavalo, comer pão com salmão seco em vez de raízes ou bagas, fumar um cigarro com chá bem açucarado quando faz quarenta graus negativos em vez de beber cinórrodo amargo escutando o vento soprar lá fora. O como, por sua vez, eu tinha deixado completamente de lado. Eles eram consumidores, como você e eu; eles foram convertidos aos principais produtos da modernidade. Mas isso não me interessava, eu preferia ignorar e trabalhar as questões que refundavam sua alteridade, mais do aquelas que a fragilizavam. Para mim, esses produtos lançados de paraquedas na floresta tinham a ver com aquela parte deles mesmos que fora forçada a assimilar-se ao mundo moderno, de forma menor. Menor na acepção mais débil da palavra, ou seja, algo que poderia ser totalmente ignorado.

  Eu me interessava por todos os aspectos de suas vidas que apresentavam uma resistência à economização geral de nossas existências — portanto, no que lhes dizia respeito, à maneira como tinham sabido se libertar, ao menos parcialmente, dos modos de vida preconizados pela Rússia atual, em favor da retomada de um diálogo cotidiano com um meio animado, um diálogo que não era voltado nem para o extrativismo de recursos nem para a capitalização das riquezas, e muito menos para a patrimonialização da natureza. Por todas essas razões, eu havia deliberadamente ocultado todas as zonas cotidianas que escapavam do marco teórico ao qual eu mesma havia me confinado. Eles haviam abandonado a criação de renas, confiscadas pelo Estado e depois pelas empresas privadas, voltaram a ser caçadores-pescadores-coletores independentes, trocavam mantimentos clandestinamente com os pastores even que ainda eram pagos pelas empresas, e sonhavam; isso não resolvia a questão do dinheiro na floresta, mas para mim era suficiente, *precisava* ser suficiente. As longas horas esperando que o Buran[130] ligasse em meio a um forte vento glacial, os dias inteiros à margem do rio sendo atacada por mosquitos enquanto tentava ajudar a consertar um motor de barco inexoravelmente quebrado, as dezenas de vezes em que trocamos maços de cigarros em recantos improváveis da tundra e, sobretudo, os longos momentos saboreando caviar de salmão no pão em dias chuvosos de verão me forçaram a encarar a questão. As peças mecânicas, a gasolina, produtos como tabaco, açúcar, farinha, ainda que frequentemente escassos e sempre insuficientes, eram comprados. O dinheiro para essas compras vinha de algum lugar, um lugar que eles nunca mencionavam. O que vendiam, para quem e como, se as renas tinham perdido o *status* de recurso financeiro para eles?

Lembro-me daquela tarde do verão de 2014 passada em Esso com Charles em um escritório da administração, diante da responsável pelos direitos indígenas, antes mesmo de termos conhecimento dos even de Ítcha. Ela nos contara sobre exploração dos recursos minerais a partir dos anos 2000, do ouro, do níquel, do cobalto e do cobre extraídos na região sem compensação financeira para os autóctones; da estrada de 170 quilômetros que agora cortava a floresta e que ameaçava os even, as renas e seus modos de viver; sobre as regulações drásticas e muitas vezes arbitrárias quanto à caça e à pesca; sobre os cem quilos de peixe por ano aos quais os autóctones tinham direito. Releio as notas daquele dia e me deparo com o comentário dessa mulher: não se sabe por que eles determinam essa quantidade e não outra. Nós não precisamos de batatas e pepinos em conserva, queremos somente peixe. Em Moscou, eles dizem que as cotas são decididas localmente. Mas aqui a administração diz que é em Moscou que as decisões são tomadas. Todo mundo se isenta da responsabilidade de produzir cotas impossíveis.

[130] Moto de neve [N.E.].

Penso também em Volódia em Tvaián, de retorno da pesca matinal, depois de ter passado as mãos sobre as escamas escorregadias dos salmões, evitando que a rede ficasse presa em seus dentes, imprimindo novamente o movimento do nado àqueles que ia soltando. Vejo a cama de relva que Dária preparou para pôr os peixes, suas mãos ensanguentadas segurando a faca longa e cortante. Volódia, cigarro entre os dedos, sentado na frente do *atien*, preenchendo os documentos da cota de pesca. Uma casa por espécie de salmão, *garbucha*, *kita* e *niérka*, é o que tem para hoje. A quantos você tem direito por dia?, pergunto, sentando-me a seu lado. Não muito. Quantos? Nove? Dez? Volódia suspira, não quer dizer exatamente. Isso, por aí. E se você pegou demais tem que pagar? Hum-hum. Só que eu não posso pagar. Então, se tem demais, você marca menos? Silêncio. Em seguida: a gente se vira. E você preenche esses documentos todos os dias? É o que recomendam? Hum-hum. Só que é a primeira vez que eu vejo você preenchendo. Volódia começa a se cansar das minhas perguntas. Estou dizendo, a gente se vira. Preenchemos quando podemos, o que podemos. Se fizéssemos como eles nos falam pra fazer, não sobreviveríamos.

Outra visão, dois anos depois, no outono. Um helicóptero passa por cima de Tvaián, volta, descreve círculos. Volódia e Ivan correm, pegam o fuzil, escondem-no nas fundações da cabana de troncos de madeira. Por que estão escondendo a arma?, pergunto ingenuamente quando entrávamos no *atien* para nos protegermos dos olhos do céu. Porque não temos os documentos. Então, se é a polícia e eles aterrissam, se não tem arma, não tem problema. Enquanto isso, ao meu lado, Dária preenche às pressas o caderno de pesca para o caso de uma inspeção. Quantidade, variedades. Ela vai preenchendo as páginas das últimas duas semanas que tinha deixado vazias. Anota um número aceitável dia após dia, cuidando para que a soma não ultrapasse a cota. Ironia de Tvaián: um campo de pesca com cota, um campo de caça sem rifle. Mas, aparentemente, isso não choca ninguém: tudo é possível em Kamtchátka, mesmo even sem renas, sem peixes e sem fuzil nas profundezas da floresta. Não haviam tentado transformar os autóctones em agricultores em Silo, Tvaián, até os anos 1960?

    As palavras que Dária me repete incansavelmente há anos giram em minha cabeça: aqui não tem caçador ilegal. Nós pegamos apenas o que precisamos para nos alimentar, não como os russos, não como os americanos. Sim, Dária. Na casa "profissão" de seus documentos de identidade, Volódia marcou *akhótnik*. E ser "caçadores" para os even de Ítcha certamente não é ser caçador ilegal. Não deveria ser. Só que as casas não querem mais dizer grande coisa, agora que as regulações são insustentáveis, agora que para viver é preciso se arranjar com a lei e que, para comprar alimentos, já não basta levar um número de peles previamente definido ao estabelecimento de Esso na esperança de que os emissários do Estado os troquem pelos produtos de que você precisa.

✴

Na noite do helicóptero, para Ivan e Volódia: como assim, vocês são patriotas? Risos. Depende do dia. Hoje estamos mais para rebeldes.

7.
ZIBELINAS

Eu sei o que eles fazem com as zibelinas. Sonham com elas, capturam-nas na floresta no inverno, cercam-nas de cuidados quando as esquartejam, depois entregam seus corpos mortos e nus aos cães para que as devorem, pois a carne delas é considerada muito ruim para os humanos. De novembro a janeiro, Iyip é o principal tema de conversa em Ítcha. As pessoas falam sobre sua astúcia e inteligência para se esquivar às armadilhas, mas não só. As zibelinas têm outra qualidade, muito apreciada em toda a Sibéria há centenas de anos: são revestidas de peles que são vendidas a peso de ouro fora da floresta. Embaixo do meu colchão em Tvaián, há peles de zibelina. Eles as escondem por toda parte. Certa manhã, ao despertar com o nariz colado em suas peles cheirosas, penso na metamorfose; na capacidade de modificar a posição de observação que nossas corporeidades originais nos impõem, a fim de tentar coincidir com as perspectivas desses outros que perseguimos, para nos colocarmos em suas peles e dentro de suas cabeças. Tenho um acesso de tristeza. Aquelas peles, penso comigo mesma, não foram retiradas de seus usuários por razões metamórficas ou oníricas. Talvez eu sonhe com as zibelinas ao dormir sobre suas peles, mas estas não são destinadas a este mundo.

∗

Estamos em 2017, um fim de tarde de novembro. Eu e Ivan voltamos da caça ao tetraz de mãos vazias. Por algumas semanas, todos nós migramos sessenta quilômetros ao norte de Tvaián, para Manach, onde mora Artium, o irmão de Dária. Reunidos à mesa diante de uma tigela de carne de rena, conversamos um pouco. Costumava haver mais animais, observa Artium. Mas agora, sabe, eles são cada vez mais escassos. As zibelinas estão desaparecendo, seguem os lobos para o norte, e quase já não há alces. Dária parece contrariada, mas Artium continua, ignorando sua expressão de reprovação. Em toda a minha vida, nunca vi tão poucas zibelinas. A cada ano piora. A quantidade delas diminui. É o clima?, pergunto. Não, caçadores demais, responde Artium, antecipando-se a Dária, que está agitada. E o que vocês vão fazer quando todas as zibelinas tiverem ido embora com os lobos? Artium franze a testa. É verdade que no ano que vem todas elas talvez tenham desaparecido. Dária se irrita. Basta, calem-se agora! Não falamos sobre essas coisas. Elas vão voltar. Elas sempre voltam, diz Dária lançando um olhar para Ivan, que baixa os olhos. Fico à espera de mais, como sempre. Mencionar a questão do possível não retorno dos seres que importam não é sequer concebível. E se o ciclo se romper, e então? Gostaríamos tanto que o mundo continuasse o mesmo, que a profusão se mantivesse profusa.

∗

O dia cai, o frio é cortante. Partículas de gelo suspensas reluzem sob os últimos raios de sol. Artium volta do abate de renas do rebanho a alguns quilômetros de Manach, vigiado por seus primos. Eles acabam de matar duzentos animais em três dias; no dia seguinte eles os enviarão a Esso, onde parte da carne será vendida localmente — o resto será enviado a Petropávlovsk. A tundra está vermelha, os olhos dos homens também. Estou sozinha com Artium. Dária, Ivan e Volódia estão jantando na iurta. Durante a refeição, aproveito a ausência de Dária para fazer algumas perguntas. E você, já foi criador de renas? Fui, durante o exército, e dois anos antes. Com dezesseis, depois com dezenove anos. Três anos no total. Mas jamais gostei desse trabalho. E também, em todo caso, sempre quis ser caçador. Ao meu inevitável *patchemú*,[131] Artium me lança um *ni znáiu*[132] lacônico. Sempre sabemos por que fazemos as coisas?

  Artium dá um gole no chá, eleva os olhos em minha direção. Tudo era mais simples no período soviético. Para nós e para todos os animais de pele. Havia uma certa quantidade para matar, e de nada adiantava matar além do previsto, porque, de todo modo, não ganharíamos mais. O urso, o lobo, a raposa, o glutão, a zibelina, tudo podia ser trocado em Esso, mas as cotas eram levadas a sério, e ninguém praticava caça ilegal. Hoje, tudo está à venda, e é preciso cada vez mais dinheiro para comprar os produtos. Todos nós caímos no círculo vicioso. Salvo a pele de urso e de glutão, que já não se vendem. O lobo, quase já não há. A raposa continua sendo vendida, mas é barata, se você conseguir 2 mil rublos por uma pele, já fica satisfeito. Sobram as zibelinas. Em Moscou, nos leilões, elas valem fortunas, dez vezes mais do que o valor pelo qual as vendemos em Esso aos negociantes de pele... Mas, de certo modo, pouco importa, já que muito em breve elas não existirão mais. Artium para um pouco e vê o assombro no meu rosto. Não, Nástia, não é o aquecimento climático que as dizima. São os homens. Os russos que ca-

---

[131] "Por quê?"
[132] "Não sei."

çam ilegalmente?, pergunto. Claro, os russos. Mas vamos falar o quê? Nós fazemos exatamente a mesma coisa, ainda que as proporções não sejam as mesmas. Esse é o preço que pagamos para não precisarmos ser pastores das renas que hoje pertencem aos grandes proprietários. Livres do *natchálnik*[133] e da baixa remuneração. Livres para viver aqui em vez de nomadizar onze meses por ano longe de nossas crianças. Outro silêncio transcorre. Na realidade, vocês são um pouco como empresários da floresta, digo a Artium, tentando descontrair o clima. Dá pra dizer isso. Salvo que não estamos preparados. Nós o fazemos, mas não queremos realmente fazer. Sabemos caçar e montar armadilhas, isso sim. Mas desconhecemos os códigos para vender. E, pior, não temos vontade de aprendê-los. Não voltamos para cá para seguir o caminho que estava marcado para nós, me diz Artium. Mas de qualquer forma, acabamos nos colocando a serviço do chique e do caro. Essa frase me sobressaltou: Artium acaba de nomear uma realidade que conheço há meses, mas que ninguém havia nomeado. As condições de existência atuais dos even de Ítcha dependem das excentricidades dos cidadãos urbanos mais ricos: são os moradores das florestas distantes que lhes proporcionam seus signos de distinção mais notáveis. Ou melhor, que lhes proporcionaram. Porque a moda muda, e os tempos são de veganismo; porque as próprias zibelinas são *has-been*, e a moda das peles desaparece junto com elas.

    Nesse dia, pensei: os de Ítcha se converteram nos últimos negociantes de pele e, como todos os últimos negociantes de peles, eles vão desaparecer. O que vocês irão fazer? O que você quer que a gente faça? Nossa salvação, para não sermos pastores de renas que não são mais nossas, são as peles. Não existem mil soluções, Nástia. Nós também acabaremos vendendo tudo que ainda tem um preço aqui.

[133] O "patrão".

*

Em uma manhã de janeiro em Tvaián, Ivan se preocupa porque o preço das zibelinas passou de 7 para 5 mil rublos. Estamos tomando chá, e ele se exalta um pouco. Sempre penso na *tiôtka*[134] que passeia nas ruas de Milão, de batom vermelho, unhas pintadas e cigarro entre os dedos. Ela usa um casaco costurado com as zibelinas que matei. Isso me deixa triste pelas zibelinas. E triste pelo fato de que, no fim da cadeia, seja ela que nos faça viver. Que ela nos permita, simplesmente, comprar farinha, açúcar e cigarro. Você sabe o que seria realmente engraçado? Sabe no que penso quando me deprimo? Que essa mulher, em vez de usar um Chanel número 5 em seu casaco, exalasse o perfume das zibelinas mortas. O perfume da carne rançosa que seca. Ivan pega uma pele e joga para mim por cima do fogo. Eu a levo ao nariz fazendo uma cara de êxtase, nós choramos de rir. Isso seria realmente engraçado, completa Ivan. Eu bem que gostaria.

*

Na primavera seguinte, de volta a Manach, Mikolai, o primo de Ivan, encontrou uma espécie de pequeno trator que usou para vir de Esso até aqui. Faz três dias que escutamos o barulho do motor nas tundras ao redor. Não entendo nada, essa engrenagem me parece a coisa mais absurda que já presenciei aqui. Por um momento, acho que ele está se divertindo ao se deslocar na tundra úmida em um equipamento motorizado, em vez de a pé ou a cavalo, ainda que a máquina só faça afundar, atolar, para depois voltar a funcionar com novos estrondos ensurdecedores. Lembra um pouco o cortador de grama do *Uma História real*, de David Lynch, um pouco

---

[134] A "tia", significando ironicamente uma jovem muito embonecada.

mais intenso. Penso comigo que ele está simplesmente andando em círculos e achando graça na coisa. Mikolai está acompanhado de um russo de aspecto estranho, que o ajuda a soltar a máquina toda vez que ela atola. Eu já havia encontrado com ele no verão anterior, em Tvaián. Dária me disse que ele estava saindo da prisão, que não tinha para onde ir, e ela lhe oferecera casa e comida em troca de mão de obra para construírem uma nova cabana. Pergunto-me o que ele está fazendo aqui agora, com o primo; a situação turva-se ainda mais. Os dois têm um novo negócio, diz Dária. Mas o que é? Espere eles voltarem, você vai ver. Ao cair da noite, o barulho do motor velho se aproxima e finalmente silencia diante da cabana. Distingo um amontoado de objetos pontiagudos na parte de trás do trator, me aproximo, e vejo finalmente de que se trata. Chifres de renas empilhados uns sobre os outros, aqueles que os machos perderam durante o inverno enquanto nomadizavam com seus pastores. E para que serve isso?, pergunto a Mikolai. Ele dá uma gargalhada. É para os chineses. Parece que eles fazem um pó com isso, dizem que cura. Vem a calhar, nós temos um monte!

Essa noite, conto para Ivan e Mikolai que há um tempo li um artigo na *National Geographic* que explicava como, com o derretimento do *permafrost*, as presas dos mamutes mortos há milhares de anos começaram a emergir das geleiras na República da Iacútia. Conto que muitos iacutos embarcaram em uma caça frenética pelos restos dos mamutes; que o marfim era vendido a preço de ouro justamente para os chineses — os mais ricos mandavam até esculpir neles suas mais antigas cosmogonias, para expô-los em suas casas e salões de recepção. Ivan e Mikolai morrem de rir ao me escutar. Nós também, se tivéssemos mamutes sob a tundra, nós os desenterraríamos! Mas só temos chifres de renas, então...

Calar-se
Foram fragmentos de experiências e discussões como essas que me fizeram perceber que a aparente abundância de animais em Kamtchátka, que chamara minha atenção em comparação ao Alasca subártico, definitivamente não passava de uma aparência. Certamente, a profusão de ursos e salmões no verão induz ao erro, assim como os grandiosos retornos dos gansos selvagens na primavera, que fazem brotar lágrimas nos olhos dos humanos que os esperam impacientemente às margens dos rios, pois eles sabem que os tempos difíceis finalmente passaram. Mas no inverno, os rastros não mentem. Quando até os sinais das presenças invisíveis minguam, entendemos que, se tirarmos do ambiente kamtchatkiano os que dormem e os que migram, não sobra muito.

 Assim, durante meses, pensei nesse lugar como se fosse um enclave milagrosamente preservado, nem tão ao norte, nem tão ao sul do ponto de vista climático, e até o momento relativamente preservado de uma economia extrativista massiva, os dois principais parâmetros de alteração dos ciclos migratórios dos animais. O que em parte é verdade: estes ainda eram reconhecíveis e suas trajetórias continuavam compreensíveis, ao contrário do que eu tinha escutado dos gwich'in no Alasca; as barreiras de espécies ainda não tinham sido transpostas, ao menos não na parte diurna e biológica da experiência; os híbridos não proliferavam e, por enquanto, os animais permaneciam com suas disposições corporais específicas e seus atributos físicos particulares; os humanos pareciam saber minimamente o que iria acontecer no ano seguinte, uma vez computada a incerteza constitutiva dos habitantes diversos que compõem um mundo animado. A despeito da proximidade geográfica dos territórios, os tormentos de *scarcity* com os quais convivi no Alasca por anos a fio pareciam distantes. Assim, durante toda a primeira parte do meu trabalho de campo, deixei de lado a questão da instabilidade ecossistêmica, não sem certo alívio, para substituí-la pela desestabilização política. O que complicou as coisas foi que as ilusões que eu alimentava eram sustentadas pelos próprios even de Ítcha. Pouco a pouco, ficou claro que eles também perseguiam presas que se invisibilizavam: os alces estavam quase todos dizimados, agora era a vez das zibelinas; as renas também não iam a lugar nenhum, mas isso era outra história, pois a presença delas em torno do vulcão Ítchinsk era a consequência direta de uma visão de gestão e engenharia de recursos animais em Kamtchátka introduzida pelos russos. Aqui também, o mundo conhecido estava se despedaçando e eu não tinha percebido, primeiro porque os próprios even quase nunca expressavam o esgarçamento de suas relações com os animais. Por que esse silêncio? Essa foi outra pergunta que ocupou minhas noites por várias luas.

  Lembro-me do olhar horrorizado de Dária pouco depois do enterro de sua mãe, quando estávamos amontoados na cabana do posto de fronteira de Chanutch, no fim da estrada de terra, antes de voltarmos para o vilarejo e a cidade. Na ocasião, ela me perguntou em voz baixa do que o meu pai tinha morrido. De um câncer, eu disse. Da bexiga, especifiquei, mostrando a área em meu próprio corpo. Dária empurrou violentamente a mão pousada em meu baixo-ventre. Nunca mostre em você mesma, disse ela. Anos mais tarde, entendi que eles agiam exatamente da mesma forma com os outros seres vivos; que se esforçavam para minimizar os gestos e as palavras que poderiam produzir efeitos indesejáveis em retorno, porque absolutamente tudo lá fora escuta e se lembra de nossas palavras e gestos. Em Ítcha, nenhuma ação é totalmente anódina, nunca, e tudo tem sérias consequências. Assim, Dária não se arrisca a mencionar abertamente que alguém, ou um grupo de seres, está desaparecendo. Isso porque essa eventualidade, se verbalizada — isto é, se posta no mundo —, corre o risco de acontecer.

  Se a possibilidade de a fala ser performativa é, sem dúvida, uma das ideias mais fortemente arraigadas entre os even de Ítcha, e se essa é certamente uma das principais características da cartografia cosmológica deles, por que Artium se permite formular em palavras a situação que ele constata, quando todos os outros membros de sua família mantêm silêncio, sem por isso serem ingênuos? Podemos levantar a hipótese de que sua condição de caçador profissional de animais desde o período soviético e comerciante de peles independente depois da chegada do capitalismo obrigou-o a compor mais diretamente com uma ideia de mundo segundo a qual seus habitantes são, ao mesmo tempo, seres dotados de almas similares às nossas e recursos disponíveis para conseguir dinheiro. Suas constantes idas e vindas à cidade para negociar com os compradores de pele certamente lhe permitiram objetivar suas relações com aqueles que as usam, muito mais do que outros membros de sua família, para quem as práticas de "extração" e "venda" permanecem secundárias. Aqueles que quase nunca saem da floresta, como os moradores atuais de Tvaián, raramente ousam fazer considerações alarmistas. Eles pensam e falam de retorno, muito mais do que de morte, mesmo se, a cada ano que passa, a situação fica pior. Dária muda de assunto quando lhe pergunto como e por que os cervos quase desapareceram, e fala da profusão de patos desse ano; Ivan abaixa os olhos sorrindo quando eu observo que se ele se restringir às zibelinas no inverno, em breve ficará sem salário. Essa não disposição para qualquer forma de fala negativa ou pessimista, essa recusa quase categórica do catastrofismo, é uma disposição de espírito eminentemente poderosa: ela exibe a face de um otimismo sem brechas diante das infâmias da história, e daí emana uma força que é, antes de tudo, um sorriso para a existência, cuja eficácia é amplamente provada se observarmos o modo como eles atravessaram os períodos mais sombrios e caóticos do passado. Foi certamente essa postura, ancorada positivamente em tudo o que ainda está por nascer, e não naquilo que está desaparecendo, que lhes permitiu sobreviver depois de 1989. Nós não abrimos mão de nada, permanecemos unidos, me disse Dária certa vez, ao mencionar a queda do regime e o abandono dos colcozes. Tudo desmoronou, é verdade, mas os espíritos voltaram durante a noite e nós os seguimos. Porque, se você não acredita no mundo, nada se oferece a você. Essa atitude quase cavalheiresca seduz imediatamente, mas é preciso admitir que ela apresenta alguns inconvenientes que não são pequenos: para privilegiar a vida, nunca se fala sobre as coisas dolorosas, mais vale camuflar as dores do que as expor; não se fala, sobretudo, daquilo que funciona mal, ou corre o risco de funcionar mal, para que não ocorra aos outros, de fora, interpretá-lo ao pé da letra e fazer como bem entenderem.

*

Ainda trago na memória o velho Appa em seu abrigo feito de galhos no meio da floresta, filho de Appa, o xamã da infância de Dária, quando voltei a Ítcha em janeiro de 2016. Ele vê meu rosto inchado e inflamado pela primeira vez. Você está com dor de dente? Não, encontrei um urso. Ah, sei! Mas os ursos são pessoas maravilhosas!

8.
SALMÕES

A neve e o frio ameaçam; as margens do rio Tvaián começam a congelar. Os motores dos barcos estão quebrados, não temos as peças necessárias para consertá-los; e mesmo que pudéssemos consegui-las, não temos mais gasolina. Como sempre, sair da floresta promete ser complicado. Estamos em pleno outono e já se sente — salmões em decomposição que boiam no rio — um cheiro de morte e podridão empestando o ar, uma leve depressão espreitando em cada um de nós. O sol nasce sob um céu cinza e pesado, carregamos os cavalos com nossas coisas e víveres. Precisamos abandonar Tvaián o mais rápido possível para evitar que a neve que se avizinha nos obrigue a permanecer ali até o fim do inverno. Dária, Ivan e Volódia sobem em dois cavalos brancos e um cinza malhado; eu e minha filha Ayla montamos em um cavalo baio, rebatizado de Françouz há três anos, uma homenagem à nossa presença entre eles em Ítcha. Vamos precisar de um dia inteiro para chegar a Manach, de onde teremos a possibilidade de pegar a única estrada transitável da região, sessenta quilômetros a oeste. Chegamos às onze horas da noite, encharcados e congelados. Artium está esperando com Mikolai. A recepção é sóbria, mas eficaz, está quente no interior da cabana, engolimos uma sopa de cabeça de peixe e nos deitamos no chão sobre camas de pele de rena, perto do fogão. Acordo no dia seguinte de manhã pensando em como iremos chegar até a estrada, estou impaciente para chegar em minha casa, mesmo que "minha casa" ainda esteja longe. A balbúrdia lá fora me faz entender que desde ontem os planos mudaram, e como isso acontece com frequência aqui, novamente entramos em uma zona nebulosa e de indefinição, indescritivelmente irritante, pois não tenho nenhuma chave de compreensão para encontrar uma saída. Ivan passa na minha frente sem me olhar. Carregando uma sela no ombro, vai em direção aos cavalos. Eu o interpelo, pergunto aonde vai, *na rybalke*, ele me responde laconicamente, temos que pescar um pouco mais antes de sair da floresta. Reajo imediatamente a essa mudança intempestiva de planos dizendo a Ivan e seu primo que irei com eles. Sinto imediatamente o mal-estar do primeiro e a desaprovação do segundo. A contragosto, eles me mostram o cavalo que posso montar, Mikolai protesta entre dentes e se afasta; Ivan me passa uma rede de pesca e uma rédea antes de se afastar rapidamente. Depois de duas horas na floresta, chegamos a uma tundra de altitude com solo esponjoso. No meio dela, vê-se um lago de águas negras imóveis. Apeamos. Ivan e Mikolai, sempre silenciosos, descarregam os cavalos, começam a encher o barco, enfiam a rede de arrasto no fundo da embarcação. Parece que não tem lá grande coisa, diz Ivan olhando para a superfície plácida do lago. Ele entra na água até a metade da coxa, e quando a água lhe chega ao alto das botas, ele pula para dentro do barco, fazendo contrapeso em frente ao primo. Estou na margem, vejo-os jogarem a rede que cobre o perímetro do lago. Meus pés chafurdam em um lodo escuro, cheio de carcaças de peixes em decomposição. Dou alguns passos para fazer minha filha dormir aninhada contra o meu ventre, seu corpo relaxa, envolvo-a em meu pesado casaco de plumas e a deixo sob a maior árvore no entorno do lago. Me afasto um pouco e olho em direção à margem: finalmente entendo as razões do mau humor e do silêncio que prevaleceram no dia. Ivan e Mikolai puxaram a rede para a margem. Não são cinco ou seis salmões, mas uns sessenta corpos que estrebucham na lama buscando desesperadamente por ar. Lembro-me dos gestos de Ivan ao longo de todo o verão. Suas mãos que toda manhã libertavam os salmões de que não precisávamos para o dia, sobretudo as fêmeas que ainda estavam vivas. Penso em Ivan debruçado sobre o rio Tvaián, as mãos imersas na água, tentando devolver o movimento do nado e a vitalidade a uma fêmea exausta após uma noite de batalha contra as malhas da rede. Vai, pode ir, ele dissera, quando, passados dez minutos, ele a soltou na corrente, onde ela saltou, agitada. Pisco os olhos para me livrar desse pensamento. Ivan, o rosto sombrio, está estripando todas as fêmeas para extrair o caviar. Seu primo o ajuda, segurando aberto entre as pernas um grande saco de lona impermeável, que pouco a pouco vai se enchendo com ovos vermelhos e pegajosos. Os poucos machos que restam não são devolvidos à água, eles jazem na terra como objetos quaisquer, o que, até onde sei, eles nunca foram, para nenhum dos membros dessa família.

Aproximo-me deles como quem não quer nada, tentando não dramatizar. Vai ser difícil preparar todos esses peixes e defumá-los, são muitos... Ivan levanta a cabeça, esboça um sorriso forçado. Digamos que é nosso presente para os ursos. Eles vão ficar contentes essa noite, por alguém ter facilitado o trabalho que teriam se fossem preparar um grande banquete. Agora é a minha vez de sorrir. Certo, os ursos. Algumas horas depois, tudo está empacotado e bem amarrado sobre os cavalos, nós partimos, de costas para a margem do rio repleta de corpos viscosos e sem vida. Um silêncio pesado se instala novamente, e se transforma em raiva algumas horas depois, explodindo na forma de uma briga entre dois primos. A discussão gira em torno do fato de que "ela" viu tudo, de que "ela" sabe, de que mesmo que eles "não façam isso", eles o fazem de todo modo. No caminho de volta, eles me fizeram prometer que eu não diria nada a Dária. Eu ri internamente desse pedido absurdo, porque assim como eu, eles sabem que ela sabe o que eles foram fazer no lago negro: para ganhar os poucos copeques a mais que lhes permitirão consertar os motores de seus barcos e de suas motos de neve, eles também participam desse gigantesco segredo de fachada que é o da maioria dos russos de Kamtchátka.

*

Pescar caviar na floresta e vendê-lo ilegalmente no vilarejo não é nada anedótico; ao fim da cadeia, esse caviar será reacondicionado legalmente em pequenas caixas azuis e vermelhas e vendido aos turistas que estão de saída no aeroporto de Petropávlovsk, maravilhados de poder levar um produto "local e natural" para casa. "Caçador" é uma palavra ao mesmo tempo clássica e tabu no extremo leste da Rússia. Para os even de Ítcha, esse termo, se não proibido, é no mínimo pronunciado em voz baixa, e sempre pelas mesmas razões: "eles" escutam. Se a matança que finaliza uma caça (ou uma pescaria) bem-sucedida não é um problema em si — ao contrário, é uma maneira de encerrar o ciclo perigoso das metamorfoses que a caça em meio animista implica e de "voltar a si"[135], a caça excessiva (ou a sobrepesca), acrescida, ademais, do desprezo pelo corpo do animal depois de morto, nunca é favorável a uma "ecologia das relações"[136] equilibrada, em especial quando se trata de animais migratórios. Para Dária, como para tantos outros caçadores-pescadores na Beríngia, o mais importante, para poder viver na floresta, é garantir que

---

135 N. Martin, *Les Âmes sauvages*, op. cit.
136 P. Descola, *L'Écologie des autres. L'anthropologie et la question de la nature*. Paris: Éditions Quae, 2011.

os seres com os quais eles coabitam possam voltar no ano seguinte. Lembramo-nos do "amanhã você voltará diferente" que ela sussurra à sua mãe por cima do fogo brando; pensamos nas inúmeras fórmulas parecidas que ela pronuncia sistematicamente para o animal que acabou de matar, enquanto retira meticulosamente a pele que envolve seu corpo, segura sua cabeça e a orienta de tal maneira que seus olhos, agora vazios, estejam voltados para o leste: ela se esforça para facilitar a passagem da alma para o outro mundo e, depois, o retorno à encarnação sob uma outra forma.

Dária não é uma ecologista moderna camuflada no corpo de uma animista secular. Ela tem apenas uma vaga ideia do que pode representar a "Natureza" no sentido ocidental do termo, sabe apenas parcialmente o que significa "administrar os recursos e as reservas", ignora completamente as razões que nos levam a proteger algumas espécies e não outras e, mais ainda, as implicações, no âmbito planetário, das consequências desastrosas do aquecimento global. O que ela possui, em compensação, é um conhecimento profundo — agora sim comparável aos conhecimentos naturalistas e especializados dos etólogos — dos modos de vida dos animais que ela persegue, em sonho, à noite, e durante a caça diurna e encarnada. Quando fala a seus netos da importância do retorno dos salmões, ela nunca o faz insistindo na necessidade desse retorno para os humanos (sabendo que, sem eles, a vida se tornaria de todo impossível na floresta de Ítcha), mas pondo seus interlocutores na pele do salmão que volta à origem de seu nascimento, para que o entendam "de dentro".

Os salmões, em seus trajes nupciais, finalmente chegaram ao fim de sua viagem, para os mais sortudos, porque muitos deles morreram de esgotamento ou foram pescados no caminho por pessoas, humanos, ursos. Eles formam casais, nadam lado a lado e brincam, escavam seixos com o nariz, remexem o lodo depositado no fundo do lago. Chega aquele momento que só a fêmea conhece. Ela se imobiliza sobre o ninho e deposita os ovos agitando as nadadeiras. Seu corpo é percorrido por um espasmo, como acontece conosco. O macho também estremece ao lado dela. Então, ele fica imóvel em cima do ninho e cobre os ovos com seu *milt*, seu sêmen. É sempre assim que acontece: eles têm um orgasmo poderoso e morrem. No fim de outubro, tudo já está terminado nos lagos da tundra. A maior parte do cardume desovou. Os salmões jazem no fundo, desintegrados e apodrecidos, junto aos filhos que nascerão, caso não sejam levados pela corrente. Os belos corpos prateados e cheios de vida, que já tinham começado a se decompor em vida (muito antes de morrer, estavam cobertos por uma massa viscosa, amarela e cinza) agora boiam bem perto dos filhotes em seus ovos. Na primavera seguinte, quando nascerem, não teriam nada para comer se seus pais não tivessem morrido ao lado de seus ninhos, se não tivessem se sacrificado pelos filhos que nunca conhecerão.

Em algum momento no decorrer dessa história, eu perguntei a Dária: no que você acha que os peixes pensam? Sei lá! E você acha que eles têm uma alma? Dária riu. Evidentemente, como cada um de nós. Tudo o que vive tem uma alma. Até mesmo os peixes? Claro que sim, até mesmo os peixes. Mas, enfim, que pergunta é essa? Eles têm uma alma, o que não quer dizer que eu saiba no que eles pensam! O que eu sei é que em algum momento de suas vidas, eles fazem o mesmo que nós, ou então, nós os imitamos sem saber: todos nós algum dia voltamos ao lugar de nosso nascimento.

*

Nessa manhã, sento-me ao lado de Dária na iurta, com uma xícara de chá muito quente nas mãos. Ela parece constrangida. Os rapazes voltaram sozinhos ao lago negro durante a madrugada. Encaro Dária com um olhar interrogador, não preciso nem fazer a pergunta que estava ansiosa por fazer.

Eu sei, ela me diz. Com os olhos reluzentes, começa a falar. *Duchá balít*, dói a alma, diz ela. Se eu tivesse ido para a beira do lago negro, teria podido preparar todos os peixes como se deve... Mas é impossível, são muitos. Dária abaixa os olhos, suspira. Tenho medo, eles nunca deixarão passar isso... Eles não esquecerão. Ela me explica em seguida que de tempos em tempos deixa seus filhos praticarem caça ilegal, mas que não o faz do mesmo jeito que os russos; ela e sua família não buscam enriquecer à custa dos animais, mas simplesmente ganhar o pouco dinheiro que lhes permitirá comprar o que consideram ser necessário na floresta. Como as zibelinas no inverno, o caviar outonal evidencia o paradoxo da situação: Dária e sua família se encontram no centro e na fonte de um dos comércios mais prósperos da nossa modernidade, isto é, a indústria dos produtos de luxo, da moda à gastronomia. As peles e o caviar que eles tiram de sua floresta, correndo grandes riscos e à custa daqueles que mais respeitam, acabarão nos pratos ou nos corpos dos chamados "ricos", em algum lugar distante da floresta de Ítcha. Se, ao voltar à floresta com o colapso da União Soviética e ao escapar do olhar do Estado todo-poderoso, a família de Dária recuperou uma forma de "autonomia" e de "liberdade", para dizê-lo com as próprias palavras deles, as forças motrizes da economia capitalista não tardaram a chegar às profundezas de sua floresta. E, mais ainda, ao voltarem a ser caçadores-pescadores em 1989 e ao abandonarem a criação de renas que, de qualquer forma, não lhes pertenciam mais desde a coletivização, de certo modo eles mesmos criaram as condições de existência desse comércio incômodo que iria se instalar com a nossa modernidade.

*

O vapor emana da chaleira posta sobre o fogo e sobe em volutas até a abertura superior, escurecida pela fuligem.

A injustiça, diz Dária, é que a polícia e os guardas-caça só perseguem os pequenos, sobretudo os autóctones. As indústrias pesqueiras florescentes no mar de Okhótsk rastelam o fundo do mar com as traineiras, completamente dentro da legalidade... Os pescadores ilegais russos dão bons subornos aos inspetores e nunca se preocupam. Dária franze os olhos e fita os meus: no Alasca é igual? Abaixo a cabeça e olho para o piso deformado da iurta. Deixo chegar as lembranças, e ouço os ecos das conversas que tinha com meus amigos gwich'in sobre pescas na foz do rio Yukon. Ergo a cabeça. Sim, é igual. É uma máfia, ela conclui.

O problema de Dária não é apenas estar fora da lei quando sua família pratica pesca ilegal. Dária está encurralada entre dois mundos, duas economias, duas injunções contraditórias: ganhar dinheiro e sobreviver na floresta; garantir o retorno dos animais migratórios e manter as trocas com o mundo moderno; encontrar meios de obter os produtos que ela deseja sem ganhar a inimizade dos seres que a escutam. O problema de Dária é que os animais, atentos às palavras e aos atos humanos, acabam fazendo os humanos pagarem por sua falta de consideração. É precisamente por essa razão que, ao amanhecer, Dária e Matchilda abaixam a voz e sussurram na iurta sonolenta quando contam seus sonhos. Você teme acordar os outros?, perguntei numa manhã de verão. Não, não quero que lá fora eles escutem, Dária respondeu. É melhor não falar muito sobre eles..., porque quando falamos, acontece. A palavra performativa na floresta de Ítcha não é um mito, mas uma realidade com a qual é necessário compor no cotidiano.

*

Chegou finalmente a hora de partir; porém, mais vez, as coisas não acontecem como previsto. Nesse outono, há algumas semanas, um russo chamado Nikolai andava de lá pra cá perto do rio. Dizia que conhecia Matchilda e que tinha vindo a Ítcha para caçar ilegalmente, mas isso, é claro, eu só viria a compreender muito depois de tê-lo encontrado em Turkatchan, no campo de caça da filha e do genro de Dária. Logo me senti extremamente desconfortável junto àquele homem grande e corado, que gritava o tempo inteiro, mas tive que abafar minhas suposições, porque no fim foi ele que se ofereceu para nos levar de volta ao vilarejo em seu carro, deixado no fim da estrada em Chanutch. Depois de ter percorrido de barco os sessenta quilômetros que nos separavam dele, Dária, seus filhos, minha filha e eu nos empilhamos na parte de trás do velho Kamaz com dezenas de recipientes de vinte litros cheios de ovas de salmão, preparados e embalados na véspera por Ivan, que depois de os ter peneirado três vezes, como deve ser feito, salgou-os para conservá-los e os lacrou. As dez horas de viagem na estrada deteriorada foram muito duras, marcadas por várias panes e atolamentos, e estrondosos xingamentos russos. Na manhã de nossa chegada ao vilarejo de Mílkovo, Ivan nos deixa na casa de amigos da família e sai com Nikolai a fim de "deixar o caviar em segurança", antes de entrar em contato com seu intermediário na cidade e poder vendê-lo. No dia seguinte, fomos juntos a Petropávlovsk; a filha de Dária veio nos buscar no ponto de ônibus com seus quatro filhos e nos apinhamos em um pequeno apartamento decaído que eu alugava para nós no "quilômetro 5" da principal via da cidade; meu avião só sairia dois dias depois. Ivan, por sua vez, encontrou seu contato, finalmente poderia vender o caviar. Porém, na segunda manhã, um telefonema mudou tudo. Ivan, o filho taciturno que nunca levanta a voz, começou a gritar na cabine telefônica. A conversa durou quinze minutos, e então ele desligou abruptamente. Eu inquiri com o olhar. Nikolai não entregou o caviar, disse ele, contrariado. Ele me contou em linhas gerais o que tinham conversado, disse que ele tinha ameaçado expulsar os primos de Nikolai da floresta para forçá-lo a entregar o que lhes pertencia, isto é, precisamente vinte recipientes de vinte litros, ao valor de 250 euros cada — o que equivale às necessidades da família por mais de um ano. Duas horas depois, tudo se acelera. Nikolai tinha chamado a polícia, obviamente sem mencionar o caviar que estava em sua posse, mas denunciando Ivan e sua família por pesca ilegal e registrando uma ocorrência contra eles, alegando que tinha sido ameaçado. Algumas horas depois, Ivan foi intimado pelas autoridades de Mílkovo e nos deixou para ir imediatamente "se apresentar" à polícia sob pena de detenção, com proibição de voltar para sua casa na floresta por um período indeterminado.

Naquela noite, estávamos apenas nós, mulheres, Dária, Iúlia, sua filha Vassilina, eu e minha filha Ayla. Nossas colheres giravam em silêncio em nossas xícaras de chá. Lágrimas rolaram no rosto de Dária. Você vê, me diz ela, finalmente. Era óbvio, eu devia ter sabido, devia ter previsto. Eles se vingaram, como eu tinha lhe dito. Fomos longe demais dessa vez. É isso que estão nos dizendo.

*

No avião de volta, relembro os acontecimentos dos últimos dias e sou tomada por uma raiva itensa. Ouço aquela vozinha recorrente que me conta, uma vez mais, a mesma velha história: os ricos contra os pobres, os modernos contra os indígenas, os capitalistas contra os animistas, a relação de força inevitavelmente desequilibrada, desde o começo, a dominação irrefreável, tão bem ancorada na história colonial que nunca ninguém poderá mudar a situação. Sinto-me exausta, tenho a impressão de fazer de tudo para traduzir um modo de vida diferente e ainda muito vivo, mas novamente me vejo diante do inevitável fim trágico de uma relação avariada entre eles e nós. Recomponho-me um pouco. Não foi isso que Dária disse, penso. Dária, a primeira interessada, não entende assim esse acontecimento, preciso sair dos meus julgamentos de valor para tentar entender, de fato, a resposta que ela está formulando. Dária já apagou de sua memória Nikolai, o ladrão. Em compensação, ela menciona os salmões, e o fato de que são realmente eles que estão na origem desse drama doméstico, pois os fazem pagar por seus atos inapropriados. Seria, para Dária, uma maneira reflexiva de se reapropriar imediatamente do seu poder, não deixando com os humanos do mundo moderno a capacidade de definir o que acontece com eles e negando-lhes qualquer poder sobre suas existências? Não apenas.

A questão que se coloca aqui é mais profunda, e poderia ser formulada assim: como se explica que Dária e sua família sofram uma retaliação tão violenta quando transgridem as regras das "boas relações" com os animais que lhes permitem viver, enquanto os russos que se dedicam à prática da caça e pesca ilegais em uma escala sem comparação com a dos indígenas não estão sujeitos a nenhuma consequência direta e, ao contrário, enriquecem? Um espírito ocidental diria que os indígenas ignoram os jogos de poder e os códigos específicos da economia capitalista, e que o resto (os salmões que se vingam) é uma questão de crença. Pensando um pouco mais, talvez eu admitisse que, ao se manterem na incerteza e na circunspecção, Dária e sua família às vezes recebem "presentes do mundo", como eles mesmos dizem, belas surpresas da existência que não esperavam e que, no entanto, alteram suas trajetórias. O inverso dessa postura é que, simultaneamente, eles são manipulados por todos aqueles que não têm os mesmos escrúpulos para falar a torto e a direito dos seres do exterior, além de explorá-los sem nenhuma reserva.

Mas se o propósito da antropologia é de fato traduzir as propriedades de modos de existência distintos que expressam suas realidades em um mesmo plano, horizontal e não hierarquizável, então, uma vez mais, é preciso perceber e entender de maneira diferente o que Dária diz. A "traição" dos humanos contra os salmões que ela menciona não pode passar incólume, pois implica, justamente, que os even falharam na tarefa mais importante que tinham se atribuído: garantir o retorno dos outros, que não eles mesmos, velando, da melhor forma possível, pela passagem das almas mortas ao outro mundo e, assim, pela renovação futura da vida na floresta.

Esse relato comporta um interesse fundamental para antropólogos: no centro da ontologia naturalista tal como foi constituída historicamente, valendo-se da economia capitalista para completar seu estabelecimento, apagamos ou, ao menos, secundarizamos as consequências diretas da nossa falta de consideração pelos não humanos; mas entre aqueles que ainda dispõem de uma práxis animista, os animais têm a capacidade de responder aos humanos e aos seus atos para mostrar-lhes o desequilíbrio que provocaram. Dito de outra maneira, se nós "despersonificamos" as situações e acontecimentos que vivenciamos no cotidiano, nas ontologias animistas eles permanecem decididamente pessoais e *direcionados*: as causas de uma situação nunca são puramente acidentais; a responsabilidade (por uma doença, por uma disfunção coletiva) é sempre encarnada nos motivos de uma relação particular, em vez de ser transferida para uma fatalidade própria a um mundo exterior neutro — neutralizado —, isto é, profundamente *não concernido*. Essa ideia pode nos ajudar a entender as razões pelas quais muitos coletivos autóctones jamais conseguiram "se integrar" de maneira satisfatória às necessidades econômicas do mundo moderno: como explorar eficazmente os seres que nos cercam se, toda vez, nos expomos a represálias que podem ter consequências desastrosas? Prova disso é Ivan que, trancado em um apartamento em Mílkovo, esperando que a polícia lhe permita voltar para a floresta, me manda um SMS dois meses depois, quando já me encontrava de volta à França: decidi parar de fazer isso, custe o que custar. Eles me mostraram o limite, e eu quero poder continuar vivendo com eles na floresta. Neste ponto da história, é impossível não pensar em Descola: "As culturas e as civilizações demonstram uma notável permanência quando as consideramos do ponto de vista das visões do mundo, dos estilos de comportamento e das lógicas institucionais que sinalizam seu caráter distintivo".[137] Esse acontecimento não nos revela que as "propriedades dos existentes" inerentes a uma ontologia animista — nesse caso, a de poder *responder* — continuam gerando efeitos consideráveis nos dias de hoje, quando confrontadas com a economia de mercado? As consequências do choque entre essas duas ontologias[138] não são apenas de ordem simbólica ou conceitual: são tangíveis e preocupantes, embora largamente incalculáveis, pois suas implicações constituem ainda hoje um impensado (ou mesmo um impensável) no âmbito de nossa própria sociedade. Para continuar mantendo relações cotidianas com os animais que eles caçam, nos dizem os even de Ítcha, há um limite, ao qual os humanos devem se tornar sensíveis se quiserem preservar a vida, a deles e a de seus companheiros não humanos, sem os quais nada seria possível. Na ontologia animista, esse limite é pensado e praticado no cotidiano; no naturalismo, tal como estabilizado em nossas instituições, não é assim. Em nossas cidades, há séculos, invisibilizamos as relações constitutivas com os seres que nos fazem viver. Seria despropositado pensar que as consequências dessa ruptura talvez não sejam imediatas e locais, como no caso de Dária (o que lhe permite se reposicionar e se reajustar *in fine* para retomar o diálogo), mas sim adiadas no tempo e no espaço, tornando-se assim literalmente incomensuráveis? A sexta extinção das espécies, a poluição generalizada, as catástrofes climáticas na terra estão em estreita ressonância com esse diálogo abortado entre eles — todos os seres vizinhos à humanidade — e nós. Tantos gestos

---

137 P. Descola, *Par-delà nature et culture*, op. cit., p. 176.
138 N. Martin e B. Morizot, "Retour du temps du Mythe. Sur un destin commun des animistes et des naturalistes face au changement climatique à l'Anthropocène", loc. cit.

negligentes acumulados, tantos animais relegados à própria sorte em obscuros abatedouros mecanizados, já sem mãos cautelosas para pousarem sobre seus flancos no momento de pegar a faca, sem uma voz cuidadosa que lhes dissesse com doçura, antes da morte, que amanhã eles voltarão outros. Seria apenas uma fábula moral imaginar que toda a nossa falta de consideração, acumulada no espaço e semeada no tempo, levou-nos aqui e agora a colher a tempestade?

Quinta parte
Tempestade

> Veja, Glauco, agora em ondas se encapela o alto mar, veja a negra nuvem que se eleva sobre o Gires, sinal de tempestade. Um súbito terror se abate sobre nós.
>
> ARQUÍLOCO, *Tetrâmetros*, fragmento 103

INTRODUÇÃO

> Houve um bramido de trovão seguido de outro.
> De repente, o ancião voltou-se para sua mulher
> e perguntou: "Você ouviu o que foi dito?".
> "Não, respondeu ela. Eu não entendi."
>
> A.I. HALLOWELL[139]

Estamos em fevereiro, chove há três dias. Dária e eu tomamos chá em silêncio, sua expressão é triste, seu otimismo diminui a olhos vistos e é desesperador; ela, que nunca se desestabiliza, parece agora atormentada por um sentimento que conheço bem: a desesperança. Dária ergue os olhos brilhantes para mim: claro que tivemos tempestades. Mas não como agora. Eram tempestades de vento, neve e frio,

---

[139] "There was one clap of thunder after another. Suddenly the old man turned to his wife and asked, 'Did you hear what was said?' 'No', she replied, 'I did not catch it'." A. I. Hallowell, "Ojibwa ontology, behavior, and world view", loc. cit., p. 64.

no inverno. Era duro, mas todo mundo estava preparado, as estações tinham um ritmo, um sentido. Olhe essa chuva. Amanhã, se tudo congelar novamente, uma espessa camada de gelo vai se formar sobre o pasto e os liquens. Os cavalos e as renas não vão ter mais como se alimentar, não vão mais poder escavar a neve. Os primos devem estar preocupados com as renas… Eles vão transferi-las para algum lugar?, pergunto a Dária. Com certeza será preciso, mas para onde? É assim por quilômetros ao redor. Dária se cala, suspira. O rio vai degelar, se esse tempo durar mais dois ou três dias. Mas não vale a pena ficar muito apreensivo. Se, ao contrário, tudo voltar a gelar, seremos como as zibelinas. Caminharemos sem afundar na neve, como se estivéssemos em terra firme e dura. Ao pronunciar essas palavras, um sorriso breve passa pelo rosto de Dária e logo se apaga. Nós ficaremos bem, mas e os outros? As raposas não poderão mais encontrar ratos; os linces ficarão sem coelhos. Eles virão buscar ajuda aqui. Como aconteceu com Alicia e Romka, em Oziórnoi. Dois anos atrás, em novembro, um lince se instalou perto da casa deles. Estava tão magro… Ao fim do inverno, eles tinham dividido toda a reserva de salmão defumado e seco com ele e com os cães; ele conseguiu regressar tranquilamente. Arregalei os olhos. Mas vocês não conseguirão alimentar todos os animais famintos?, pergunto. Não, claro que não, responde Dária, já não conseguimos nem fazer grande coisa pelos cavalos. Antes, em situações de urgência como essa, a Administração nos ajudava. Mas isso acabou, agora temos que nos virar sozinhos. Estávamos preparados para tudo, mas não para um clima tão desregulado. Tudo muda tão rápido hoje em dia, lá fora. Como é mesmo que vocês dizem lá nas cidades? *Glabálnoe potieplênie*, hein? Sim, é assim que dizemos. Aquecimento global.

Duas semanas depois, as carcaças de renas e cavalos são incontáveis na tundra. Os primos pastores de renas perderam dez por cento do rebanho sem poder fazer nada a respeito, exceto contar os mortos no fundo de seus buracos profundos, como se tivessem cavado suas próprias tumbas até o esgotamento. Quanto aos cavalos de Dária e sua família, de dez, sobraram apenas dois. Encontramos Françouz e Sputnik congelados em um bosque a alguns quilômetros de Tvaián. A neve está revirada ao redor de suas carcaças, imaginamos suas tentativas desesperadas de escavar a crosta de gelo no solo, sem sucesso.

9.
PROVINCIANIZAR OS RELATOS MODERNOS DA MUDANÇA CLIMÁTICA

Pois bem, a tempestade. Aqui e lá, por enquanto mais lá do que aqui, mas por quanto tempo? Em termos simples, a tempestade é primeiramente de ordem meteorológica. Todos sabem que o "clima" é, sem dúvida, o tema de conversa mais difundido no mundo entre humanos. De *small chat* cotidiano, as considerações meteorológicas passaram a adquirir nos últimos anos uma profundidade e uma densidade desconhecidas, tanto no Grande Norte quanto entre nós. Aqui, onde escrevo estas linhas, nos Altos Alpes franceses em frente à La Meije, que desmorona pouco a pouco, e às geleiras, que derretem a grande velocidade; na taiga alasquiana, onde a floresta queima e os rios transbordam; em Ítcha, onde as variações de temperatura extremas e em curtos intervalos de tempo levam os animais à morte e confinam os humanos em suas casas, em toda parte ficou muito difícil dizer banalidades sobre o tempo que está fazendo, sobre o tempo que fará, sem que a globalidade, a interconectividade e a imprevisibilidade dos fenômenos climáticos atravessem uma fala que emana de uma localidade situada. A atenção à performatividade das palavras colocadas no mundo e a propensão a silenciá-las para evitar que produzam efeitos incontroláveis sobre aqueles que as escutam já não são de fato suficientes para evitar que se caia em abissais e insolúveis considerações quando o tema das discussões humanas toca os elementos que compõem as perturbações meteorológicas.

Diante de uma crise climática de alcance sem precedentes, trouxemos a natureza, o meio ambiente, o meio, o *Umwelt*[140] e o ecossistema para nossas disciplinas, numa tentativa de entender como esse grande "exterior" constitui e modifica estruturalmente os coletivos humanos, mas, quando muito, conseguimos a duras penas estremecer nossas estruturas disciplinares ao fazer uso desses termos. No âmbito das ciências humanas e sociais, um dos nossos maiores avanços certamente foi desmembrar um a um os termos que se referiam ao que antigamente chamávamos de Natureza, vinculando-os a um contexto histórico, institucional ou até ontológico, para nos darmos conta de que eram contingentes ao desenvolvimento de ciências situadas, que partem de um mundo particular, o nosso, quer o chamemos de moderno, ocidental, capitalista ou antropocênico. Porém, ainda nos custa encontrar relatos e palavras precisas para apreender a situação: mesmo a literatura ainda não conseguiu de fato abordar a questão climática de maneira convincente, como lamenta Amitav Ghosh em *O grande desatino*.[141] Como sair do relato dualista moderno, que encarou a crise climática por meio de dois discursos que se apoiam um no outro: o do colapso e o do progressismo tecnológico? Que papel a antropologia pode ter para diversificar esses discursos?

---

[140] Na obra de Jakob von Uexküll, o meio ambiente uniforme se transforma em uma pluralidade de mundos, que variam de espécie a espécie em função de suas capacidades fisiológicas e sensoriais. J. von Uexküll, *Milieu animal et milieu humain*. Paris: Rivages, 2010.
[141] A. Ghosh, *Le Grand dérangement*. Marseille: éditions Wild project, 2021.

A incerteza que preside nossas existências diante da mudança climática é coletiva e compartilhada, ainda que, até o momento, aqueles que produzem os dados científicos relativos ao clima ainda não tenham sentido o solo vacilar sob seus pés. Se muitos de nós admitimos a iminência da crise, "aderindo aos fatos" apresentados pelos climatologistas, esse reconhecimento mantivera-se até pouco tempo atrás amplamente teórico em comparação ao que vivem os coletivos situados nos postos avançados em termos climáticos. Contudo, essa própria constatação está cada vez mais se enfraquecendo: pensemos, por exemplo, nos incêndios californianos e australianos nas cercanias das grandes cidades, nos ciclones americanos, cuja intensidade aumenta mais e mais, nas inundações devastadoras que se multiplicam na Europa, nas secas reiteradas e nas péssimas colheitas, e também nas novas moléstias psicológicas modernas, recentemente diagnosticadas como "ecoansiedade", que afetam até mesmo cidadãos que pensávamos estarem relativamente protegidos dos tormentos de um clima caprichoso.

Quando se trata do Grande Norte, os efeitos dramáticos do aquecimento climático já não precisam ser provados, e os testemunhos das populações indígenas, brutalmente afetadas pelas metamorfoses ambientais, se multiplicam, endossados por cientistas e pela mídia do mundo inteiro.[142] O Ártico, sistema de resfriamento para o conjunto do planeta, perdeu cinquenta por cento de sua massa glacial da metade do século XX para cá,[143] tornando-

---

[142] A comunidade internacional é interpelada sobre o tema há vários anos: em 2005, acompanhada por especialistas em direito ambiental e caçadores inuit, Sheila Watt-Cloutier, enfermeira inuit de Kuujjuak, no Canadá, encaminha uma petição à Comissão Interamericana de Direitos Humanos, pedindo que a proteção contra as mudanças climáticas seja reconhecida como um direito humano fundamental, dirigindo assim o foco para o aspecto humano do debate.
[143] M. E. Mann, *The Hockey Stick and the Climate Wars: Dispatches from the Front Lines*. New York: Columbia University Press, 2013.

-se um verdadeiro "barômetro" do que está acontecendo conosco.[144] Da Sibéria ao norte das Américas, a taiga não para de queimar ano após ano, as margens dos rios desmoronam sob o efeito do derretimento do *permafrost*, os animais migratórios migram de maneira completamente inesperada ou não migram mais. Para os coletivos de caçadores-coletores, as consequências dessas alterações são imediatas e indiscutíveis: alimentar-se, deslocar-se, encontrar abrigo, isto é, simplesmente "existir", torna-se dramaticamente mais complicado.

Por todas essas razões, as maneiras como os coletivos dos postos avançados climáticos compreendem os fluxos dos elementos que compõem as mudanças vividas devem estar no centro de uma antropologia que deseje continuar a levar a sério seus interlocutores: desse modo, ela volta a pôr no centro de sua investigação o processo reflexivo inerente à disciplina, intimando-a primeiramente a olhar *do exterior* os relatos modernos que as produções científicas sobre o clima produzem. Estas últimas fazem a constatação documentada de uma alteração climática irreversível; os regimes de discurso que se apropriam desses dados, por sua vez, oscilam entre colapso e progressismo. De um lado, os adeptos da "colapsologia" propõem um relato impiedoso, o da civilização termoindustrial que se encaminha para a ruína, da qual nada nem ninguém escapará. Eles articulam a incerteza climática em um relato que anuncia o fim inexorável do mundo que sustenta nossos modos de vida, a respeito do qual não nos restará nada a fazer a não ser lamentar sua morte. Já os partidários do progresso tecnológico nos dizem que mesmo que o ser humano esteja na origem das alterações ambientais atuais, ele também será capaz de salvá-lo de seus excessos:

---

144 S. Watt-Cloutier, *Le Droit au Froid*. Montréal: Écosociété, 2019, p. 23.

os projetos de geoengenharia[145] devem conseguir reparar o clima daqui a alguns anos. De maneira análoga encontram-se, por exemplo, as pesquisas sobre as modificações genéticas dos seres vivos, plantas e animais, que em breve serão capazes de sobreviver em ambientes deteriorados, respondendo com mais eficácia à demanda calórica humana.[146] Lembremos ainda os projetos faraônicos, já não tão delirantes para seus inventores e empreendedores, que consistem em deslocar colônias humanas para outros planetas a fim de explorar seus recursos, em um horizonte próximo em que as condições de produção de nossa modernidade terão tornado nosso planeta inabitável, a não ser que se promova uma artificialização integral da vida na Terra.

A modernidade produz, assim, um discurso normativo sobre os fatos científicos do aquecimento, mas produz também, simultaneamente, uma narrativa marcada pelo pensamento dualista. A reversibilidade desses registros o atesta: progresso tecnológico ou colapso, "perda de controle" ou "controle total". Em sua capacidade fulgurante, incomparável a qualquer outro modo de vida no passado, de ingerir fenômenos externos para se reproduzir, a modernidade capitalista se apropria hoje das questões ameaçadoras da mudança climática com uma avidez ao menos comparável àquela que antecedeu a descoberta e a anexação dos "novos mundos", a leste, a sul e a oeste.

Nesse contexto, reapropriar-se de técnicas etnográficas para descrever outros possíveis não é apenas um gesto

---

145 As duas principais áreas de pesquisa enfocam a captura de CO_2 atmosférico, reunindo as técnicas que pretendem criar "sequestros de carbono" naturais ou artificiais, e o controle da radiação solar, reunindo as técnicas de reflexo, químicas ou mecânicas. Paul Crutzen, que cunhou o termo "antropoceno", propõe, por exemplo, lançar partículas de enxofre na alta atmosfera para bloquear os raios solares.

146 Por exemplo, o salmão transgênico criado pela companhia americana AquaBounty, *AquAdvantage® Salmon* (ver N. Martin, *Les Âmes sauvages*, op. cit., p.153).

intelectual e discursivo: descrever outras respostas, informadas por outras ontologias, permite dar conta de dimensões que resistem à narrativa dominante da mudança climática, sem povos e sem histórias, que constata o grande colapso mundial e não descortina nenhum outro futuro que não um *monitoring* ambiental esclarecido.

A antropologia diante do clima desregulado

A questão da qual nos ocuparemos agora é a seguinte: como a antropologia deve abordar a mudança climática que afeta diretamente seus temas de estudo?[147] Para respondê-la, é preciso antes constatar que, se a entrada no Antropoceno diz respeito a todos, os mais vulneráveis aos riscos produzidos pelas mudanças climáticas são (o que é bastante clássico na história de nossa modernidade) os menos implicados nas condições de produção das metamorfoses ecológicas. Essa constatação leva alguns a afirmar que o aquecimento global é a etapa mais avançada e a mais consumada do processo de colonização,[148] e que será preciso, portanto, encontrar maneiras renovadas de traduzir o que experimentam os coletivos autóctones, e, eventualmente, responder a isso — isto é, associar traduções às formas de ações.[149] Em seguida, se um dos objetivos

---

[147] S.A. Crate e M. Nuttall (orgs.), *Anthropology and Climate Change: From Encounters to Actions*. Walnut Creek: Left Coast Press, 2009.

[148] "Climate change is environmental colonialism at its fullest development — its ultimate scale — with far-reaching social and cultural implications. Climate change is the result of global processes that were neither caused nor can be mitigated by the inhabitants of the majority of climate-sensitive world regions now experiencing the most unprecedented change", ibid., p. 9.

[149] "We, with our field partners, are also encountering the local manifestations of this global phenomenon. And, like them, we are confronted with the challenge of comprehending and responding to it. [...] Some of us feel we are in an emergency state as field researchers and struggle to design conceptual architecture sturdy enough to withstand the storminess of the intellectual and practical challenges before us. We are confronted with an ethical and moral issue", ibid., p. 9.

tradicionais do antropólogo consiste em descrever uma cosmologia estabilizada a partir dos dados etnográficos de sua pesquisa, o que fazer quando os próprios coletivos que ele estuda formulam a precariedade de seus mundos, ou quando ela transborda por todos os poros do coletivo, ali mesmo onde a armadura cosmológica deveria contê-la? Em um mundo sujeito a movimentos atmosféricos brutais e inesperados, habitado por animais cujos comportamentos, hoje transformados, implodem as categorias tradicionais do entendimento, todos são obrigados a questionar sensos comuns,[150] que o façam abertamente (como os gwich'in) ou de maneira indireta e secundarizada (como os even). Todos: isso também nos inclui, com nossos regimes de conhecimento e restituição; questionar o método de produção do conhecimento antropológico e os objetos clássicos de que trata não é mais uma simples opção intelectual, mas a expressão de uma atenção redobrada dirigida àqueles que habitam nossos artigos, nossos livros, filmes; mais ainda, é a abertura para um outro futuro.

As consequências concretas que os coletivos autóctones experimentam diante de um clima desregulado levantam o problema dos elementos que o compóem. Não são apenas os animais que já não se comportam da mesma maneira, são também os fluxos elementares com os quais suas trajetórias perturbadas entram em estreita ressonância. O céu se enfurece, chove no inverno, congela no verão, o vento sopra forte demais, o rio transborda com muita frequência, o fogo assola as florestas. O ar, a água e o fogo (deixo a terra de lado, compreenderemos o porquê logo mais) se manifestam cobrando alma sob formas

---

[150] G. Cometti e N. Martin, "Indigenous responses to climate change in extreme environments. The cases of the Q'eros (Peruvian Andes) and the Gwich'in (Alaska)", *Journal of Royal Anthropology*, 2020, p. 122.

cada vez mais inesperadas e violentas. Mais acima explorei as formas possíveis de diálogo com os animais, por meio das práticas de caça, dos mitos e dos sonhos, mas o que acontece com os elementos? Como eles são pensados por coletivos como o de Ítcha? Nos sonhos-encontros evocados anteriormente, os animais dão indicações aos humanos sobre as direções dos fluxos geofísicos: dessa forma, desempenham o papel de mediadores com os elementos. Seria possível considerar estes últimos não como componentes do meio abiótico com os quais se formam os meios de vida, isto é, seria possível considerá-los, à maneira dos animais, como entidades animadas às quais os humanos podem se dirigir diretamente?

Nosso trabalho não mudou: ele continua exigindo que permaneçamos sensíveis a tipos de relação com o mundo diferentes das nossas, que os levemos a sério, isto é, que consideremos a possibilidade de que sejam outra coisa que não traços contingentes e culturais que se aplicam aleatoriamente a uma natureza exterior cujas leis universais e imutáveis são reveladas pela ciência moderna. É com essa ideia na cabeça, e movidos por uma urgência geossocial que nos obriga a olhar esses elementos hoje transbordantes com novas lentes, que formulamos o seguinte problema: nos últimos cinquenta anos, em nosso próprio regime de conhecimento, pudemos admitir que os elementos do ambiente abiótico são constituídos de e por seres vivos que, ao mesmo tempo que habitam seus ambientes, também os fabricam. A essas descobertas seria possível somar-se outras, que não dependem do mesmo regime de conhecimento, e que, no entanto, poderiam contribuir para diversificá-los do exterior para o interior, sem ter que passar por justificativas neocoloniais que recorram à coprodução de conhecimentos e às ciências participativas?

Impensados ontológicos: o que fazer com os elementos?

À luz de uma antropologia que aborda cosmologias como o animismo, sabe-se hoje que muitos coletivos consideram que podem se comunicar com os mundos animais e vegetais. As onças, os ursos, os lobos, os pássaros, as renas, as plantas podem se tornar parceiros, seja nos rituais, nos sonhos, durante a caça ou na hora de cuidar dos jardins e da coleta — por exemplo, na Amazônia,[151] na Sibéria[152] ou na América do Norte.[153] Considera-se possível, em muitos casos, dialogar com eles de espírito para espírito, de pensamento para pensamento. E quanto aos elementos? Tocamos aqui em um problema teórico importante. A antropologia se interessou apenas marginalmente pela questão da relação metafísica com os elementos, e é compreensível: abordar essa problemática afeta de muito perto aquilo que não é questionado em nossa própria ontologia e que, portanto, é difícil de desestabilizar — a saber, a constatação de que os elementos são decididamente inanimados, não no sentido físico, mas no sentido anímico.[154]

---

151 Ph. Descola, *La Nature domestique. Symbolisme et praxis dans l'écologie des Achuar*. Paris: FMSH, 2019; A. L. Gutierrez Choquevilca, "Face-à-face interspécifiques et pièges à pensée des Quechua de Haute Amazonie (Pastaza)", Cahiers d'anthropologie sociale, 9, 1, 2013, pp. 33-47; E. Kohn, *Comment pensent les forêts. Vers une anthropologie au-delà de l'humain*. Paris: Zones Sensibles, 2017.
152 Ch. Stépanoff, *Voyager dans l'invisible*, op. cit.; idem, *Chamanisme, rituel et cognition chez les Touvas de Sibérie du Sud*. Paris: Éditions de la MSH, 2014; R. Willerslev, *Soul Hunters: Hunting, Animism, and Personhood among the Siberian Yukaghirs*. Berkeley: University of California Press, 2007; R. Hamayon, *La Chasse à l'âme. Esquisse d'une théorie du chamanisme sibérien*. Paris: Société d'ethnologie, 1990.
153 R. K. Nelson, *Make Prayers to the Raven*, op. cit.; A. Fienup-Riordan, *Eskimos Essays: Yup'ik Lives and How We See Them*. New Brunswick: Rutgers University Press, 2003; *Hunting Tradition in a Changing World: Yup'ik lives in Alaska today*. New Brunswick: Rutgers University Press, 2000; M.-F. Guédon, *Le Rêve et la Forêt*, op. cit.
154 Uma das perspectivas mais estimulantes para encaminhar essa questão a partir da disciplina antropológica me parece ser a de Elizabeth Povinelli ao

Estamos dispostos a admitir — na esteira de uma antropologia que fez sua "virada ontológica" e com a qual proliferaram novas filosofias da ecologia e do vivente — as possibilidades de existência de uma intersubjetividade reconhecidamente simétrica entre humanos e animais, caracterizando o animismo dito *standard* nas Américas e na Sibéria.[155] Muitos filósofos, de resto, contribuíram para estabilizar a ideia de que há uma gradação no que concerne ao tipo de intencionalidade atribuída aos seres no interior do reino vivente, dos "domesticados" aos "selvagens" e, entre os "selvagens", segundo o tipo de organização biológica. As maneiras de existir e de se comunicar de plantas e animais podem ecoar nas maneiras humanas ao mesmo tempo que diferem dessas, pois os padrões evolutivos e as disposições corporais não permitem as mesmas capacidades de comunicação nem as mesmas "mundiações".[156]

E os elementos? Seria ir longe demais. Mudar a ênfase do animismo[157] para incluir o que se move sem corpo e sem pensamento é certamente um gesto arriscado. Nesse caso, o corte ontológico passaria além dos animais, além

---

questionar a oposição clássica entre vivo e não vivo: partindo dos relatos e das lutas políticas de seus colegas na Austrália, e de seu próprio encontro com o "Antropoceno", ela propõe acrescentarmos às nossas ferramentas teóricas o conceito de "Geontologia". Ver E. Povinelli, *Requiem to Late Liberalism*. Durham: Duke University Press, 2016.
155 Curso do Collège de France de P. Descola, *La Composition des collectifs. Formes d'hybridation, Anthropologie de la nature*, informe, 2018, p. 13.
156 B. Morizot, *Manières d'être vivant. Enquêtes sur la vie à travers nous*. Arles: Actes Sud, 2020; V. Despret, *Habiter en oiseau*. Arles: Actes Sud, 2019; E. Coccia, *La Vie des plantes. Une métaphysique du mélange*. Paris: Rivages, 2018; D. Haraway, *Manifeste des espèces compagnes*. Paris: Climats, 2019; idem, *Staying with the Trouble: Making Kin in the Chthulucene*. Durham: Duke University Press, 2016; D. Bird Rose, *Le Rêve du chien Sauvage. Amour et extinction*. Paris: La Découverte, col. "Les Empêcheurs de penser en rond", 2020 ; A. L. Tsing, *Le Champignon de la fin du monde. Sur la possibilité de vie dans les ruines du capitalisme*. Paris: La Découverte, col. "Les Empêcheurs de penser en rond", 2017.
157 Cuja mínima expressão é entendida aqui como a possibilidade de se comunicar com outros seres além dos seres humanos.

das plantas: além dos seres vivos. Mesmo nas etnografias de cosmologias não modernas e nas antropologias filosóficas que fazem parte da "virada ontológica", são raros os dados sobre as relações entre os coletivos autóctones e os elementos. São pouco abordados e, quando o são, muitas vezes pelo ângulo de certos meios ou lugares de vida de espíritos tutelares ou ancestrais:[158] a existência de um diálogo "direto" ou a possibilidade de se dirigir a esses elementos, *enquanto elementos*, em geral não é nem mesmo considerada.

É possível levantar a hipótese de que, se o estudo das relações com os fluxos geofísicos por muito tempo permaneceu secundário, provavelmente isso se deveu a que os próprios antropólogos quase não tenham formulado a pergunta a seus interlocutores: até muito recentemente, ela ainda não havia se tornado, para eles, uma questão de grande importância, e por isso se encontrava invisibilizada. Invisível não quer dizer inexistente, mas sim latente. Os debates em torno do Antropoceno, das mudanças climáticas e da condição geossocial hoje compartilhada por todos os humanos que habitam a Terra reabrem essa questão, extraindo-a brutalmente do limbo em que se encontrava.[159]

---

158 As relações dos humanos com os meios de vida e os elementos que os compõem são, na maioria das vezes, abordadas como *lugares de vida de espíritos que neles habitam*, com os quais os humanos tentam dialogar, em condições e contextos precisos. Em seu curso sobre as hibridações possíveis entre as quatro ontologias, Descola faz referência, por exemplo, aos Shan, budistas teravadas que coabitam com inúmeros e diversos espíritos, geralmente associados a lugares — isto é, a meios —, como rios, florestas, vales, casas: "Alguns são guardiães das cidades, outros são associados aos quatro elementos, outros associados a tatuagens e amuletos protetores que cuidam daqueles que os usam" — P. Descola, *La Composition des collectifs*, op. cit., p.16. Ver também os trabalhos de Hamayon, Charleux, Delaplace (sobre a Mongólia), Cometti (sobre os Andes peruanos), Cruikshank (sobre a Colômbia britânica, 2005), Glowczewski (sobre a Austrália, 2021).
159 B. Latour e N. Schultz, *Mémo sur la nouvelle classe écologique. Comment faire émerger une classe écologique consciente et fière d'elle-même*. Paris: La Découverte, col. "Les Empêcheurs de penser en rond", 2022.

Para compreender melhor esse silêncio dos antropólogos, é preciso antes entender que eles não apenas herdaram a grande separação entre natureza e cultura — por mais que muitos deles tenham se preocupado em desfazê-la nas últimas décadas. Em um nível *infra*, eles são portadores de divisões ainda mais profundas: aquela entre vivos e não vivos, em ressonância com a cesura entre animado e inanimado, herdada da Antiguidade e reformulada no início da modernidade. Os filósofos e os historiadores da biologia mostraram que a distinção que hoje nos parece evidente entre vivo e não vivo estabilizou-se no fim do século XVIII, no momento em que a tripartição da história natural (entre minerais, vegetais e animais) dá lugar a uma bipartição (na esteira da formulação do conceito de organismo por Kant), permitindo a constituição da biologia como disciplina.[160] Na esteira dessa bipartição, uma filosofia da vida, de Nietzsche a Foucault, passando por Canguilhem e Von Uexküll, designará o conjunto dos organismos como "centros normativos" (para retomar uma expressão de Canguilhem) — entidades que têm preferências (vitais) e sensibilidades a seu "meio" e a seu "mundo" (meios e mundos variando segundo as espécies) que não encontramos no mundo abiótico dos elementos: na ausência de vida e de morte, de saúde e de patologia, tudo se torna indiferente, e a ideia de um meio entendido como meio abiótico (físico, químico, geológico) torna-se estruturante. Contudo, nas últimas décadas, pudemos ver o ambiente se reanimar, as ciências e filosofias do meio ambiente tendo exportado a dimensão normativa do vivo para o que antes se considerava o "meio abiótico". Isso só foi possível a partir do momento em que diversas disciplinas científicas mostraram que esses meios, na realidade, eram

---

[160] P. Huneman, *Métaphysique et biologie. Kant et la constitution du concept d'organisme.* Paris: Kimé, 2008. M. Foucault, *Les Mots et les Choses.* Paris: Gallimard, 1966.

construídos *por e para* os seres vivos e, portanto, eram uma extensão deles.[161] Em outras palavras, a separação vivo/não vivo, animado/inanimado, da qual somos herdeiros ao menos desde o fim do século XVIII, atravessa todo o nosso regime de conhecimento — das ciências biológicas e ambientais à antropologia.

Porém, a relativa ausência dos elementos na disciplina antropológica nem sempre foi tão gritante: a condição anímica dos elementos foi uma questão posta pelos precursores da virada ontológica, apesar de muitas vezes terem sido ignorados pelos figurões da atual antropologia filosófica.[162] Assim, nos anos 1960, Hallowell se perguntou por que uma pedra, o trovão, um rio podiam *em certas condições* ser considerados animados pelos ojibwa, enquanto a ciência moderna concebe essas entidades ou fenômenos geofísicos como inanimados — ou ainda, desprovidos de *"affordances"* —, ao contrário dos seres "vivos".[163] Ele já havia se indagado sobre as razões pelas quais a condição anímica dessas entidades era comumente compartilhada (de um ponto de vista sensitivo) por todos — o que poderia ser mais animado do que um céu carregado de eletricidade que bruscamente forma um relâmpago, seguido do barulho surdo de um trovão? —, enquanto a ciência, ao revelar as causas físicas desses fenômenos, descartava a possibilidade de eles serem "animados" em outro plano.[164]

---

161 S. Dutreuil e A. Pocheville, "Les organismes et leur environnement. La construction de niche, l'hypothèse Gaïa et la sélection naturelle", *Bulletin d'histoire et d'épistémologie des sciences de la vie*, 22,1,2015, pp. 27-56.
162 P.T. Strong, "Irving Hallowell and the Ontological Turn", HAU. *Journal of Ethnographic Theory*, 7, 1, 2017, pp. 468-72.
163 J. Gibson, *The Ecological Approach to Visual Perception*. Hillsdale: Lawrence Erlbaum, 1979.
164 Pensemos aqui no idioma navajo (dentro do grande conjunto atapascano) que, por exemplo, atribui aos relâmpagos um grau de animação, ou de animidade, superior a todos os outros, inclusive ao dos humanos (ver as obras de Perkins e de Witherspoon).

As auroras boreais no Grande Norte alasquiano são bons exemplos do fosso interpretativo entre física dos elementos e concepções autóctones. Partículas carregadas pelo vento solar que entram em colisão com a magnetosfera ou espíritos dos mortos que se manifestam para os seres vivos? Talvez não queiramos reduzir as cosmologias dos povos que estudamos a simples expressões culturais aplicadas a uma natureza universal; no entanto, essas duas ideias são dificilmente conciliáveis; e ainda pior, elas têm uma tendência a se excluírem mutuamente do ponto de vista do senso comum, a Verdade tendendo forçosamente para o lado da ontologia dominante. A questão não é escolher entre versões de mundo em função de uma verdade científica que, de experimental, torna-se sempre surpreendentemente transcendental, mas sim evitar que a velha dualidade entre universal (a natureza revelada pela ciência moderna) e contingente (as culturas tais como elas interpretam a natureza) não nos impeça de pensar mais além. Perguntamo-nos, então, seguindo a linha metodológica indicada por Lévi-Strauss,[165] e não como mera fórmula retórica, *quais as consequências* de pensar os fenômenos geofísicos de uma maneira e não de outra, e, no caso em questão, de *optar* — como os gwich'in fazem com as auroras boreais, como os even fazem com o fogo, a atmosfera e o rio — por *dirigir-se* a eles.

Deslocar nossas linhas divisórias graças à etnografia, orientando nossa atenção para o *status* particular de entida-

---

[165] "Essa alternância de ritmo entre dois métodos — o dedutivo e o empírico — e a intransigência com que praticamos ambos, de forma extrema e como que purificada, distinguem a antropologia social dentre os ramos do conhecimento. De todas as ciências, ela é certamente a única que faz da subjetividade mais íntima um meio de demonstração objetiva. Pois é objetivo o fato de o mesmo espírito que se entregou à experiência e deixou-se moldar por ela tornar-se palco de operações mentais que não abolem as precedentes e contudo transformam a experiência em modelo, possibilitando outras operações mentais." C. Lévi-Strauss, *Anthropologie structurale* II, op. cit., p. 25. [ed. bras.: *Antropologia estrutural* II. Trad. Beatriz Perrone-Moisés. São Paulo: Ubu, 2017].

des até então negligenciadas, será útil para romper com a hegemonia produzida pelo emprego de bandeiras abstratas como "organismo", "meio ambiente", "meio" e "vivo", portadoras de ambiguidades inerentes ao regime de generalização para o qual elas tendem. Ao dirigir nossa atenção para o *status* particular das entidades que supostamente habitam esse enquadramento, acrescentamos uma pedra suplementar para tentar balizar o desafio de diversificar o "mobiliário ôntico"[166] que compõe nossos mundos. Escolhi chamar esse gesto, na esteira de Hallowell, de "etnometafísica dos elementos".[167]

Voltemos nosso olhar para além dos corpos e pensamentos dos seres vivos tal como estes foram apreendidos no momento da especiação. Viajemos ainda mais longe, em direção à tentativa humana de silenciar o pensamento e dissolver os corpos, para substituí-los, ambos, pelo mundo. Existiriam maneiras humanas de se aproximar das *formas e expressões* dos elementos? Dos meios pelos quais certos coletivos humanos às vezes tentam reduzir o incessante diálogo interior para substituí-lo pelos próprios fluxos elementares? Espaços buscados na existência, onde as sensações diante do que se move "sem corpo e sem pensamento" por toda parte pudessem tender para a imediatez, para a ausência de mediação, como no caso dos animais? Dária e sua família reconhecem no cotidiano a tendência dos humanos a se confinarem em si mesmos. Das profundezas de sua floresta, uma de suas grandes razões de ser é evitar a todo custo esse confinamento no limite de seus corpos, de seus espíritos, de sua espécie, isto é, de sua humanidade.

---

166 Segundo uma expressão de Descola.
167 I. A. Hallowell, "Ojibwa ontology, behavior and world view", loc.cit., p. 20.

10.
DIRIGIR-SE AOS ELEMENTOS

> Toda narrativa — toda literatura — é,
> em certo sentido, memória da perda do fogo.
> G. AGAMBEN, *O fogo e a narrativa*

Alimentar o fogo
A cena se dá bem no dia em que chegamos a Tvaián. Estamos sentados em volta do fogo, é tarde da noite, as cinzas se avermelham. Matchilda observa o fogo. Uma brasa se ergue em meio às outras. Após longos minutos, ela cai para um dos lados. Alguém chega ou alguém vai embora, não está claro, diz ele. E então pega uma colher, enche-a de cinza branca e a derrama sobre a brasa. Para protegê-lo durante a viagem, ele diz. Mergulhamos no silêncio, a noite acaba assim. Na manhã do dia seguinte, ficamos sabendo que Memme morrera durante a noite.

Precisei de muitos anos para amarrar os fios dessa história, para extraí-la da correspondência aleatória, a partir da qual nada de interessante pode ser formulado, assim como da fascinação pelo ato mágico que, simetricamente, não leva a lugar nenhum, a não ser a sonhar com arúspices fulgurantes reencarnados em *even*. Com o tempo que passei pensando sobre a atenção dada ao fogo nascente, às brasas e às cinzas, aos poucos fui entendendo que o fogo, para além de seus benefícios concretos, não era objeto de simples contemplação. Por muito que desagrade a Gaston Bachelard, ele não era apenas o suporte perfeito de um devaneio, divagante ou estruturante. Os humanos *olhavam* o fogo. Mais ainda, eles o *observavam*, à maneira dos naturalistas que observam um inseto; eles o espiavam, como o caçador escondido na sombra concentra sua atenção no animal que está perseguindo. Mas, diferentemente da observação naturalista, considerava-se que o fogo podia significar coisas que diziam respeito direta e *literalmente* aos humanos, não apenas no plano metafórico; à diferença da vigilância dos caçadores, o objetivo almejado não era matar o objeto de sua atenção, mas tentar compreendê-lo. Por que desejar compreender o fogo? Essa se tornou para mim uma pergunta tão lancinante que foi se dissipando à medida que o abismo interpretativo se expandia, condenando ao ostracismo, por muitos anos, toda tentativa de processo analítico.

    Em uma manhã do mês de julho, diante do chá fumegante, depois de ter escutado Dária sussurrar uma fórmula para as centelhas nascentes, recupero uma pergunta que já tinha feito várias vezes e à qual Dária nunca respondera de fato. Por que vocês falam com o fogo? Quem é, para vocês, o fogo? Dária dá uma gargalhada. "O" fogo? *Qual* fogo? Depende de qual você fala! Sei lá, todos, digo ingenuamente. Não existe um fogo, existem vários, Nástia. No fim das contas, claro que todos eles são manifestações do mesmo fogo, mas nós lhes damos nomes diferentes. Eu me irrito, pressinto que as respostas vão se dilatar no tempo e em histórias. Eis aqui uma reconstituição das dezenas de vezes em que nós duas abordamos o tema, ao alvorecer, no crepúsculo ou à noite.

Em Ítcha, o fogo é dividido em várias categorias. O fogo "ontológico", enquanto elemento primeiro, se chama *tore*, mas o fogo que os humanos guardam em suas casas, *ulekit*. As brasas que nem sempre, mas às vezes, ficam em pé (e que, portanto, são significativas), chamam-se *torelakakan*. Sempre que uma refeição é feita em volta do fogo, a primeira colher de alimento é para o fogo. Independentemente do que estiverem comendo ou tomando — sopa, carne, salmão —, ninguém se atreverá a pôr algo na boca antes de oferecer ao fogo. Essa prática é tão habitual que já não se vê. Ela é esquecida, porque não se sabe o que pensar dela, pois nada mais é dito para acompanhar esse gesto. Ao fim de cada refeição, quando todos já deixaram a mesa, Dária pronuncia em voz baixa uma fórmula: *tchasch échiné èmdayé*, se é de manhã ou depois do almoço, *tchasch échiné timina*, se é noite e é preciso *deitar* as brasas, mediante o gesto de uma colher de cinza sobre a "cabeça".

À pergunta "por que vocês falam com o fogo?", Dária sempre respondia que era importante agradecer-lhe porque, junto à água, ele está na origem das possibilidades de existência em Ítcha. Ele fornece calor, permite cozinhar, ilumina a noite. Por todas essas razões evidentes, eles o alimentam, cuidam dele, falam com ele. Mas há razões mais metafísicas, que estão contidas na definição que Dária me dá, em russo, das formulações que ela pronuncia em even. O sentido de *se dirigir* — na falta de uma tradução literal, que ela nunca me concedeu — pode ser assim resumido: que ele não devore tudo, que se contenha; que não perca o controle de si mesmo. É como se eu dissesse a você *derjí sebiá!*, explica Dária. Fique no seu lugar! Não imploda, não permita que seus nervos levem a melhor, pois você não está sozinha aqui, você está conosco. Dei risada por me sentir atacada à maneira do que eles faziam com o fogo. Mas nunca troquei o sentido pela sagacidade da metáfora humanizante. Depois de várias tentativas, Dária acabou me descrevendo o elemento que anima o centro da vida familiar em todas as estações do ano.

Quando você fala com o fogo, você fala com um pedaço do que vive no fundo da terra e com uma parte do que às vezes ribomba no céu. O fogo nos faz viver, mas ele também poderia consumir tudo, inclusive a nós. Ele é, em um mesmo movimento, a vida e a morte concentradas. A expressão de uma tensão a ser mantida e um equilíbrio a ser preservado. É para preservar esse equilíbrio que vocês falam com ele? Mas como ele escuta? Dária ria. Ele não escuta com as orelhas, ele escuta de outro modo. Vocês falam com ele por ser um espírito ou um deus? Nesse ponto, ela me tomava claramente por uma idiota. Não, eu já lhe disse, é um princípio, um elemento — Dária emprega o termo russo *stikhia*. Ele atravessa os corpos, sem ele não existe vida aqui, e, no entanto, ele também é a morte. Um princípio de transformação, então? De certa forma. No centro de nossa casa, colocamos a vida *e* a morte, juntas. É o próprio fogo: ele conserva tudo e pode tudo destruir. Manter um fogo corretamente é segurar a vida pelas duas pontas. Sua possibilidade e sua destruição. Dária se calava, observava as reações que essas palavras provocavam em mim e retomava com mais calma. O fogo é o sol dos humanos, nosso sol, quando o céu se apaga e escurece. Colocamos o sol no centro da iurta, do *atien*, da cabana. Assim como colocamos o sol no centro do nosso coração, *meven*. As estrelas iluminam o céu, mas estão distantes e são frias. O relâmpago é um intermediário entre os astros e a terra, mas fulmina e assusta. A lava do vulcão é ardente, líquida e viscosa, mas destrói tudo em sua passagem. Dária volta seu olhar para o fogo aos nossos pés. Ele, o pequeno, *ulekit*, está vinculado a todos esses outros, mas não deve querer se juntar a eles, não deve querer fazer como eles. Ele deve ficar bem aí onde está. Pois precisamos dele. Entendeu agora? Você me pergunta se falo com ele? É claro que falo com ele!

Relembro todas as vezes em que vi os even de Ítcha construírem iurtas, começando por aquela primeira vez em Drakoon, para receber a família reunida em volta do vazio deixado pela morte de Memme. O primeiro lugar escolhido é sempre o do fogão. A iurta se constrói em volta do fogo, os elementos de construção sendo dispostos como planetas ao redor do sol. O círculo da iurta é sempre traçado *a partir* do fogo, depois vem a estrutura e, com ela, a porta colocada a leste. O que é o fogo? O centro. O princípio vital anterior à própria vida, que a precede e a termina, que a aniquila e a fecunda.

*

É outono, as folhas mortas recobrem o solo, as árvores nuas balançam numa brisa calma. Antes de seguir, eu e Ivan apagamos o que sobrou da brasa incandescente do fogo que acendemos ao meio-dia durante o descanso. Eu, ele e seu irmão saímos de Tvaián por alguns dias para caçar tetrazes. Antes de abandonar o fogo improvisado e voltar a cavalo, Volódia reposiciona os galhos sobre os quais tínhamos colocado a chaleira, prende-os com mais firmeza sobre as cinzas e coloca uma vara de través, apontando para o sul. O que você está fazendo?, pergunto a Volódia. Não está vendo? Se você quer informações sobre o mundo, olhe para o fogo. Você sabe disso, não é? Sim, sei. Então você já entendeu! Se outros humanos passarem por aqui, é óbvio que olharão para o fogo, e saberão por onde partimos. É óbvio..., respondo. Montamos os cavalos, deixamos para trás a cobertura das árvores e o fogo com sua vara indicadora e seguimos compassadamente para a tundra.

Ivan e Volódia são mais calados que sua mãe, não há dúvida, mas não são menos reflexivos. Nas nossas peregrinações de caça, à noite, perto das labaredas avermelhadas, entendi algumas coisas sobre o fogo que, segundo eles, deveriam me parecer evidentes, mas que sua presença cotidiana me fizera esquecer por completo. O fogo muda a natureza de sua presa, e é o único a fazê-lo, me dissera Volódia. Onde a água dissolve ou mistura, onde o ar oxida e amolece, onde a terra decompõe, o fogo transforma radicalmente. Nem o ar nem a água nem a terra mudam com tanta velocidade a natureza das coisas que tocam, mas o fogo, sim. Até aí, consigo acompanhar. Volódia continuou. O fogo é próprio do ser humano, mas não apenas porque ele é o único que sabe fazê-lo e usá-lo. Por que, então? Porque o ser humano começou a se parecer com o fogo. Eu olhava meu amigo atentamente quando ele pronunciava essas palavras. Como assim, "se parecer"? É simples, Nástia: certamente nós o olhamos muito! Às vezes, queríamos poder nos transformar tão rapidamente quanto ele, ou transformar tudo ao nosso redor tão rapidamente quanto ele. Ser a vida e a morte, como ele. Só que não podemos. Então, nós o observamos mais e mais.

*

Com Dária, uma manhã bem cedo. Se você sabe ler, o que vê? Dária ri. Depende do dia, hoje não vejo nada. Mas se olhar com atenção, você sempre verá o que nunca mais será igual nas cinzas que desaparecem.

E eu que cheguei com o "complexo de Prometeu" na cabeça! Não só na cabeça, eu o carregava em meu corpo. Aquele que nos faz querer saber sempre mais do que "nossos pais e mestres", aquela necessidade insaciável de intelectualidade, o "complexo de Édipo da vida intelectual", como escrevera Bachelard, associando-o ao fogo ardente da vida mental. Eu me dava conta de que no fundo desse *dirigir-se* ao fogo não estava apenas o espelho de nossas próprias histórias, psicoses e devaneios, mas antes o reconhecimento profundo de que esse elemento nos precedia e nos sucedia, enquanto *princípio metamórfico* por excelência. Nada além, mas isso já é tudo, e *evidentemente* ele catalisava toda a atenção do mundo.

Iúlia está sentada diante do fogão, ela mexe a sopa com uma grande colher de pau. Uma fumaça seca faz coçar nossos olhos e envolve nossos corpos, mas não mexemos um músculo, pois é o único lugar em que estamos protegidas dos mosquitos. Você não diz mais nada ao fogo? Não, somente mamãe e os antigos. Nós só fazemos os gestos. Ela revira as brasas suavemente com o atiçador, e cai na risada quando de repente uma história lhe vem à memória. Quando Ivan era pequeno, ele tinha tanta vontade que alguém chegasse... Ele entrava no *atien* quando nenhum de nós estava, punha as brasas na vertical e saía correndo para nos chamar na horta. Mãe, mãe, Iúlia, Iúlia!, gritava. Venham ver, rápido! As brasas estão de pé! Alguém está vindo, alguém está chegando!

Cantar para o rio
Aconteceu em 1964. O olhar de Dária brilha, ela se lembra e a água brota de seus olhos. Pouco depois da falência do colcoz, depois que evacuaram todo mundo de Tvaián, deixando tudo para trás. O rio subiu. Minha mãe me falou de uma grande ira, descreveu a enchente, mais violenta do que nunca. Eu estava no internato quando isso aconteceu. Quando voltei a Ítcha, ela me levou ao lugar, para que eu visse com meus próprios olhos. Tudo o que restava da nossa presença aqui em Tvaián — os tonéis, as construções, as máquinas —, tudo tinha sido levado pela correnteza. Restavam apenas amontoados de madeira e ferragem, ruínas. A água limpou tudo, minha mãe me disse. Havia túmulos aqui, na época do colcoz. O rio também os levou. Tempos depois, as crianças encontraram crânios dispersos pelas clareiras.

*

O rio Ítcha é apenas um rio que desce ruidosamente as encostas do vulcão Ítchinsk e logo serpenteia, amplo e em geral sereno, pelas tundras e pela floresta até o mar de Okhotsk. Mas, para os even de Ítcha, o rio não é *apenas* um rio. Ele é o fio que mantém vivos todos os seres dessa região. Os acampamentos de pesca e caça são montados em suas margens. Como Ivan muitas vezes me fez ver, quando íamos de barco puxar as redes, o Ítcha é o elemento indispensável e essencial para a existência deles: os humanos bebem do rio, comem do rio, se deslocam sobre o rio, se lavam no rio. Mas toda essa dependência, se você pensar bem, é de deixar louco, disse Ivan. Então, eu, para evitar a loucura, faço e não penso muito! Dei risada dessas palavras, mas entendia bem o sentido do que ele dizia. Que relação manter com uma entidade tão totalizante, se não integrando (e ingerindo) os princípios de vida que ela carrega em seu fluxo, e ao mesmo tempo esquecendo conscientemente a extensão do poder vital que ela comporta — isto é, também, a possível morte que aguarda os humanos se o rio se descontrolar ou, pior, secar?

✶

No *atien*, no verão, há baldes de todos os tamanhos. Grandes, para os adultos; médios, para os jovens; pequenos, para as crianças. O primeiríssimo gesto participativo deles é ir ao rio buscar água para levar à casa. Como no caso dos meus bloqueios ontológicos com relação ao fogo, eu nunca pensei na água senão como aquela que bebemos; no rio, como meio de vida dos salmões e das trutas arco-íris que comemos, ou ainda como o caminho mais rápido para sair da floresta e voltar para casa. Pensando um pouco mais longe, cheguei a considerar a gigantesca rede hidrográfica da qual ele fazia parte, a geleira acima e a polaridade oceânica que o atraía, a maneira como sua água, uma vez misturada, evaporava para retornar ao céu, as nuvens que o alimentavam novamente. Por muito tempo, pensei que quando Dária cantarolava enquanto pescava, vocalizava para si mesma o canto que girava em sua cabeça. Mais tarde, depois dos relatos de sonhos-encontros e das histórias de salmões vingadores, pensei que ela cantava para atrair os peixes, para acalmá-los, ou as duas coisas. Mas um dia, quando *aquilo* não mordia a isca, ela retirou sua linha e seu canto se prolongou. Seu olhar acompanhava as batidas da corrente. Quando ficou em silêncio e deu as costas ao rio, olhou-me sorrindo: ele gosta quando eu canto.

Fiz um esforço para entender o sentido das palavras de Dária. Quem é ele? Ítcha, Nástia. Você canta para o rio? Eu canto para o rio.

✻

Iúlia e eu estamos sentadas ao lado do rio, com as mãos imersas em uma bacia com água e sabão, entregues a uma atividade que nos encanta: lavar as roupas. Viramos e reviramos as roupas pequeninas de nossos filhos; Iúlia se diverte vendo-me tão desajeitada, mostrando-me mais uma vez o gesto apropriado. Nossas mãos estão encharcadas, damos risada. Um peixe salta pertinho da margem, Iúlia se vira para a corrente, seu olhar se endurece. Uma vez, nós quase nos afogamos, Vassilina e eu. Ela era bem pequena... Iúlia olha rapidamente para a filha mais nova, que brinca ao nosso lado, e de novo olha para o rio. Ela devia ter dois anos, como Sennia. Tínhamos saído de Esso a cavalo para ir a Tvaián, éramos muitos. Memme ainda estava viva. Tivemos que cruzar o rio para chegar a Drakoon na altura de Turkatchan, não havia outra passagem. Vovó ia adiante montando Barmaliêi, eu ia atrás com Uragan. Eu levava Vassilina comigo. Fomos pegas pela corrente, que começou a nos levar. Minha cabeça girava, por pouco não desmaiei. Eu havia esquecido as fórmulas que Memme me ensinara para falar com o rio, eu não tinha nada a dizer, apenas pensava intensamente, que ele se acalmasse, que nos deixasse viver. Perdemos Uragan, mas ele se recuperou mais adiante, rio abaixo. Estava me afogando, vi gente correndo na outra margem. Vanka, Mikolai, Vadim. Eles traziam um bote para nos salvar. Mas foi o cavalo da vovó que nos tirou dali. Não sei o que Memme lhe disse, nem como foi exatamente que aconteceu, mas ele nos puxou em direção à margem, eu me segurei em sua crina, Vassilina apertava seus bracinhos em volta do meu pescoço com toda força. No dia seguinte, eu tinha hematomas por toda parte. Iúlia chacoalha a cabeça para afastar o pensamento, desvia seu olhar do rio. Foi assim que aconteceu... Sem aquele cavalo, estaríamos mortas.

*

É o fim do verão, logo as crianças tomarão o caminho do rio para voltar à escola.

 Estamos sentadas no *atien* diante de um fogo estável, a chuva tamborila sobre o teto e o calor úmido nos incomoda um pouco. Dária enxuga as gotas de suor que escorrem de seu rosto. Não gosto desses momentos de despedida, ela sussurra. Sempre me dá medo quando os pequenos saem de barco. Você teme os ursos? Não, o rio e suas oscilações de humor. Mamãe sempre dizia que quando se cruza um rio, sobretudo se for largo, é melhor conversar com ele antes. *Okat mene turutichtili*, por exemplo, é uma das coisas que lhe são ditas. Para que a água nos ampare, ou para que possamos atravessá-la sem problema. O olhar de Dária parece perdido no vazio. Porque às vezes acontece, quando a atravessamos, de olharmos a água e ela nos marear. Já aconteceu isso com você? Faço um movimento negativo com a cabeça. Nunca tinha pensado nisso. Dária olha para mim, incrédula. Eu penso nisso o tempo todo. Sei como o rio pode ser. Por isso sempre temo pelas crianças. Ainda mais depois da chuva, quando a água aumenta e fica agitada. *Okat mene turutichtili koiane kongnal baduda.* Rio, não perca o controle, veja, as crianças estão sendo transportadas. É o que dizemos para que ele escute. Também é o que pensamos para criar coragem.

Por muito tempo, essas palavras ficaram dando voltas em minha cabeça. Pensei na água-espelho de Narciso e percebi a que ponto estávamos distantes, aqui, de uma concepção mitopsicologizante. O rio não remete Dária à sua própria imagem, mas a uma alteridade arraigada, que pode "perder as estribeiras" a qualquer momento do mesmo modo que se considera que os animais podem fazê-lo em relação aos humanos, mesmo que estes estejam mais bem preparados para esse tipo de encontro. Para Dária, o rio é animado por uma trajetória e uma vitalidade próprias. Se é quase impossível tornar-se completamente sensível a ele, ao menos é necessário fazer o gesto de *reconhecê-lo*. Este é o sentido de dirigir-se ao rio: um reconhecimento de sua animação particular, para além dos usos que os humanos fazem dele. A intenção incluída no enunciado *Okat mene turutichtili koiane kongnal baduda* torna-se uma verdadeira fórmula a partir do momento em que seus falantes têm consciência de seu valor performativo. Na boca de Dária, essas palavras são mais do que palavras, elas devem ser portadoras de ressonância para o rio. Estação após estação, os humanos as escolheram cuidadosamente porque estavam destinadas a essa entidade, porque podiam produzir esses efeitos. Dizer isso é atribuir ao elemento "água", mediado pela entidade "rio", a capacidade de uma escuta, e a possibilidade de uma resposta.

Ao ver Dária que fala com o rio, pensei também que dizer ou escrever certas palavras e não outras é extremamente importante: essa escolha já é um posicionamento no mundo. Se a escolha é boa, talvez as palavras repercutam em seus destinatários; talvez até lhes provoquem mudanças internas. É possível fazer com nossos contemporâneos a mesma coisa que Dária faz com o rio? Dirigir-se a eles como seres dotados de uma trajetória que lhes é própria, mas também de uma atenção a tudo que não é eles? Assim, eles se aliam a nós na palavra pronunciada. Dizer as palavras que importam, escrever as palavras que tocam tornam-se atos de liberdade política.

*

A água borbulha na cavidade de gelo. Dária mergulha o balde no redemoinho, puxa de volta, eu a imito. Voltamos à cabana pelo caminho estreito. Ela faz uma pausa para descansar, faço o mesmo, hesito um pouco e me molho. Dária se diverte olhando para mim. A questão com a água, diz ela, é que precisamos prestar atenção nela. Senão, ela pode rapidamente se tornar nossa inimiga mortal! Damos risada, puxamos os baldes pelas alças e partimos de novo, um pouco titubeantes, rumo à casa.

Renas para o céu
Nástia, como é mesmo que eles se chamam, os homens que viajam pelo mundo, batizam pessoas e mantêm os registros? Quase engasgo com minha xícara de chá. Os missionários, respondo rindo. Ah, os missionários, isso mesmo! Então, o pessoal da minha família encontrou com eles, antes de chegar aqui. Eles praticavam nomadismo respondendo pelo nome de Koiérkov, sendo que seu nome original era Kawarka. É um nome even. Minha avó dizia *kawarka* para se referir à nossa família. Mas quando nomadizaram pela região, eles já tinham nomes russificados. Os missionários explicaram a eles que era preciso parar de sacrificar animais, falavam em ídolos, diziam que era errado. É verdade que minha mãe tinha bonecas quando eu era pequena. De humanos e de animais. Ela falava com elas com frequência. Não sei mais o que lhes dizia. Pouco a pouco, as bonecas foram desaparecendo. Quando adulta, eu nunca tive nenhuma, e meus filhos nunca as viram, elas já tinham desaparecido quando eles nasceram. E os sacrifícios?, pergunto. Para que eram? Dária começa a rir. *Pagoda*, Nástia! O clima... claro!

Dária coloca mais lenha na fogueira, pendura a chaleira sobre a lareira e volta a se sentar ao meu lado no pequeno tamborete de madeira. Um dia, há muito tempo, quando eu era pequena, uma tempestade assolava havia várias semanas, o tempo estava muito ruim. As renas não aguentavam mais, e nós tampouco. Meus pais escolheram a mais bela rena do rebanho. Ela tinha chifres magníficos, perfeitamente simétricos. Eles lhe cortaram a cabeça. Ao escutar essas palavras, todas as minhas antenas ficaram em alerta. Eles comeram um pouco dela? Ela era branca? Sim, ela era branca, e tinha uma espécie de barba; realmente magnífica. Claro que nós a comemos, mas não foi por isso que a mataram. A cabeça, eles a penduraram no alto de uma árvore. Lembro-me bem, era muito bonito. Orientaram-na para o leste. Depois, pegaram agulhas e as enfiaram, uma a uma, no tronco da árvore. Eram várias. Por que agulhas? Não sei ao certo. Talvez atravessassem a árvore, como faziam com a rena, para indicar ao tempo que ele tinha que se acalmar. Eles não nos deram explicações, mas uma coisa é certa: todo o ritual era direcionado ao clima, era preciso pedir que ele se moderasse. Quanto a nós, crianças, eles nos impediram de chegar perto da árvore com a cabeça da rena, e claro que mesmo assim fomos até lá, escondidas. Apenas olhamos, não tocamos em nada, tínhamos pavor das represálias! E é verdade que o clima mudou depois disso. Finalmente, o céu se desanuviou, o frio se instalou, acho que era novembro. Dária levanta a cabeça, olha para a abertura no teto do *atien* e a fumaça que escapa. Sim, era novembro, o tempo estava muito instável — vento, chuva, tempestade de neve e mais chuva. Um pouco como no ano passado. As renas estavam muito mal, não víamos mais do que seus rabos, a neve chegava em suas barrigas. Antes do amanhecer, meu pai já tinha colocado os esquis para ir vê-las. Às vezes ficava vinte e quatro horas seguidas ao lado delas. Ele as conduzia a noite inteira pela montanha para encontrar alimento, às vezes sem sucesso. Meu pai estava preocupado e muito cansado. Foi por isso que decidiram fazer alguma coisa. Aquilo tinha que parar. Olho para Dária, pensativa. Lembro-me do ano anterior, do drama que a chuva, seguida de um novo congelamento, significou para todos os animais que nos cercavam. Por que, no inverno passado, você não fez a mesma coisa que seus pais? Dária franze a testa. Porque não sei mais o que é preciso fazer. Esqueci os gestos apropriados. Veja você, não me lembro nem mesmo o porquê, no caso das agulhas. E ninguém aqui sabe. Nossa memória se perdeu com toda essa história, os homens batizados, o colcoz e o resto. Só me sobraram as palavras. Vamos, bom tempo, volte, acalme-se! Eu ainda falo com ele, com o céu, quando é preciso, mas já não tenho os gestos, também não tenho mais renas, então...

Permaneço reflexiva. Quer dizer que o vento, a chuva, as nuvens, não sei, tudo o que acontece entre o ar e a água na atmosfera, os elementos que compõem o tempo que está fazendo, eles escutam as suas invocações? Claro que escutam, diz Dária. Podemos nos comunicar com eles. Mas isso não significa que vão fazer o que lhes pedimos. Ainda mais sem os gestos rituais. Eu sei que há coisas que faltam, quando falo com eles. Mas isso é tudo o que me resta. Então, não custa nada tentar!

*

É noite e está nevando, o vento aumenta; sem dúvida estamos todos confinados novamente. Ivan está pensativo e melancólico. Não é amanhã que conseguiremos dar uma mãozinha aos primos com as renas. Matchilda dá risada. *Davái*, vamos tentar. Ele pega um tição de bom tamanho que estava queimando no fogo, abre a porta e o joga para fora, na tempestade. Vamos, para que o tempo seja clemente!, ele grita ao vento. Todo mundo dá risada, somente eu fico olhando com surpresa, boquiaberta. Antes, Nástia, os humanos faziam isso o tempo todo, ofereciam fogo à tempestade para que ela se acalmasse! Tudo isso é história, Ivan o interrompe balançando a cabeça. Não, não mesmo, responde Matchilda. Você não acredita mais nisso, simplesmente. Você verá com seus próprios olhos: amanhã o clima será clemente, agradável e a neve cairá em linha reta. A cabana vibra numa risada em uníssono, terminamos nossos pratos sem pressa e nos deitamos enfileirados sobre as peles de renas. Cochichamos durante a noite. Dária conta como era antes. Os pastores que todos os anos se encontravam no meio do caminho, as festas que faziam. Ela se endireita um pouco na cama, um cotovelo sobre a pele e uma mão embaixo da cabeça. Matávamos uma rena, fazíamos uma grande refeição. Todos se sentavam juntos, contavam as novidades, faziam piada. Depois, começavam a dançar e a cantar. Cada um dançava a seu modo, cada um com seu estilo. Eu poderia ter te mostrado, mas quando penso nisso, imediatamente fico com vontade de chorar. As mulheres exibiam as melhores roupas que tinham confeccionado, as contas de vidro que haviam bordado. Olhe o que eu fiz! Era tudo de pele. Não havia roupa de tecido, porque, na realidade, o tecido não serve para grande coisa na tempestade e no frio. A pele era virada para o lado de dentro. Com a dupla camada, podíamos nos deitar na neve e dormir tranquilamente. Fecho os olhos, me imagino na neve, deixo meu espírito partir em meio às rajadas de vento lá de fora.

II.
ENTRE CÉU E TERRA

Ivki ou o princípio da animação
E em Deus, você acredita?, Dária me pergunta alguns dias depois de nossas conversas sobre o céu. Dou um risinho constrangido e tento formular uma resposta. Mais do que acreditar nele, eu tento entender por que falam dele e por que dizem que ele existe. Ah, exclama Dária, eu também! Mesmo que até hoje ainda não entenda muito bem tudo o que eles incluem em "Deus". Não é só que nossos ritos eram diferentes dos ritos dos cristãos... ou, pelo menos, daqueles dos russos. A comemoração no nono e no quadragésimo dia após a morte, por exemplo... nós nunca fizemos isso. É que, sobretudo, é estranho enxergar em uma única pessoa a origem de tudo o que existe. Dária fica em silêncio, pisca levemente e continua. Minha mãe falava de Ivki, dizia que ele é Uno, também, mas não é Deus. E não é que você acredite nele, não é bem isso... É mais que, aonde quer que você vá, você está com ele. Ele está em todo lugar e em lugar nenhum, como um sopro, como o vento que faz balançar galhos e pasto, mas ele tampouco é o vento, ele sopra através dele. Ao

ouvir essas palavras, penso no éter que Aristóteles acrescentou aos quatro elementos de Empédocles, e tento fazer uma aproximação. Um ser superior?, pergunto. Não é superior, e também não é um espírito no mesmo sentido dos espíritos dos mortos e dos animais. É mais alguma coisa que atravessa tudo aquilo que vive, incluindo você e eu.

*

Quer se trate do Deus estrangeiro, que ela não compreende totalmente, ou do familiar Ivki, cuja forma ela recompõe reunindo suas lembranças e mencionando sua ressonância atual, Dária levanta uma questão importante: existiria em Ítcha uma força pensada que "ultrapassaria" ao mesmo tempo as almas individuais (dos humanos, dos animais e dos mortos) e os meios de vida e/ou elementos, tais como o fogo, a água e a atmosfera? Existiria algo como um princípio de animação, que atravessa todos os componentes do mundo? Para Dária e sua família, a resposta é sim, mesmo que, também nesse caso, ele não seja formulado de maneira inteiramente estabilizada, muito menos dogmática.

    Hallowell, ao questionar a ontologia ojibwa, considera que nela é central "a natureza das pessoas". Ele observa que essas "pessoas" são tão fortemente marcadas pela noção de causalidade que muitas vezes elas se tornam *lugares* em que acontecimentos particulares se dão; isso gera nos humanos a necessidade de se tornarem sensíveis a esses lugares-pessoas para serem capazes de lhes responderem de maneira adequada. Nesse mesmo sentido, ele observa que as "forças impessoais" (nas quais nós, modernos, facilmente teríamos incluído a tempestade, as enchentes e os incêndios) são convocadas apenas muito raramente pelos ojibwa para compreender a natureza dos acontecimentos que os atravessam. Hallowell critica, assim, a associação apressada, segundo ele, entre o termo *Manitu* e a ideia de uma força sobrenatural e universal (uma essência), destacando que a tradução acrescentou o conceito do Deus todo-poderoso, próprio ao cristianismo. Porém, não são apenas os exegetas desses coletivos que estão na origem dessa palavra generalizante convertida em abstração, como sugere Paul Radin, mas também os próprios ojibwa, que fizeram com que a ideia de Deus, tal como a compreendiam, coubesse no termo *Manitu*. Tanto nas antigas ideias que carrega consigo como nas novas concepções às quais se associa, o termo *Manitu* se assemelha ao Ivki de Ítcha, reavivado por Dária.[168]

Para escaparmos da filiação significativa, mas redutora, de Ivki ao Deus monoteísta, e portanto da assimilação, da devoração de uma cosmologia por outra, parece-me que o fio condutor não deve ser procurado na ideia difundida de que existiria uma força toda-poderosa exterior a esse mundo que, não obstante, estaria em sua origem. Temos, antes, que direcionar nossa atenção para o que consideramos estar distribuído entre todos os seres, elementos e entidades que compõem este mundo. O que todos esses componentes recebem na partilha é uma *capacidade de metamorfose*. Que é, contudo, desigual, visto que existe uma gradação nos tipos de metamorfoses possíveis inerentes a cada ser e entidade, bem como diferenças de temporalidade, ritmo e forma. A trajetória formal e rítmica de uma montanha que entra em erosão não é a do fogo que se consome; um ganso selvagem não se transforma no mesmo ritmo de um humano, e não afeta seu mundo nem da mesma maneira nem com a mesma

---

[168] Hallowell observa que os termos *Manitu* para os algonquinos (W. Jones), *Orenda* para os iroqueses (Hewitt), *Wakanda* para os sioux (Fletcher) são todos interpretados pelos seus exegetas em referência a uma força mágica superior. Radin, ao contrário, partindo da sua pesquisa de campo com os winnebago e os ojibwa, mostrou que *manitu* podia referir-se a uma ideia de força e sacralidade, mas que de forma nenhuma era entendido como uma força imanente dotada de um poder intrínseco. P. Radin citado por I. A. Hallowell, "Ojibwa ontology, behavior, and world view", loc. cit., p. 74.

velocidade. Em Ítcha, no topo da escala dos seres ditos "animados" não se encontram, portanto, nem os humanos nem os animais, mas os fluxos elementares que os atravessam, capazes de modificar brutalmente de forma e, por isso mesmo, de transformar um meio de vida inteiro em um intervalo de tempo muito curto. Hallowell menciona o relâmpago e o trovão para os ojibwa; em Ítcha, os trovões estão incluídos nas condições atmosféricas, às quais se somam a água que corre sobre a terra e o fogo que queima no centro das iurtas ou que devasta as florestas. Dária certamente concordaria com Hallowell sobre este ponto: a metamorfose é um "sinal distintivo do poder".[169]

Entende-se que o fogo, o rio e as condições atmosféricas se movem antes dos humanos, dos animais e das plantas, com mais velocidade e força do que eles; mas nem por isso tornam-se "pessoas" ou "gente", como acontece com os animais, por exemplo, uma vez que não têm alma individual; não obstante, eles poderiam ser vistos como meta-pessoas, atravessando todas as coisas, atravessados por todas as coisas. O que se reconhece neles é uma força própria, uma animação que ultrapassa, em intensidade, tudo o que os animais e os humanos possam fazer ou dizer, assim como suas maneiras de se metamorfosear. Ivki, com relação à instabilidade das formas destes últimos, pode ser entendido como a capacidade metamórfica que esses elementos *manifestam*. Ivki não é superior, Dária nos diz, mas atravessa todas as coisas. Isso significa que mesmo as entidades consideradas "animadas" no mais alto nível, como o fogo, a água e as condições atmosféricas são, elas mesmas, atravessadas por um princípio de animação que *tensiona*, de algum modo, as relações entre todos os seres — um "vento" que balança os galhos das grandes árvores e faz estremecer as pequenas plantas.

---

[169] A. Hallowell, "Metamorphosis to the ojibwa mind is an earmark of power", loc. cit., p. 69.

Essa concepção lembra as ontologias montanhesas na Indonésia,[170] nas quais é comum a ideia de um princípio de animação que insufla nos seres e entidades uma capacidade de agir. Como observou Descola, essa disposição à animação é compartilhada por todos os seres, mas é distribuída de maneira descontínua: eles não manifestam as mesmas intensidades de animação, não condensam da mesma maneira as energias cósmicas. Como para os even de Ítcha, a força para agir vem ao mesmo tempo do interior (a alma individual e suas forças) e do exterior (a força de animação que move todas as coisas). Ao analisar o caso toradja no Sudeste Asiático, Descola considera que aí se desenha a fragmentação geral das interioridades e das fisicalidades (das almas e dos corpos), típica do regime ontológico do analogismo; e que aí se manifesta a junção das formas mais "distribuídas de animismo e das formas mais intersubjetivas de analogismo". Em certa medida, a entrada em cena de elementos como o fogo, a água e a atmosfera — e agora de Ivki — pode nos levar a dizer a mesma coisa dos even de Ítcha, isto é, que eles certamente estão situados em algum lugar entre duas ontologias, o animismo e o analogismo — uma ontologia intermediária, por assim dizer.

O caso do sacrifício da rena para a tempestade e de sua cabeça pendurada na árvore cheia de agulhas vai nessa direção: o diálogo entre humanos e animais não é mais o único que precisa ser cultivado, ele vem acompanhado da necessidade de estabelecer relação com outras forças. Nesse sentido, pode-se pensar que o animismo sacrificial do Sudeste Asiático ao qual se refere Descola, particularmente entre as populações montanhesas, é muito próximo daquele descrito em Ítcha, na medida em que ele procura religar termos, partes de mundo, entre os quais o diálogo não é evidente, tendo

---

[170] J. Cuisiner, *Sumangat. L'âme et son culte en Indochine et en Indonésie*. Paris: Gallimard, 1951.

em vista sua composição radicalmente diferente: sabemos como dialogar com um animal, mas dialogar com os elementos é outra história, a heterogeneidade radical de uns e outros limita a experiência. Ao sacrificar um animal que ocupa uma posição elevada (a rena branca com uma grande barba e chifres perfeitamente simétricos) e oferecê-lo a outra força, os humanos abrem a possibilidade de uma relação entre entidades fortemente distintas (nesse caso, entre os humanos e a atmosfera) e preparam o caminho para um diálogo com o que *a priori* é extremamente distante e inacessível. A rena se torna, nesta acepção, uma *ponte* entre os humanos e o céu. O que é impressionante, se retomarmos as análises de Descola sobre o sacrifício, é que, se ele considera sua presença comprovada entre as populações montanhesas do Sudeste Asiático, ele também afirma que, entre os coletivos animistas das Américas e da Sibéria, ele [o sacrifício] é desconhecido.[171] Mais ainda, se a rena de Ítcha se torna uma ponte entre os humanos e o céu, é certamente menos, como sugere Descola a partir de seu *corpus* de análise, na qualidade de animal doméstico sob controle dos humanos: ela não *se limita* a se pôr no lugar deles nas trocas com as meta-pessoas elementares de quem depende a sobrevivência de todos. A rena e as árvores são convocadas menos como manobras para enganar os espíritos que nelas veriam almas humanas, e mais porque o tempo que está fazendo (a atmosfera, o clima) não é pensado aqui como o meio de vida de espíritos tutelares, mas em si mesmo e para si mesmo como força animada e metamórfi-

---

[171] "Grosso modo, pode-se dizer que ele é muito raro entre os coletivos incluídos no animismo *standard*; ausente nas populações que recusam a criação de animais, como os chewong, os ma'Bétisek, os batek ou os penan, ele se resume a oferendas rituais de galinha e porco entre populações como os bontoc ou os buid. Em contrapartida, o sacrifício é generalizado tanto no animismo distribuído e no animismo estratificado como no analogismo *standard*, onde se vê limitado apenas por versões rigoristas do budismo e do islã que, no entanto, não conseguiram eliminá-lo." P. Descola, *La Composition des collectifs*, op. cit., p. 16.

ca. Avançando nessa direção: considera-se que tanto a rena como a árvore se encontram, em termos de sensibilidade aos fluxos elementares, em uma posição relacional privilegiada. Para captar a natureza desse ritual, uma hipótese de trabalho consistiria em levar Dária ao pé da letra, quando ela diz que é necessário "passar pela rena e pela árvore" para falar com o clima. Isso coincide com as análises sobre os sonhos anímicos de animais, que indicam aos humanos o aspecto que os elementos assumirão; eles não são convocados como substitutos ou projeções dos humanos, mas porque os humanos bem sabem que são impotentes quando se trata de sentir os movimentos atmosféricos e a eles responder de forma eficaz, quando é necessário tentar substituir o pensamento *sobre* o mundo pelos próprios fluxos animados.

Não tentarei responder aqui à pergunta sobre se os even de Ítcha se encontram na fronteira entre o animismo *standard* de Descola e o analogismo — o que ele chama, ao estabilizar o caso toradja, de animismo "estratificado". Não por falta de semelhança entre o presente caso e os que ele estuda a fim de tentar entender em que lugares e com que ferramentas se trama a passagem do animismo ao analogismo; mas, antes, porque o edifício teórico que, uma vez mais, consiste em subdividir e então classificar formas de animismo que não entram (ou não entram mais) na tabela não me parece pertinente para o objeto que me interessa. Os elementos, Ivki e as formas de diálogo que são inventadas ultrapassam o marco clássico da ontologia animista e lembram as alteridades compósitas e ressonantes do analogismo? É preciso, então, levar a sério a forma de mundo que se cria no ponto de junção, no lugar de fricção entre essas duas ontologias. Parece evidente que os even de Ítcha vão na direção de uma diversificação cada vez maior de seus "mobiliários ônticos" ao se religarem aos seres cada vez mais diferentes e individuados em uma malha de interdependência. A pergunta então passa a ser: o que motiva essa transição, para além das formas culturais estabilizadas que, como vimos ao longo deste livro, não cessaram de implodir e de se reconfigurar mediante o contato de umas com as outras? Para ir ainda mais longe, poderíamos considerar que, em Ítcha e por razões históricas, adentramos em uma forma de mundo onde as almas já não podem ser apenas "personalizadas" e encarnadas em seres particulares, mas onde esses seres tornam-se *também* depositários da "difração em cada um de uma força vital que anima o cosmos inteiro"?[172]

Garantir a terra
Muito bem, Dária. O fogo, a água, o céu, certo. Ivki com e através, entendi. Mas a terra? Também é um elemento, não? Você tem alguma coisa a dizer sobre a terra? Dária começa a rir. O que que tem a terra? A terra me faz pensar nas batatas. Quando aqui nós plantamos batatas, cantamos uma canção para elas. Porque a batata morre para procriar. Quando você a enfia na terra, é como se ela partisse para morrer... E para fazer seus descendentes nascerem... Como os salmões! Fico pensativa, Dária solta uma gargalhada. É brincadeira, Nástia! Também dou risada. Eu sempre levo tudo a sério, digo, não posso fazer nada contra isso! Então, conto para Dária que os gwich'in consideram que as batatas não têm muita importância; eles dizem que é impossível sonhar com batatas, portanto, não é muito interessante. Dária se diverte. É verdade que é preciso sonhar com batatas! Mas, bom, aqui na Rússia a batata é toda uma história. Quase uma história de amor! Dito isso, eu não faço mais o que antes eles nos obrigavam a fazer, na época do colcoz. Arrancávamos parcelas inteiras de floresta para plantar batatas. A colina inteira que fica em cima de Tvaián era uma monocultura de batatas. Era um trabalho árduo, realizado por mulheres e crianças. Sempre

[172] Ibid., p. 13.

trabalhávamos cantando. E rindo, conversando. As batatas são muito úteis. Mas também não precisa exagerar. Desde que voltamos para cá, nunca mais arrasei a colina. Uma colina com batatas é feia. Prefiro samambaias e árvores.

Tento fazer com que Dária volte ao assunto. E então, a terra? Dária se consterna. A terra, eu só tento não perdê-la.

*

Dária sai do quarto carregada de uma pilha de papel. Aí está, diz ela, o documento que o departamento regional me enviou. Estamos em Esso, na casa da filha de Dária. Entramos na cozinha e sentamos em volta da mesinha de fórmica, as folhas se amontoam sobre a toalha plastificada decorada com grandes flores vermelhas e amarelas.

Dê uma olhada. "Departamento de Demografia e Cartografia do Distrito de Kamtchátka. Fica estabelecido o contrato de uso imediato sem valor comercial. Data de assinatura: 17 de março de 2017". Já faz um ano. Todos os meus filhos estão aí, todos os nossos nomes. Banakanova, sou eu. Banakanov Vladimir, Belikh Iúlia, Gricha, Iliá, Vassilina, Koiérkov Ivan, Viktor, Inna, Maksim... Não incluí Iaroslav.[173] Dária arruma seus óculos no nariz, franze as sobrancelhas e vai acompanhando as linhas com a ponta do dedo. "O prestatário e beneficiário recebe um terreno para exploração gratuita. A superfície é de 99.952 metros quadrados. Localização: distrito de Kamtchátka. Categoria do terreno: não informada."

"O terreno é emprestado para qualquer uso autorizado pela lei. O contrato entra em vigor a partir da assinatura das duas partes. O presente documento tem valor de con-

---

[173] Iaroslav é o genro russo de Dária, marido de sua filha Iúlia. Os dois e as filhas vivem a maior parte do tempo em uma base militar a sessenta quilômetros de Petropávlovsk. Todo ano, Iúlia e suas filhas passam os quatro meses de verão em Tvaián. Vassilina, a filha mais velha de Iúlia, viveu na floresta com Dária até os sete anos de idade.

trato de comodato. A exploração do terreno é possível a partir do momento em que se estabelece o tipo de exploração em função dos objetivos definidos. Os beneficiários têm o direito de modificar o tipo de exploração enviando a solicitação…". Dária se irrita, pula uma linha e retoma a leitura. "Em caso de recusa da modificação do tipo de exploração do terreno, segundo a lei em vigor…" Ela se detém. Bom, você entendeu. Tudo está aí. Aqui foi descrito o tipo de atividade. Coloquei caça, pesca e uso pessoal. Também coloquei coleta de plantas selvagens. Escolhi "todo tipo de uso pessoal". Imagino que isso inclua todas essas atividades, pesca, caça, agricultura, cavalos. Vou conseguir o mapa. Vou buscá-lo nos próximos dias. Dária desvia o olhar do documento, tira seus óculos e os apoia com um suspiro. Se não utilizamos o terreno, temos que devolvê-lo. Mas eu vivo nele e já o utilizo. Isso é importante. Para cavalos, para pesca, para caça. Dei início aos trâmites há um ano. Daqui a três anos, teremos que enviar um relatório de exploração. Mas até lá, estamos tranquilos. Portanto, se quisermos desenvolver uma atividade, nós podemos. Se quisermos ter mais cavalos, ou construir uma cabana nova, também podemos. O principal é o mapa. Eles registraram a minha propriedade utilizando imagens de satélite. Agora sabem exatamente onde ficam as minhas terras. O mapa, é importante isso.

 Analisamos a última página do documento. Olhe aqui. As assinaturas, as digitais… de todos os meus filhos. Isso significa que estamos protegidos. Ninguém poderá vir tomar a nossa terra. Quanto tem de área?, eu pergunto. Dez hectares para cada membro da minha família. Agora, a administração sabe. Que estou aqui, que cuido disso. Acho que com esses papéis meus filhos vão poder se virar; eles poderão continuar independentes, se quiserem; não serão importunados como eu fui.

*

Sempre me custou muito indagar Dária sobre o tema do regime soviético, e mais ainda pedir-lhe para falar sobre a Rússia atual. Todas as vezes, ela me respondia que não ia falar sobre aquilo, senão… E sempre se detinha em algum lugar dessa frase, como se uma palavra mais alta que a outra pudesse levar a represálias. Mas nesse ponto da história, em 2019, já faz muitos anos que somos amigas e, se meus limites foram se atenuando, ou mesmo dissolvendo, nos vapores do rio e no olhar dos animais, os dela também caíram diante das compleições que percebeu em mim e que, acho, lembraram-lhe as suas próprias. Estamos sentadas à beira do rio em Manach, é verão e, dessa vez, Dária decide me responder mais abertamente do que nunca. Quando o período soviético teve início, diz ela sem rodeios, eles começaram a pegar tudo. Instauraram a coletivização. Implementaram seus colcozes, seus sovcozes, e as pessoas foram expropriadas. Deixaram duas, três renas por família, não mais. As outras foram confiscadas. Minha mãe ficou com algumas durante um tempo… mas agora todas estão mortas, estão todas mortas. Hoje, como você sabe, nenhum de nós tem renas próprias. Porém, sendo sincera, sem dúvida, hoje é pior do que no tempo do comunismo. Naquela época, ainda podíamos ter a impressão de que as renas eram de todo mundo, cuidávamos delas coletivamente e, apesar de tudo havia algo de belo naquilo, mesmo que não montássemos mais nelas, mesmo que já não falássemos muito com elas, porque eram muitas. Hoje, com essa sociedade contemporânea dos acionistas… tudo isso acabou. Dária faz uma pausa e recomeça, ofegante.

Antes, não éramos informados. Por exemplo, se um avião caísse, se um barco afundasse, não ficávamos sabendo de nada. Nem mesmo que existiam pobres, pessoas em situação de rua nas cidades… não ficávamos sabendo de nada disso. Sabe, costumávamos dizer: "O comunismo vencerá!". A partir do momento em que o comunismo se estabelecer, tudo será gratuito! Produziremos o suficiente para todos! E é verdade que nos acostumamos com que tudo fosse planificado para nós. Tudo era organizado sem nosso conhecimento, como se fôssemos crianças. Éramos pegos, éramos levados para lá; trazidos de lá; deslocados para outro lugar. Vivíamos de crédito. Por exemplo, quando íamos fazer as compras, não tínhamos dinheiro. O vendedor anotava o valor que devíamos e pagávamos depois. Mas para o pagamento não era utilizado o valor monetário, mas sim dias de trabalho. Tvaián só funcionava assim: a crédito. Depois do fim da União Soviética, eles nos abandonaram, nos deixaram à deriva como se nada tivesse acontecido, como se aquilo nunca tivesse existido, como se não tivéssemos contribuído para o grande projeto, e nem mesmo feito parte dele. Passou a ser cada um por si, foi preciso sobreviver.

Dária vira a cabeça, olha os primos de seus filhos que cuidam dos cavalos do outro lado do rio. É verdade que hoje tudo se sabe sobre o que acontece em todos os lugares, mas isso não muda nada. Os acionistas, as renas, é tudo que resta aos jovens even. Não há nada mais a fazer a não ser trabalhar para eles, e mesmo lá é concorrido, porque as criações estão ruindo. É para evitar que meus filhos sejam obrigados a fazer isso que eu preenchi os documentos. Meus irmãos dizem que estou perdendo meu tempo, que essa burocracia não serve de nada. Talvez eles tenham razão, mas prefiro que meus filhos tenham a escolha de não se tornarem pastores para acionistas. Dito isso, é complicado. Os outros jovens ainda estão em melhor situação nos rebanhos do que na cidade. Vivem quase como antes, ainda nomadizam, fazem a vigilância com esquis no inverno, dormem com as renas no verão para protegê-las dos ursos e dos lobos, contam nossas histórias, como sempre fizemos. Só que, no fundo, nada é deles e eles podem ser expulsos a qualquer momento por pessoas que nunca viram uma rena de perto, que nem mesmo colocaram os pés aqui.

∗

Estamos em fevereiro. Dentro da iurta, o fogo crepita no fogão, estou meio deitada sobre as peles de renas, o corpo voltado para Chandler, pastor de renas de cerca de quarenta anos. Chandler de uma doçura infalível que transparece até em seu silêncio tranquilo, Chandler que eu tento fazer falar. Faz quantos meses que você não vê sua família em Esso? Nove. E não é muito duro para eles, para você? Não, eles estão acostumados, e eu também. Chandler levanta os olhos para a abertura no alto da iurta por onde passa o conduíte, examina um instante como se pudesse ver o céu através da chapa metálica e da lona. Fico aqui o tempo todo e desde sempre, onze meses por ano. Quando você voltar para a cidade, eles vão te pagar? Deveriam, eles me devem um ano de trabalho. Ele deixa escapar um riso aborrecido que contagia todos os ocupantes da iurta. Mas não sei se vão, dizem que estão quebrados, que não vendem carne suficiente e que não sobrou nada para os salários. O sorriso de Chandler desaparece. De alguma forma, pouco importa, porque não posso viver em outro lugar que não seja aqui. Por quê? Não sei, algo me detém. Aqui, na floresta. Como se esse lugar corresse em meu sangue. Não posso mais viver sem a floresta. Chandler volta o olhar para a entrada, umedece os lábios e engole a saliva. Aqui, com as renas, ou em Tvaián, no campo de caça, no fundo dá na mesma. Estamos aqui pelos mesmos motivos.

  Um ano depois, volto a Ítcha com a minha filha. Estamos na beira do rio, a cinco quilômetros de Chanutch, sentadas com o velho Appa a mascar ervas perto de seu abrigo, enquanto esperamos que alguém venha nos buscar. Fico surpresa ao ver Chandler saindo do matorral. *Zdarova*, diz ele timidamente. Diz que deixou o barco mais abaixo, que vai me ajudar a levar nossas malas até lá; tinha muita correnteza e ele não estava muito seguro. Não sabia que você dirigia barco, digo enquanto o seguia em meio às samambaias. Eu também não!, ele responde rindo. E o que você está fazendo aqui? Não deveria estar com o rebanho? Você se lembra da nossa discussão na iurta no ano passado?, ele me pergunta. Lembro, claro! Então, eles nunca me pagaram. Finalmente, decidi fazer como Ivan e os outros. Pena pelas renas, mas vou viver de caça e pesca. Onde? Na família de Dária. Ela disse que me incluiria nos papéis.

*

Como é estranho, da perspectiva da nossa cosmologia, que a "terra" não receba a mesma atenção que o fogo, o rio e o céu! No contexto da modernidade, estamos sempre à espera de alguma Mother Earth ou Pacha Mama para fazer oposição à nossa relação deprimida com o mundo; estamos sempre prontos, mesmo sem admiti-lo, a devorar com avidez as versões míticas e espiritualizantes de Gaia, desde que se trate de reanimar o cosmos. Sendo assim, como entender que em Ítcha só se recorra à terra por meio do direito de uso e propriedade, e que ela também não seja objeto de formas rituais, mesmo que unicamente verbais? Com o tempo, as experiências e os relatos, entendi que em Ítcha existia uma clara tensão entre duas maneiras bem diferentes de se vincular à terra: o nomadismo e a sedentarização. Dária repetiu essa fórmula para mim um número incalculável de vezes: nós somos nômades. Hoje estamos aqui, mas amanhã em outro lugar. Ser nômade, ela também me dizia, é estar pronto para tudo. Estar pronto para andar, comer, dormir, beber, quando isso se impõe; estar pronto para a imobilidade, o repouso, o jejum, quando é isso que se exige. Estamos aqui, mas sempre prontos para partir; quando vamos embora, não levamos nada, reconstruímos a casa quando chegamos. Nunca refleti sobre essas palavras: vê-los em deslocamento bastava, era muito evidente. Eles eram capazes de constituir um coletivo onde quer que fosse. Montavam uma iurta ou uma *tchuma*, e o mundo se organizava. Ao construir a estrutura, projetavam sobre a terra um esquema extraterritorial, interior e anterior; habitavam assim imediatamente, coletivamente, nunca preparavam a sequência da viagem, mas quando era preciso partir, iam sem olhar para trás, sem dizer adeus, apenas iam embora.

 O que no passado contava, e o que ainda predomina no discurso de Dária, é tudo o que ainda há de vivo *sobre a terra* a ser perseguido para sobreviver, muito mais do que *uma terra* particular sobre a qual se instalar e prosperar. No entanto, na prática, o amanhã será mais aqui do que em outro lugar. Se Dária sempre me falou com paixão sobre a nomadização com as renas, a não vinculação a um único lugar, o deslocamento corporal necessário a toda e qualquer compreensão psíquica, a vastidão de uma terra a ser percorrida sem descanso atrás dos animais que importam, não obstante tudo isso, ela fez de tudo para garantir para seu coletivo o uso *desta* terra particular, para assegurar que ela não lhes seja retirada, como sua língua, seu ritual e suas renas. A razão dessa contradição aparente é, acima de tudo, bastante simples: Dária sabe perfeitamente bem que hoje em dia já não é possível ser nômade no sentido pré-soviético do termo — seguir as renas que seguem o pasto e o vento —, porque as renas, tendo sido apropriadas, serão necessariamente levadas para onde os interesses dos acionistas estão, e não para outro lugar. Em sua época, o velho Appa atravessou a pé a península de Kamtchátka, todos se lembram disso, todos narram as suas proezas; o velho Appa hoje está lá, bem acima de Chanutch, em uma toca de urso, com seu fuzil pendurado na entrada, ele não se mexe mais e espera, alerta.

 Ao se tornarem caçadores-pescadores, Dária e sua família são hoje mais sedentários do que nunca, e de alguma forma voluntariamente prolongaram as decisões estatais que tinham orientado a criação do colcoz de Tvaián. Eles partem em todas as direções para caçar e pescar, mas seu acampamento de base permanece sempre o mesmo. Ironia da situação: um coletivo nômade impactado pelo colapso do regime decide se sedentarizar na floresta para voltar a ser independente, no mesmo lugar onde toda liberdade lhe fora retirada. A dificuldade que atravessa o discurso contraditório de Dária é que ela tem atitudes que contrariam a cosmologia que informa historicamente o coletivo do qual ela provém. Muitas gerações de antepassados atravessaram a Sibéria para chegar tardiamente a Kamtchátka. Eles encontraram os russos, depois os soviéticos, perderam tudo, depois reconstruíram tudo no mesmo lugar em que se cristalizou e se materializou a aniquilação de seus modos de vida tradicionais: Tvaián. Com a diferença de que Tvaián não perdeu sua característica de lugar de ancoragem do comunismo de Estado para se tornar uma propriedade privada visando à capitalização dos recursos e ao enriquecimento: as ruínas de Tvaián foram transformadas em um espaço onde era possível recriar uma trama relacional particular com os seres perturbados que atravessam o território. Desse modo, Tvaián se tornou o teatro-modelo da invenção de um novo imaginário político.

*

É verão às margens do rio Ítcha, em Manach, e Dária encerra seu discurso de certa forma ligeiramente estabilizado. Nós superamos todas essas coisas, não abandonamos nada. O mais difícil foi permanecermos unidos. Mas o mais importante é: conseguimos voltar ao lugar onde nascemos. Talvez até, como os salmões, morramos aqui, em Ítcha. Mas, como eles, migraremos para o mar, e tudo recomeçará. Ela ergue os olhos em minha direção, seu rosto muda, fica malicioso. E, também, veja você, você aqui, esse tempo todo. E Mike, e Jules, quando vieram filmar. Todos na minha casa, em Tvaián, até mesmo um americano! Dária explode de rir. A Internacional não foi ontem... A Internacional é agora!

CONCLUSÃO

As estradas que não prometem o lugar de
destino são as estradas amadas.

Não existe mais povo-tesouro, mas pouco
a pouco há o saber viver infinito do relâmpago
para os sobreviventes desse povo.

RENÉ CHAR, *Encart*

***Ni*, metal do diabo**
A porta da região de Ítcha chama-se Chanutch. Há uma barreira vermelha e branca. Guardas em um contêiner branco. O fim de uma estrada de 170 quilômetros. Caminhões enormes passando de hora em hora. Um tanque enferrujado em uma vala, outro estacionado atrás da caserna. Há também mineiros, ali onde a montanha está completamente ressequida, mas eu nunca os vi, pois é proibido ir até lá. Vi os tratores e as escavadeiras e os caminhões Kamaz vermelhos com seus motoristas. A "fronteira" de Ítcha é materializada por duas cancelas sucessivas que atra-

vessam a pista, a oitenta quilômetros de distância, vigiadas por russos e por cachorros enormes. Uma cancela dez quilômetros antes de Ketatchan, onde encontramos Andrei pela primeira vez; uma cancela em Chanutch, a sete quilômetros do rio Ítcha. Para mim, essas cancelas foram o lugar de todos os sentimentos, alegria, medo e terror. A felicidade de ter passado. O prazer de perceber que o russo enclausurado em seu abrigo de plástico não era aquele que eu pensava ser, que por trás de seus pálidos olhos azuis havia alguém que tinha compreendido que os even, para além das árvores, das tundras e do rio, eram pessoas que precisavam ser cuidadas. Aleksandr oferecia hospitalidade sempre que podia. Quantas vezes dormimos no chão do contêiner ao voltar da floresta, esperando um possível transporte para a cidade? E ele tentava como podia juntar as poucas panelas de que dispunha para alimentar todo mundo. Deixe comigo!, dizia uma das meninas da família. Não, cabe a mim fazer, vocês estão na minha casa. Eu o vi olhar com infinita doçura para o bebê de Iúlia que balbuciava, tomá-lo no colo e embalá-lo para ajudar a mãe. Aleksandr não ficou muito tempo em Chanutch. Dois anos, no máximo. Seu cachorro, Xamã, foi morto por um guarda em uma noite de bebedeira. Alguns anos depois, fiquei sabendo que tinha voltado para a Ucrânia, para passar a aposentadoria "no calor", como ele dizia.

Mais tarde, senti medo quando fiquei sabendo que o FSB[174] estava na mina, não longe dali, e que me procuravam, me esperavam, queriam falar comigo; os guardas tinham sido avisados de que deveriam informá-los se eu aparecesse. Salva pela cobertura telefônica incerta, o tempo que passa voando e os Buran de Artium e de Ivan que esperavam para nos levar à floresta; salva pelo olhar cândido da minha filha que ainda era muito pequena, que não parecia tão ameaçadora. Mais tarde ainda, fiquei aterrorizada quando passamos

---

[174] O Serviço Federal de Segurança da Federação Russa (FSB) é o orgão de inteligência que substituiu a KGB no período pós-soviético. [N.E.]

certa noite e os guardas da segunda cancela estavam em tal estado de ebriedade que realmente pensei que nos matariam. Terminei debaixo do teto deles com Ivan, vi o russo forçá-lo a beber para garantir que era "homem de verdade", vi-o pegar o telefone, ligar para um conhecido do FSB, "ela está aqui", disse ele, e não sei por que milagre escapei novamente do confronto, eles sempre estavam muito longe, o russo caía de bêbado, fomos embora sem esperar. Vi também os cães molossos se jogarem sobre o carro nas primeiras horas ainda escuras da madrugada, e vi o outro guarda sair do contêiner cambaleando e gritando insanidades, rifle ao ombro, abrir a cancela e decidir voltar para a garrafa em vez de nos acossar em meio às borrascas de vento e neve.

*

Para cruzar o posto de fronteira é necessário um salvo-conduto. *Propusk*. Os even que vivem do outro lado da fronteira podem obtê-lo na administração, na qualidade de moradores e usuários daquelas terras. Os outros "autorizados", à exceção dos "oficiais" (FSB, policiais, governadores etc.), são os empregados e diretores da criação de renas, os membros do parque nacional de Bystrinskij e aqueles que montaram empresas de turismo de pesca ou de aventura suficientemente poderosas para conseguir salvo-condutos com as autoridades de Petropávlovsk. Em Chanutch, há uma mina de níquel, pertencente a uma empresa russo-suíça. Ali, o poderoso mineral é extraído em quantidades gigantescas, desde os anos 2000. Antes, não havia estrada para se chegar ao rio Ítcha. Os even saíam a cavalo de Esso, atravessavam as montanhas para chegar ao vulcão Ítchinsk, contornavam-no e desciam mais para o sul. Agora, muitas vezes eles pegam a estrada, é a maneira mais rápida de chegar ao rio; certamente não a mais segura, mas a mais eficaz, permite economizar uma semana inteira de viagem. Demorei para considerar as implicações da mina, para além da presença dessa estrada florestal (no fim das contas, extremamente prática), da rede telefônica em Chanutch, que usávamos com prazer, e acima de tudo, para além da ironia de pensar que o território de Ítcha e os even que vivem ali estavam, de alguma forma, "preservados" do resto do mundo graças a essa mina, que torna o acesso extremamente complicado, tanto para os estrangeiros como para os russos. Não pensei em nada além até que me dei conta, com o passar dos anos e das línguas que se soltam, daquilo que estavam derramando na tundra, na nascente do rio; até que me lembrei do que era o níquel e do que significava aquela exploração naquele lugar preciso do mundo.

*

Se você quiser imaginar o que é o níquel em nossas vidas cotidianas, pense na máquina de lavar, nos talheres e nas pilhas. Pense na escadinha para entrar na piscina, nos ímãs e nas telas catódicas. Pense nos contatos elétricos e nos eletrodos, nas velas dos motores a explosão. Pense nas resistências dentro das torradeiras, nos secadores de cabelo. Pense nos capacetes brancos dos bombeiros, nos anéis de ouro branco nos dedos. Pense no material cirúrgico, próteses, *stents*, bisturis e tesouras. Pense nos tonéis para transporte de soda cáustica, concentrada ou puríssima, em navios. Pense nos próprios navios. Pense ainda nas moedas, nas duas torres Petronas reluzentes em Kuala Lumpur, na torre Jin Mao em Xangai. Pense, enfim, nas baterias dos carros híbridos ou elétricos: como parte de seus objetivos climáticos, alinhados com as ambições do Acordo de Paris sobre o clima, o Ministério da Transição Ecológica da França antecipa em 2022 uma eletrificação maciça do parque automotivo por meio do desenvolvimento do setor industrial dos "veículos limpos". O níquel (também chamado Ni) tem dias prósperos pela frente…

*

Todos nós conhecemos a propriedade mais apreciada do níquel: a anticorrosão. *Ni* não oxida. *Ni* é usado para fazer aço inoxidável, o precioso *stainless steel*, o aço "sem manchas". Na Rússia, *Ni* começou sua carreira em Norillag, na península de Taimir, em 1935. O Gulag não existe mais, mas Norilsk Nickel se tornou o primeiro produtor mundial de níquel, sinalizando o sucesso da oligarquia pós-soviética. *Ni* em Chanutch é vigiado por homens trancafiados em suas solidões de plástico branco no meio de florestas habitadas por ursos; eles afogam sua amargura e tristeza no álcool de batata.

*

Em uma tonelada de rocha extraída, nunca se encontra muito mais do que trinta quilos de níquel. Lugares-comuns: para extrair o níquel, é necessário desmatar, escavar os solos e as rochas. Tudo isso provoca erosão, impermeabilização das terras expostas e inundações, acompanhadas da disseminação de poeira rica em metais tóxicos. As escavações modificam as redes aquíferas subterrâneas; resíduos da mineração são despejados durante anos. Para encontrar *Ni*, é preciso cavar, triturar e depois lixiviar. Para lixiviar *Ni*, usa-se ácido sulfúrico ou clorídrico. Nada disso desaparece no processo; o metal branco e brilhante que se obtém *é* o processo; o processo é a impureza invisível de *Ni*.

*

Ni, é chamado de metal do diabo. *Ni* é inoxidável.

*

Em Chanutch, os resíduos da exploração são lançados a jusante da mina, em uma tundra úmida próxima ao rio, a cerca de cinco quilômetros da corrente que segue seu curso; a tundra ainda não se rendeu. Certo dia de chuva, no contêiner, Aleksandr me perguntou: quanto tempo ainda isso vai durar, antes que tudo deságue no Ítcha? Antes que os peixes morram, que os even morram ou que sejam todos intoxicados? A gravidade da situação, que vai muito além da ironia, é a seguinte: vivemos em um mundo que não oxida, que não pode oxidar. Um mundo brilhante, sem manchas. Construímos os objetos do nosso mundo precisamente para que durem, para que a marca do tempo não apareça neles: à imagem dos metais inoxidáveis, adoraríamos crer que somos imortais. Esse mito social se constrói em detrimento dos próprios mundos vivos. É alto o preço de viver em uma sociedade habitada por objetos inoxidáveis, que lhe conferem um tom de eternidade. Esse preço, quem paga são os mundos vivos como o de Ítcha, onde os seres ainda estão ligados por redes de interdependência e feixes de ressonância; esses mundos, cuja fragilidade vibrante e animada nós destruímos para solidificar e imortalizar o nosso, sem nem mesmo pensar a respeito.

∗

Appa, sim, pensa. Pensa nisso todos os dias. Appa, filho de Appa, o xamã do nascimento de Dária, está sentado diante de seu abrigo, mascando uma folha, o olhar perdido na correnteza do rio, mais abaixo. Seu rifle está apoiado em uma árvore na entrada. Quantas horas passadas a seu lado, esperando, sem dizer nada, sem ousar dizer nada. Um dia, sete anos depois de o ter conhecido, criei coragem para fazer perguntas. O que você está faz aqui, afinal? Por que não mora em Manach, em Drakoon ou em Tvaián com os outros, em vez de ficar aqui sozinho? Appa desviou o olhar do rio, esse belo olhar enterrado atrás de rugas milenares, e olhou para mim. Estou esperando, disse ele. Esperando o quê? Esperando o fim. O seu? O nosso, o de todos nós. Você sabe o que eles fazem na mina?, ele disse. Sim, eu sei. Então, você já entendeu. Estou esperando a catástrofe, pois quando ela chegar, quero poder olhá-la bem de frente, diretamente nos olhos. Estarei aqui, onde tudo começará e onde tudo terminará. Enquanto isso, eu sonho.

*

Durante muito tempo, chorei ao pensar nessas palavras. Pensei que, no fim, bem no fim, não sobraria talvez nada mais do que o esqueleto reluzente das nossas prisões metálicas, sem mais ninguém para ocupá-las. Pensei que o filho do último xamã de Ítcha tinha decidido se instalar ali para sonhar com o rio, com os seres que o habitam, para acompanhá-los, a todos, em sua queda. O mundo vai desabar? Ele não vai se esconder. Estará na primeira fila.

Voltar da noite
Você sabe a diferença entre um russo e um tchuktchi?, Volódia me pergunta um dia, rindo sarcasticamente. Não, qual é? Os dois, quando estão perdidos, atiram para o alto, para serem encontrados. Mas, depois de um tempo, o tchuktchi diz ao seu camarada: pare de atirar, só nos resta uma flecha!

*

Estamos a cavalo; apenas nossos troncos, cabeças e as ancas dos cavalos emergem do mato alto. De repente, um urso aparece alguns metros à nossa frente. Dária chama o filho. Volódia! Acenda um cigarro! Volódia se apressa para tirar um cigarro do bolso, acende-o e traga vorazmente, depois sopra a fumaça na direção do urso que rosna. Recuamos devagar, vapores de fumaça entre nós e o urso, até perdê-lo de vista. Quando estamos fora de perigo, Dária dá uma gargalhada. Conseguimos! Fico calada, observando. Para que o cigarro? Os ursos não gostam de fumaça? Dária ri mais ainda. Como vou saber! Mas acender um cigarro mostra a ele que você nem liga para a presença dele, que você ri dele... Você está relaxado, fuma como quando está tranquilo... Você desacelera o tempo!

*

Neva abundantemente, a neblina é espessa, não vemos nada, os flocos golpeiam nossos rostos, fazendo nossos olhos grudarem. O Buran range, algo não vai bem, vamos ter que parar. Estamos a algumas dezenas de quilômetros de Tvaián, todos os rastros foram apagados, as borrascas nos fazem cambalear. Ivan salta do veículo, afunda na neve até a cintura e observa o motor que solta fumaça. Quanto a mim, petrificada, penso na volta a pé, sem esquis, ou nas horas de espera, de olho na possibilidade de um eventual conserto. Ivan ergue o olhar em minha direção, e explode de rir. O céu está rindo da nossa cara, não é? Não se preocupe, ele também vai rir quando vir como vou responder! Ele abre o capô, solta as cordas, amarra, aperta, conserta cantarolando para o vento. *Meu pai era criador de renas, mas mesmo quando elas partiam para longe, ele sempre as encontrava, meu pai era criador de renas...*

*

Chega de chorar. Eles, os primeiros afetados pelo deslocamento das formas e/ou pela sua sobre-estruturação, não choram. Ao contrário, nunca perdem uma oortunidade de rir, sobretudo quando estão todos muito sérios. Volódia, Dária, Ivan, Iúlia e mesmo Appa em seus momentos loquazes, são todos *tricksters* aguerridos, especialistas nesse jeito, claramente animista, de fazer vacilar, por meio do humor, as potências dos outros.[175] Mais do que a morte, o riso destinado aos seres de fora é uma arma imbatível para apaziguar o turbilhão de metamorfoses, assim como as formas fixadas em uma identidade *a priori* estabilizada. Em Ítcha, não temos nenhuma estrutura instituída para fazer oposição ao estado do mundo em que estamos, a relação de forças econômica e política é inegavelmente assimétrica. Não temos um grande sistema estabilizado à disposição para combater o maquinário moderno, especialista em transformar tudo que toca em objetos inanimados, prontos para serem mercantilizados. Tampouco temos um *ready-made* que sirva de referência para responder às perturbações do clima. Temos algo muito melhor. Temos uma maneira humana de existir na floresta, um estilo de resposta às presenças mais perigosas, aos acontecimentos mais inelutáveis, que passa por fragmentos de histórias, de vidas, em permanente recomposição. Temos os risos que ressoam entre as árvores, no rio e na tempestade, até nos momentos mais desesperadores. Sua modulação, por si só, reconfigura tudo.

✷

Estar vivo na floresta, em um mundo extremamente não protegido e não preparado para nós, transbordando de incertezas ligadas à geografia do território, àqueles que o percorrem, ao tempo que está fazendo — ou melhor, ao tempo que fazia — e, hoje em dia, aos fatores perturbadores, até mortais, provenientes da modernidade, requer todo um aprendizado dos humores. Vai nevar, vai chover, o gelo vai se manter, os

---

[175] Lembremo-nos de Pierre Clastres quando escrevia que os índios chulupi do Chaco paraguaio usavam seus mitos para rir das potências do xamã aparentado com o jaguar. P. Clastres, "De que riem os índios?", *La Société contre l'État*. Paris: Minuit, 1974.

gansos selvagens voltarão, os salmões subirão à superfície, o urso vai atacar, o motor do barco vai aguentar, iremos todos terminar intoxicados? Estar vivo na floresta, no momento em que a dúvida ganha forma em um mundo onde a instabilidade se tornou paroxística, é, acima de tudo, ter humor. Ter humor em todas as circunstâncias, e sobretudo nas situações mais desesperadoras, é, para os even, como para todos os coletivos do Grande Norte com os quais trabalhei, tomar distância do imediatismo de uma situação, encontrando os meios para ser reflexivo diante da hibridização confusa que perturba a atenção nos momentos de crise. Rir é considerar o fato de que nem tudo está tão amalgamado e confundido e que cada ser, em sua singular compleição, é o guardião de seus próprios limites — é manifestar a consciência de sua própria unidade. Rir é também responder que não, que a notícia imperiosa sobre o que vai ou o que deve acontecer não é inelutável — e que, se tivermos que lamentar a morte das *formas* conhecidas até hoje, certamente não teremos que lamentar a morte do mundo.

Deixar as formas morrerem
Dária e eu estamos sentadas no ponto de ônibus de Mílkovo, a pequena cidade soviética no fim da estrada de Chanutch. Nós esperamos. Estamos indo a Esso para que ela possa terminar o trâmite dos documentos que garantem seu direito de uso da terra em Tvaián. Estamos cansadas, nossas roupas de um tecido áspero e grosso estão manchadas, nossos rostos estão sujos. Aparece uma mulher de uns cinquenta anos, vestida com roupas tradicionais even, muito arrumada e extremamente maquiada. Ela vem ao nosso encontro com um olhar que não disfarça um certo desprezo. Dária se levanta, cumprimenta-a e me apresenta. Ela nos diz, com um orgulho não contido, que estava voltando de um espetáculo de dança com seu coletivo de dançarinos na cidade de Petro-

pávlovsk. A caminho do ônibus, Dária me segura com uma mão e me mostra suas unhas. Olhe essa terra! Está tudo preto. Estamos sujas... Que vergonha! Eu olho para ela dando de ombros, seus olhos se iluminam quando encontram meu sorriso, subimos no ônibus.

O paradoxo com o qual topei ao chegar a Ítcha é o das formas: a pele, as roupas têm a tonalidade da terra e dos troncos de árvores; exalam o cheiro do fogo. Em Esso, as miçangas de vidro cintilante ficam guardadas nas gavetas, as roupas suntuosas, embaixo das camas. Para se reapropriar de uma maneira de estar no mundo que implique relações cotidianas com os seres e entidades da floresta, Dária e sua família abandonaram as formas culturais que, no entanto, supostamente os definiriam "tradicionalmente" e os singularizariam "adequadamente" aos olhos dos estrangeiros como pertencentes a um coletivo autóctone. Dária no ponto de ônibus, ela que é quase integralmente dependente de seu meio de vida, dos animais, das plantas e dos elementos que o atravessam, não tem os adereços exteriores dos even que continuam expressando suas formas culturais. Suas roupas, seus adereços não produzem mais nenhum efeito de distinção; ao contrário, são vetores de um sentimento de vergonha social quando ela volta ao vilarejo.

Um *norgeli*[176] em um palco de dança em Esso ou na cidade é uma forma cultural purificada, isto é, descontextualizada: ela é capaz de funcionar sem as relações interespecíficas entre os seres; porém, ela precisa de estruturas econômicas e políticas para existir. Em Tvaián, essas estruturas ficaram distantes e a representação cultural desmoronou. Os cantos guturais só se ouvem no espaço restrito das reuniões familiares ao redor do fogo. Quanto às danças, elas existem em registros e dispositivos ainda mais íntimos: Dária dança na floresta para os seres que a habi-

---

[176] Danças circulares, no sentido horário, que eram destinadas às almas dos animais perseguidos durante as caças diurnas ou durante os transes xamânicos.

tam, imita suas atitudes e modula os sons de suas vozes quando seus próprios filhos não a estão vendo. Da mesma maneira que a mulher arrumada teve uma reação de rejeição diante de nossas roupas de floresta, os filhos de Dária se incomodam quando ela dança publicamente. Para eles, ter escolhido a floresta significou, literalmente, descer do tablado do palco em que andavam quando eram crianças e ainda iam à escola, e parar de dançar. A vergonha de Dária e de seus filhos diante do olhar dos even de Esso ou de Anavgai exprime, mais do que qualquer outro sentimento, a dificuldade da escolha que fizeram: sua coragem consistiu em sair do contexto de referência dentro do qual se moviam. É com esse paradoxo desconfortável que eles têm que conviver no cotidiano; esse é o preço que pagam para recuperar sua liberdade e, simultaneamente, restituí-la aos seres com os quais retomam o diálogo.

Assim, tudo que se manifesta da cosmologia animista em Tvaián se dá a pensar de maneira não imediata, vulnerável: as *formas* deram lugar ao *fundo*, e esse fundo animado nada mais é do que uma constelação de fragmentos. O que fazer com essa constelação? Tudo. Os contornos do mundo que busquei definir não são apenas cosmológicos, são políticos. Eles testemunham uma resistência que se faz no e pelo renascimento de uma cosmologia *para além das formas* já conhecidas. Dária e sua família também se depararam com essa constatação: dançar e cantar para os russos e os estrangeiros nada muda em suas vidas, exceto a possibilidade de se expressarem *a minima*. Vincular-se cotidianamente com os seres do fora, sonhar com eles e dirigir-se a eles, redistribui não apenas os possíveis das existências humanas, mas também dá outra textura aos próprios seres e elementos; suas compleições são aumentadas. Viemos de uma humanidade que só agora começa a reconhecer, a duras penas, que é possível se dirigir aos animais e às plantas, mas que dificilmente concebe que seja de fato possível se dirigir a um rio, ao fogo, ao céu. Como diz Ailton Krenak, quando tiramos a alma dos rios e das montanhas, aquela que lhes atribuem muitos povos autóctones que ainda vivem ao lado delas e de sua potência, nós "liberamos esses lugares para que se tornem resíduos da atividade industrial e extrativista".[177]

É impressionante o que um olhar, uma certa luz nas pupilas, podem mudar no mundo; o que as palavras, a intenção colocada nas palavras ajustadas aos seres, às entidades e aos lugares, fazem com eles. Existe em Ítcha uma gratidão, uma alegria de olhar e ser olhado, de escutar e ser escutado. O que eles dizem, eles como tantos outros coletivos que estão repovoando as montanhas, as tundras e as florestas, é que essa gratidão é compartilhada.

O que sobra

Ao atravessar o estreito, terei voltado no tempo? Depois de todos esses anos, acho que não. Foi, antes, como ter vivido uma aceleração em direção ao mundo de depois, em que as estruturas, todas as estruturas, desmoronaram, e tudo precisou ser recomposto.

Em Ítcha, foi a coisa mais invisível, mais impalpável que recomeçou a compor o sistema: o sonho anímico se fez instituição no deslocamento das formas empregadas no passado. Ao dissolver temporariamente as disposições corporais, a vida onírica autoriza o estabelecimento de uma comunicação e, sobretudo, a possibilidade de voltar carregado de uma compreensão mais fina a respeito das potências dos outros. O tempo do sonho é uma porta que se entreabre, todas as noites, para o tempo do mito. Acordar de manhã é recuperar, parte por parte, fio por fio, o que foi depositado *em nós* durante a noite. Como no tempo do mito, ao se reajustar ao corpo,

---

[177] A. Krenak, *Idées pour retarder la fin du monde*. Paris: Éditions Dehors, 2020, p. 42. [ed. bras.: *Ideias para adiar o fim do mundo*. São Paulo: Companhia das Letras, 2019].

a alma metamorfoseada o transforma, seus limites se recompõem. Cada manhã apresenta potencialmente ao ser humano novas coordenadas de saída, sua orientação pode ser transformada, e tudo o que ele tinha por verdade no dia anterior pode mudar. É Dária, em uma manhã do inverno de 1989, quando as luzes já não se acendiam, que vê Tvaián e o rio Ítcha como o lugar que a espera; ela faz a escolha de se libertar da servidão das formas conhecidas para se identificar à sua alma, tal como ela lhe voltou certa manhã. Para os even de Ítcha, a injunção da encarnação *em relação* com os sonhos anímicos consiste em deixar morrer uma certa ideia de si mesmos: foi ao abandonar sucessivamente todas as formas já conhecidas (os rituais de comunicação interespecífica intermediados por xamãs, as vidas nômades conduzidas pelas renas, a coletivização durante o período soviético, a sedentarização e o trabalho para e pelo colcoz, a representação cultural) que eles se tornaram o que são.

Isso levanta uma questão importante para todos aqueles que *receberam* um direito de traduzir essas formas de vida. Eu falo para você porque você vai contar a minha história; eu conto a sua história porque posso fazê-la dialogar com outras histórias, e porque, dispostas umas junto às outras, sua constelação forma um mundo a ser defendido. Quer admitamos ou não, há sempre algo que procuramos salvar quando registramos as cosmologias dos outros em nossos livros. Vertemos suas existências em palavras para "conservá-las"? Recolhemos seus mundos em palavras para "preservá-los"? O que tentamos "salvaguardar" a todo custo, que formas queremos *salvar-guardar* bem rente ao corpo, e de tal modo que, por vezes, a liminaridade da postura beira a loucura? Se o essencial se encontra verdadeiramente do lado das formas estabilizadas, "salvar" se torna uma resposta ao medo de perder. Ora, Dária e sua família em várias ocasiões perderam tudo. Nós também estamos à beira de uma perda tão abissal que ficamos estupefatos. E então? Formulemos novamente a pergunta: para que estamos trabalhando? Para a manutenção de suas formas e das nossas? Para a manutenção das nossas estruturas e das deles? A que custo? Os even de Ítcha responderiam: ao custo das relações. Nossos livros e todas as nossas restituições estariam destinados a se converter em museus onde as formas estáveis — portanto, reconfortantes — das tradições autóctones são preservadas? Se a resposta for negativa, então suas maneiras de viver recompostas, que desorientam as nossas diante das metamorfoses sistêmicas atuais, devem absolutamente ser repolitizadas e, ao mesmo tempo, desfolclorizadas. É preciso entender os encontros interespecíficos, os mitos, os sonhos e as comunicações com os elementos como formas de dizer que o mundo poderia ser outro.

Hoje, como no tempo mítico da especiação, a forma continua separando; a alma, por sua vez, não. É o que todos os coletivos animistas nos lembram, quando buscam ver no fundo dos olhos, por baixo das roupas e da pele, o que ainda nos liga uns aos outros. Sobreviver em um mundo incerto é decidir parar de se apoiar nas formas, sem, no entanto, renunciar a elas, pois isso se chamaria caos ou a morte; é trabalhar na direção da experiência de uma meta-forma, capaz de abrir os corpos e os pensamentos. Dária repetiu muitas vezes essa frase quando mencionava os animais que nos cercavam ou o tempo que estava fazendo: nós, humanos, estamos *entre os dois*, como pontes. Nesse sentido, honrar nossa humanidade consiste em nos postarmos nesse lugar preciso, no ponto de cruzamento entre céu e terra, entre animais e fluxo, *conscientes* das intenções, do olhar e das palavras postas no mundo.

∗

A leste, havia os sonhos políticos arruinados, os sonhos culturais derrotados, os sonhos teóricos desarticulados. A leste, está o sol que se levanta e os olhos que se abrem para um outro mundo; há o despertar. A leste estão todas as palavras que ainda procuramos para dizer tudo isso.

*

Todo acampamento de caça tem um rádio. As pessoas falam de maneira fragmentada, do jeito que dá. Estamos aqui, todos juntos, imersos em uma floresta profunda, conectados por um rádio que chia. Nem sempre nos entendemos. Tentamos. Transmitimos a mensagem, repetimos e repetimos, até que a mensagem chegue, até que as poucas informações que fazem a diferença atravessem as ondas. Você está pronto para ouvir as palavras que importam através das interferências na linha?

3, que tempo está fazendo aí?
Parcialmente coberto.
Grrrrrrrr, grrrrrrrr, grrrrrrrr
2, o que eles disseram?
Parcialmente nublado!
Serguei, pergunte se Liúda preparou o pacote para Pacha.
Liúda!
Grrrrrrrr, grrrrrrrr, grrrrrrrr
Não entendi.
Vocês estão aí?
Sim, estamos.
Faz um tempo que ele saiu na moto de neve.
Pode repetir?
Digo que faz um tempo que ele saiu!
Liúda!
Estamos indo.
Grrrrrrrr, grrrrrrrr, grrrrrrrr
Você me escuta?
Ele partiu há uma hora. Levaram a encomenda e o resto.
Pode repetir?
Ela disse que eles levaram tudo!
Certo, entendido.
1 está na linha?
Que tempo está fazendo aí?

Ainda nublado, tempestade se formando.
Mamãe ligou, está tudo bem.
Grrrrrrr, grrrrrrrr, grrrrrrrr
Liúda, repita!
Mamãe ligou, está tudo bem!
Entendi.
Eles entenderam!
Grrrrrrr, grrrrrrrr, grrrrrrrr
Não sei. Quando liguei, ele disse que não sabia.
Eles não têm uma frequência própria lá? Você se lembra quando nos disseram: "Caros cidadãos do Norte, vocês têm o seu horário, utilizem a frequência durante esse horário!"
2, a neve está chegando, vamos ter que ir embora.
Grrrrrrr, grrrrrrrr, grrrrrrrr
2, pergunte a eles onde estão!
5, 5! Eles devem ter desligado.

BIBLIOGRAFIA

American Museum of Natural History, *Publications of the Jesup North Pacific Expedition, 1898-1903*. Leyde: E. J. Brill, G. E. Stechert, 1905-1930
David G. Anderson e Mark Nuttall, *Cultivating Arctic landscapes: Knowing and Managing Animals in the Circumpolar North*. Nova York: Berghahn Books, 2004
Mireille Armisen-Marchetti, "La notion d'imagination chez les anciens. I: Les philosophes", *Pallas*, 26, 1979
Scott Atran, Douglas Medin, Norbert Ross, Elizabeth Lynch, Valentina Vapnarsky, Edilberto Ucan Ek, John Coley, Christopher Timura e Michael Baran, "Folkecology, cultural epidemiology, and the spirit of the commons: a garden experiment in the Maya lowlands, 1991-2001", *Current Anthropology*, 43 (3), 2002, pp. 421-50
Stefan Aykut e Amy Dahan, *Gouverner le climat. Quels futurs possibles? Vingt années de négociations internationales*. Paris: Presses de Sciences Po, 2015

Serge Bahuchet, "Du Jatba-Revue d'ethnobiologie à la Revue d'ethnoécologie". *Revue d'ethnoécologie*, 12, 2012, <journals.openedition.org/ethnoecologie/689>
Roger Bastide, "Le rire et les courts-circuits de la pensée", in Jean Pouillon et Pierre Maranda (orgs.), *Échanges et communications, Mélanges offerts à C. Lévi-Strauss*. Berlin: De Gruyter Mouton, 1970
Gregory Bateson, *Steps to an Ecology of Mind: Collected Essays in Anthropology, Psychiatry, Evolution, and Epistemology*. Chicago: University of Chicago Press, 1972

Rémi Beau e Catherine Larrère, *Penser l'anthropocène*. Paris: Presses de Sciences Po, 2018
Ulrich Beck, *La Société du risque. Sur la voie d'une autre modernité*. Paris: Flammarion, 2001
Frédéric Bertrand, *L'Anthropologie soviétique des années 20-30. Configuration d'une rupture*. Bordeaux: Presses universitaires de Bordeaux, 2002
Elk Black e R. J. DeMallie, *Le Sixième Grand-Père*. Mônaco: Éditions du Rocher, 1999
Guillaume Blanc, Élise Demeulenaere e Wolf Feuerhahn, *Humanités environnementales*. Paris: Publications de la Sorbonne, 2017
Franz Boas, *Tsimshian Mythology (based on texts recorded by Henry W. Tate)*, Thirty-first Annual Report of the Bureau of American Anthropology 1909-1910, Government Printing Office, 1916
——, "Introduction à James Teit, 'Traditions of the Thompson River Indians of British Columbia'", *Memoirs of the American Folklore Society*, VI, 1898
Christophe Bonneuil e Jean-Baptiste Fressoz, *L'Événement anthropocène*. Paris: Seuil, 2013
Sasha Bourgeois-Gironde, *Être la rivière*. Paris: PUF, 2020
Marc Brightman e J. Lewis, *The Anthropology of Sustainability: Beyond Development and Progress*. New York: Springer, 2017
Ernest S. Burch Jr., "Boundaries and borders in early contact north-central Alaska", *Arctic Anthropology*, 1998, pp. 19-48

Robert Campbell, *In Darkest Alaska: Travels and Empire Along the Inside Passage*. Filadélfia: University of Pennsylvania Press, 2007
Dipesh Chakrabarty, "The climate of history: Four theses", *Critical Inquiry*, 35 (2), 2009, pp. 197-222
Pierre Charbonnier, *La Fin d'un grand partage. Nature et société de Durkheim à Descola*. Paris: CNRS Éditions, 2015
——, "Généalogie de l'Anthropocène. La fin du risque et des limites", *Annales. Histoire, Sciences Sociales*, 72 (2), 2017, pp. 301-28
——, *Abondance et liberté. Une histoire environnementale des idées politiques*. Paris: La Découverte, 2020
Isabelle Charleux, "Les symboles du pouvoir en Mongolie. La référence aux ancêtres, xve-xxe siècles", in Ma Li (org.), *Cité interdite, palais impériaux et cours royales. Comparaison entre les symboles du pouvoir impérial et monarchique en Orient et en Occident*. Boulogne-sur-Mer: Université du Littoral Côte d'Opale
Isabelle Charleux, Grégory Delaplace e Roberte Hamayon, "Introduction", *Representing Power in Ancient Inner Asia: Legitimacy, Transmission and the Sacred*. Bellingham: Western Washington University, Center for East Asian Studies, 2010, p. 1-35
Giordana Charuty, "Destins anthropologiques du rêve", *Terrain*, abril de 1996
Emanuele Coccia, *La Vie des plantes. Une métaphysique du mélange*. Paris: Rivages, 2018

Geremia Cometti, *Lorsque le brouillard a cessé de nous écouter*. Berna: Peter Lang, 2016

Geremia Cometti, Pierre Le Roux, Tiziana Manicone e Nastassja Martin, *Au seuil de la forêt. Hommage à Philippe Descola, l'anthropologue de la nature*. Paris: Tautem, 2019

Susan A. Crate e Mark Nuttall, *Anthropology and Climate Change: From Actions to Transformations*. Walnut Creek: Left Coast Press, 2009, <routledge.com/Anthropology-and-Climate-Change-From-Actions-to-Transformations/Crate-Nuttall/p/book/9781629580012>

William Cronon, "A place for stories: Nature, history, and narrative", *The Journal of American History*, 78 (4), 1992, pp. 1347-76, <doi.org/10.2307/2079346>

———, "Le problème de la wilderness, ou le retour vers une mauvaise nature", *Écologie & politique*, 38 (1), 2009, pp. 173-99; <doi.org/10.3917/ecopo.038.0173>

Julie Cruikshank, *Do Glaciers Listen? Local Knowledge, Colonial Encounters, and Social Imagination*. Vancouver: University of British Columbia University Press, 2006

Paul J. Crutzen, "Albedo enhancement by stratospheric sulfur injections: a contribution to resolve a policy dilemma?", *Climatic Change*, 77 (3), 2006, p. 211-20

Jeanne Cuisiner, *Sumangat. L'âme et son culte en Indochine et en Indonésie*. Paris: Gallimard, 1951

Carole Damiens, *Le Cinéma d'animation d'agit-prop et le monde enchanté de la modernité. Projeter* Le Petit Samoyède *aux confins du nord de l'*URSS. Paris: Slovo, Presses de l'Inalco, 2019

Vincent Debaene, "Les chroniques éthiopiennes de Marcel Griaule", *Gradhiva*, 6, 2007

———, *L'Adieu au voyage. L'ethnologie française entre science et littérature*. Paris: Gallimard, 2010

Élise Demeulenaere, "L'anthropologie au-delà de l'anthropos. Un récit par les marges de la discipline", in Wolf Feuerhahn, Guillaume Blanc et Élise Demeulenaere (orgs.), *Humanités environnementales. Enquêtes et contre-enquêtes*. Paris: Éditions de la Sorbonne, 2017

Philippe Descola, *Les Lances du crépuscule*. Paris: Plon, 1993

———, *Par-delà nature et culture*. Paris: Gallimard, 2005

———, *L'Écologie des autres. L'anthropologie et la question de la nature*. Paris: Éditions Quae, coll. "Sciences en questions", 2011

———, *La Composition des mondes. Entretiens avec Pierre Charbonnier*. Paris: Flammarion, 2014

———, *La Composition des collectifs*. Curso no Collège de France, cátedra "Anthropologie de la nature", informe, 2018

———, *La Nature domestique. Symbolisme et praxis dans l'écologie des Achuar*. Paris: FMSH, 2019

Vinciane Despret, *Habiter en oiseau*. Arles: Actes Sud, 2019
Marcel Detienne e Jean-Pierre Vernant, *Les Ruses de l'intelligence. La mētis des Grecs*. Paris: Champs Flammarion, 2018
Ronald E. Doel, "Constituting the postwar earth sciences: the military's influence on the environmental sciences in the USA after 1945", *Social Studies of Science*, 33 (5), 2003, pp. 635-66
Émile Durkheim, *Les Formes élémentaires de la vie religieuse*. Paris: PUF, 1968
Sébastien Dutreuil e Arnaud Pocheville, "Les organismes et leur environnement. La construction de niche, l'hypothèse Gaïa et la sélection naturelle", *Bulletin d'histoire et d'épistémologie des sciences de la vie*, 22 (1), 2015, pp. 27-56
Paul N. Edwards, *A Vast Machine: Computer Models, Climate Data, and the Politics of Global Warming*. Cambridge: The MIT Press, 2010
Edward Evan Evans-Pritchard, *The Zande Trickster*. Oxford: Clarendon Press Oxford, 1967

Daniel Fabre, "Rêver. Le mot, la chose, l'histoire", *Terrain*, 26, 1996, pp. 69-82
Ann Fienup-Riordan, *Hunting Tradition in a Changing World: Yup'ik Lives in Alaska Today*. New Brunswick: Rutgers University Press, 2000
———, *Eskimos Essays: Yup'ik Lives and how We See Them*. New Brunswick: Rutgers University Press, 2003
Michel Foucault, *Les Mots et les Choses*. Paris: Gallimard, 1966
———, *Histoire de la sexualité*, t. III. Paris: Gallimard, 1984
Jean-Baptiste Fressoz, Frédéric Graber, Fabien Locher e Grégory Quenet, *Introduction à l'histoire environnementale*. Paris: La Découverte, 2014
Jean-Baptiste Fressoz e Fabien Locher, *Les Révoltes du ciel. Une histoire du changement climatique xve-xxe siècle*. Paris: Seuil, 2020
Sigmund Freud, "Une difficulté de la psychanalyse", in idem, *L'Inquiétante Étrangeté et autres essais*. Paris: Gallimard, 1985, p. 182
———, *Psychopathologie de la vie quotidienne*. Paris: Petite bibliothèque Payot, 1975
Marina Frolova-Walker, "'National in form, socialist in content': Musical nation-building in the Soviet Republics", *Journal of the American Musicological Society*, 51 (2). 1998

Clifford Geertz, "La description dense", *Enquête. Archives de la revue Enquête*, 6, outubro de 1998, pp. 73-105
———, "A strange romance: Literature and anthropology", *Profession*, Modern Language Association, 2003, pp. 28-36
Amitav Ghosh, *Le Grand dérangement*. Marselha: Wild project, 2021
James Gibson, *The Ecological Approach to Visual Perception*. Hillsdale: Lawrence Erlbaum, 1979
Ginzburg Carlo, *Le Sabbat des sorcières*. Paris: Gallimard, 1992
———, *Les Batailles nocturnes. Sorcellerie et rituels agraires aux XVIE et XVIIE siècles*. Paris: Flammarion, 2019

Barbara Glowczewski, *Réveiller les esprits de la Terre*. Paris: Éditions Dehors, 2021

Frédéric Graber e Fabien Locher, *Posséder la nature*. Paris: Éditions Amsterdam, 2018

Marie-Françoise Guédon, *Le Rêve et la Forêt. Histoires de chamanes nabesna*. Quebec: Presses Université Laval, 2005

Gutierrez Choquevilca e Andrea-Luz Choquevilca, "Face-à-face interspécifiques et pièges à pensée des Quechua de Haute Amazonie (Pastaza)", *Cahiers d'anthropologie sociale*, 9 (1), 2013, pp. 33-47, <doi.org/10.3917/cas.009.0033>

Alfred Irving Hallowell, "Ojibwa ontology, behavior and world view", in Stanley Diamond (org.), *Culture in History: Essays in Honor of Paul Radin*. Nova York: Columbia University Press, 1960

——, "The Ojibwa self and its behavioral environment", in B. J. Good, M. M. J. Fisher, S. S. Willen e M.-J. DelVeccio Good (orgs.), *A Reader of Medical Anthropology, Theoretical Trajectories, Emergent Realities*. Hoboken: Wiley Blackwell, 2010

Roberte Hamayon, *La Chasse à l'âme. Esquisse d'une théorie du chamanisme sibérien*. Nanterre: Société d'ethnologie, 1990

——, "Une figure pour le Ciel? Ou De la difficulté de construire une 'religion nationale'", in Monique Jeudy-Ballini (org.), *Le Monde en mélanges. Textes offerts à Maurice Godelier*. Paris: CNTS éditions, 2016, pp. 95-116

Jacob Darwin Hamblin, *Arming Mother Nature: The Birth of Catastrophic Environmentalism*. Oxford: Oxford University Press, 2013

Clive Hamilton, Christophe Bonneuil e François Gemenne, *The Anthropocene and the Global Environmental Crisis*. Londres: Routledge, 2015

Donna Haraway, *Staying With the Trouble: Making Kin in the Chthulucene*. Durham: Duke University Press, 2016

——, *Manifeste des espèces compagnes*. Paris: Climats, 2019

Johan Heilbron, *Naissance de la sociologie*. Marselha: Agone, 2006

Johan Heilbron e Yves Gingras, "La résilience des disciplines", *Actes de la recherche en sciences sociales*, 210 (5), 2015, pp. 4-9, <doi.org/10.3917/arss.210.0004>

Marie-Angèle Hermitte, "La nature, sujet de droit?", *Annales. Histoire, sciences sociales*, 66, 2011, pp. 173-212

Francine Hirsch, *Empire of Nations: Ethnographic Knowledge and the Making of the Soviet Union*. Ithaca: Cornell University Press, 2005

Tetsuya Hiyama e Hiroki Takakura, *Global Warming and Human: Nature Dimension in Northern Eurasia*. Singapura: Springer, 2018

L. Harrod Howard, *Renewing the World: Plains Indian Religion and Morality*. Tucson: University of Arizona Press, 1992

Philippe Huneman, *Métaphysique et biologie. Kant et la constitution du concept d'organisme*. Paris: Kimé, 2008

Tim Ingold, *The Perception of the Environment: Essays on Livelihood, Dwelling and Skill*. Londres: Routledge, 2000

Nicolas Journet, "La fonction mythique selon Lévi-Strauss", in idem (org.), *Les Grands Mythes. Origine, Histoire, Interprétation*. Paris: Éditions Sciences humaines, 2017

Alexander D. King, "Reindeer herders' culturescapes in the Koryak Autonomous Okrug", in E. Kasten (org.), *People and the Land: Pathways to Reform in Post-Soviet Siberia*. Berlim: Dietrich Reimer Verlag, 2002, pp. 63-80
——, "Dancing in the house of Koryak culture", *Folklore: Electronic Journal of Folklore*, 41, 2009, pp. 143-62
Eduardo Kohn, *Comment pensent les forêts. Vers une anthropologie au-delà de l'humain*. Paris: Zones Sensibles, 2017
Stepan Kracheninkov, *Histoire et description du Kamtchatka*. Amsterdam: Rey, 1770
Ailton Krenak, *Idées pour retarder la fin du monde*. Paris: Éditions Dehors, 2020

Catherine Larrère e Raphaël Larrère, *Du bon usage de la nature. Pour une philosophie de l'environnement*. Paris: Flammarion, 1997
——, *Penser et agir avec la nature*. Paris: La Découverte, 2015
Bruno Latour, *Nous n'avons jamais été modernes. Essai d'anthropologie symétrique*. Paris: La Découverte, 1991
——, *Politiques de la nature. Comment faire entrer les sciences en démocratie*. Paris: La Déouverte, 1999
——, *Enquête sur les modes d'existence*, Paris, La Découverte, 2012
Bruno Latour e Nikolaj Schultz, *Mémo sur la nouvelle classe écologique. Comment faire émerger une classe écologique consciente et fière d'elle-même*. Paris, La Découverte, coleção "Les Empêcheurs de penser en rond", 2022
Claude Lévi-Strauss, *Anthropologie structurale*. Paris, Plon, 1958
——, *Mythologiques. Le Cru et le Cuit*. Paris, Plon, 1964
——, "Réponses à quelques questions. La pensée sauvage et le structuralisme", *Esprit*, 39, 1963, p. 628-653
Fabien Locher e Gregory Quenet, "L'histoire environnementale. Origines, enjeux et perspectives d'un nouveau chantier", *Revue d'histoire moderne et contemporaine*, 56 (4), 2009, p. 7-38

Nicolas Malebranche, *De la recherche de la vérité, livre II (De l'imagination)*, parties 2 et 3, Paris, Garnier-Flammarion, 2006
Michael Mann, *The Hockey Stick and the Climate Wars: Dispatches from the Front Lines*. New York, Columbia University Press, 2013
Marcus George E., "Ethnography in/of the world system: the emergence of multi-sited ethnography", *Annual Review of Anthropology*, 24 (1), 1995, p. 95-117
Laura Makarius, "Le mythe du trickster", *Revue de l'histoire des religions*, 175, 1, 1969, p. 17-46

Michael Martin, "Geertz and the interpretive approach in anthropology", *Synthese*, 97 (2), 1993, p. 269-286

Nastassja Martin, *Les Âmes sauvages*, Paris, La Découverte, 2016

——, "Préface", in Anna Tsing, *Frictions. Délires et faux-semblants de la modernité*. Paris: La Découverte, coll. "Les Empêcheurs de penser en rond", 2020

——, "Dire la fragilité des mondes", *Le Crieur*, 1, 2021, pp. 4-19

Nastassja Martin e Geremia Cometti, "Indigenous responses to climate change in extreme environments: The cases of the Q'eros (Peruvian Andes) and the Gwich'in (Alaska)", in Paul Sillitoe (org.), *The Anthropocene of Weather and Climate: Ethnographic Contributions to the Climate Change Debate*. Londres: Berghahn Books, 2021, pp. 71-86

Nastassja Martin e Baptiste Morizot, "Retour du temps du Mythe. Sur un destin commun des animistes et des naturalistes face au changement climatique à l'Anthropocène", *Journal of Art and Design*, HEAD, 2018

Marcel Mauss, "Essai sur le don. Forme et raison de l'échange dans les sociétés archaïques", *L'Année sociologique (1896/1897- 1924/1925)*, 1, 1923, pp. 30-186

Baptiste Morizot, *Manières d'être vivant. Enquêtes sur la vie à travers nous*. Arles: Actes Sud, 2020

Roderick Nash, "American environmental history: A new teaching frontier", *Pacific Historical Review*, 41 (3), 1972, pp. 362-72, <doi.org/10.2307/3637864>

Richard K. Nelson, *Make Prayers to the Raven: A Koyukon view of the northern forest*. Chicago: The University of Chicago Press, 1983

A. Oliver-Smith, *The Martyred City: Death and Rebirth in the Andes*. Albuquerque: University of New Mexico Press, 1986

Morten Axel Pedersen, *Not Quite Shamans*. Ithaca: Cornell University Press, 2011

Ellavina Perkins, "The role of word order and scope in the interpretation of Navajo sentences", University of Arizona, 1978

Sylvie Poirier, "Une anthropologie du rêve est-elle possible?", *Anthropologie et sociétés*, "L'ethnolinguistique", 23, 3, 1999

Darrell Addison Posey, *Indigenous Knowledge and Ethics*. New York: Routledge Harwood Anthropology, 2004

Antonin Pottier, *Comment les économistes réchauffent la planète*. Paris: Seuil, 2016

Elizabeth A. Povinelli, *Geontologies, A Requiem to Late Liberalism*. Durham: Duke University Press, 2016

Paul Radin, "Religion of the North American Indians", *The Journal of American Folklore*, outubro-dezembro de 1914, 27, 106, pp. 335-73

Paul Radin, Karl Kerenyi e Carl Gustav Jung, *Le Fripon divin*. Genebra: Georg éditeur, 1958

Bill Reid e Robert Bringhurst, *Corbeau vole la lumière. Essai autochtone*. Saint-Boniface: Éditions des Plaines, 2011
Joëlle Robert-Lamblin, "Ethno-histoire récente et situation contemporaine des Évènes de la région Bystrinskij (Kamtchatkacentral, Extrême-Orient russe, 2004)", *Revue d'études comparatives Est-Ouest*, 4, 42, 2011, pp. 107-47
Géza Róheim, *Psychanalyse et anthropologie. Culture, personnalité, inconsciente*. Paris: Gallimard, 1950
Deborah Bird Rose, *Le Rêve du chien sauvage. Amour et extinction*. Paris: La Découverte, coll. "Les Empêcheuirs de penser en rond", 2020
Marie Roué, "Histoire et épistémologie des savoirs locaux et autochtones. De la tradition à la mode", *Revue d'ethnoécologie*, 1, 2012, pp. 2-11

Tatiana Safonova e István Sántha, *Culture Contact in Evenki Land: A Cybernetic Anthropology of the Baikal Region*. Leiden: Brill, 2013
Pablo Servigne e Raphaël Stevens, *Comment tout peut s'effondrer. Petit manuel de collapsologie à l'usage des générations presentes*. Paris: Seuil, 2015
Anthony Shay, *Choreographic Politics: State Folk Dance Companies, Representation and Power*. Middletown: Wesleyan University Press, 2002
Yuri Slezkine, "The USSR as a communal apartment, or how a socialist state promoted ethnic particularism", *Slavic Review*, 53, 2, 1994, pp. 414-52
Shirleen Smith e Vuntut Gwich'in First Nation, *People of the Lakes, Stories of Van Tat Gwich'in Elders*. Edmonton: The University of Alberta Press, 2009
Charles Stépanoff, "Human-animal 'joint commitment' in a reindeer herding system", HAU: *Journal of Ethnographic Theory*, 2 (2), pp. 287-312, 2012
——, *Chamanisme, rituel et cognition. Chez les Touvas de Sibérie du Sud*. Paris: Les éditions de la MSH, 2014
——, *Voyager dans l'invisible. Techniques chamaniques de l'imagination*. Paris: La Découverte, coll. "Les Empêcheurs de penser en rond", 2019
Christopher D. Stone, "Should trees have standing: Toward legal rights for natural objects", *S. CAl. l. rev.*, 45, 1972, p. 450
Pauline Turner Strong, "Irving Hallowell and the ontological turn", *HAU: Journal of Ethnographic Theory*, 7 (1), 2017, pp. 468-72
John Swanton, *Tlingit Myths and Texts*, Washington, Smithsonian Institution, Bureau of American Ethnology, Government Printing Office, 1909
John Swanton e Franz Boas, *Haida Songs & Tsimshian Texts*, vol. III, Publications of the American Ethological Society, Leyde, Brill, 1912

Ferhat Taylan, "La rationalité mésologique, connaissance et gouvernement des milieux de vie (1750-1900)", thèse, Université Bordeaux Montaigne, 2014
Anna Lowenhaupt Tsing, *Le Champignon de la fin du monde. Sur la possibilité de vie dans les ruines du capitalisme*. Paris: La Découverte, coll. "Les Empêcheurs de penser en rond", 2017
——, *Frictions. Délires et faux-semblants de la modernité*. Paris: La Découverte, coll. "Les Empêcheurs de penser en rond", 2020

——, "On nonscalability: The living world is not amenable to precision-nested scales", *Common Knowledge*, 1, agosto de 2012
Edward B. Tylor, *La Civilisation primitive*, t. 1. Paris: Alfred Costes, 1920

Jakob von Uexküll, *Milieu animal et milieu humain*. Paris: Rivages, 2010

Gilles-Félix Vallier, "Le concept du héros imprévisible", *Cahiers d'études africaines*, 204, Varia, 2011, pp. 811-45
Sarah Vanuxem, *La Propriété de la terre*. Marseille: Wildproject, 2018
Jean-Pierre Vernant, *La Mort dans les yeux. Figures de l'Autre en Grèce ancienne* Paris: Hachette-Pluriel, 2011
Eduardo Viveiros de Castro, "Cosmological deixis and Amerindian perspectivism", *The Journal of the Royal Anthropological Institute*, 4 (3), 1998, pp. 469-88, <doi.org/10.2307/3034157>

Sheila Watt-Cloutier, *Le Droit au Froid*. Montréal, Écosociété, 2019. White Richard, "'Are you an environmentalist or do you work for a living?': Work and nature", in William Cronon (org.), *Uncommon Ground: Rethinking the Human Place in Nature*. Nova York: Norton, 1996
Rane Willerslev, *Soul Hunters: Hunting, Animism, and Personhood among the Siberian Yukaghirs*. Berkeley: University of California Press, 2007
Gary Witherspoon, *Language and Art in the Navajo Universe*. Ann Arbor: University of Michigan Press, 1977
Donald Worster, *Nature's Economy: The Roots of Ecology*. San Francisco: Sierra Club Books, 1977
——, "History as natural history: an essay on theory and method", *Pacific Historical Review*, 53 (1), 1984, pp. 1-19, <doi.org/10.2307/3639376>

FÁBULA: do verbo latino *fari*, "falar", como a sugerir que a fabulação é extensão natural da fala e, assim, tão elementar, diversa e escapadiça quanto esta; donde também falatório, rumor, diz que diz, mas também enredo, trama completa do que se tem para contar (*acta est fabula*, diziam mais uma vez os latinos, para pôr fim a uma encenação teatral); "narração inventada e composta de sucessos que nem são verdadeiros, nem verossímeis, mas com curiosa novidade admiráveis", define o padre Bluteau em seu *Vocabulário português e latino*; história para a infância, fora da medida da verdade, mas também história de deuses, heróis, gigantes, grei desmedida por definição; história sobre animais, para boi dormir, mas mesmo então todo cuidado é pouco, pois há sempre um lobo escondido (*lupus in fabula*) e, na verdade, "é de ti que trata a fábula", como adverte Horácio; patranha, prodígio, patrimônio; conto de intenção moral, mentira deslavada ou quem sabe apenas "mentirada gentil do que me falta", suspira Mário de Andrade em "Louvação da tarde"; início, como quer Valéry ao dizer, em diapasão bíblico, que "no início era a fábula"; ou destino, como quer Cortázar ao insinuar, no *Jogo da amarelinha*, que "tudo é escritura, quer dizer, fábula"; fábula dos poetas, das crianças, dos antigos, mas também dos filósofos, como sabe o Descartes do *Discurso do método* ("uma fábula") ou o Descartes do retrato que lhe pinta J. B. Weenix em 1647, segurando um calhamaço onde se entrelê um espantoso *Mundus est fabula*; ficção, não ficção e assim infinitamente; prosa, poesia, pensamento.

PROJETO EDITORIAL Samuel Titan Jr. / PROJETO GRÁFICO Raul Loureiro

SOBRE A AUTORA

Nastassja Martin nasceu em Grenoble, em 1986. Estudou antropologia na École des Hautes Études en Sciences Sociales, em Paris, onde se doutorou em 2014, sob a orientação de Philippe Descola, com uma tese sobre os gwich'in do Alasca, publicada sob o título de *Les âmes sauvages* (Paris: La Découverte, 2016). Seu livro seguinte, *Croire aux fauves* (Paris: Gallimard, 2019), publicado na coleção Fábula sob o título de *Escute as feras*, revisita experiências de 2015, quando Martin realizava pesquisas de campo junto aos even da península de Kamtchátka, na Sibéria. O livro recebeu o prêmio François Sommer de 2020 por sua contribuição à reflexão sobre as relações entre o homem e a natureza. Nastassja Martin é membro do Laboratório de Antropologia Social e desde 2020 participa de um comitê contra a degradação turística em La Grave e no maciço dos Écrins, nos Alpes franceses.

SOBRE A TRADUTORA

Nascida em São Paulo, em 1982, Camila Vargas Boldrini é editora, tradutora e ambientalista. Formada em história e jornalismo, especializou-se em questões de colapso socioambiental no Museu de História Natural de Paris. Atualmente, dedica parte de seu tempo à restauração de uma parcela de solo na serra da Mantiqueira. Em parceria com Daniel Lühmann, traduziu *Escute as feras* (2021) de Nastassja Martin.

SOBRE ESTE LIVRO

A leste dos sonhos, São Paulo, Editora 34, 2023 TÍTULO ORIGINAL *À l'Est des rêves* © Éditions La Découverte, Paris, 2022 TRADUÇÃO Camila Vargas Boldrini PREPARAÇÃO E EDIÇÃO Raquel Camargo REVISÃO Josias Andrade, Samuel Titan Jr. TRANSLITERAÇÃO DO RUSSO Danilo Hora PROJETO GRÁFICO Raul Loureiro IMAGEM DE CAPA Distrito Autônomo de Iamalo--Nenets, Rússia, 2006 © Gueorgui Pinkhassov/Magnum Photos/ Fotoarena ESTA EDIÇÃO © Editora 34 Ltda., São Paulo; 1ª edição, 2023. A reprodução de qualquer folha deste livro é ilegal e configura apropriação indevida dos direitos intelectuais e patrimoniais do autor. A grafia foi atualizada segundo o Acordo Ortográfico da Língua Portuguesa de 1990, que entrou em vigor no Brasil em 2009.

Os editores agradecem a Danilo Hora e Cide Piquet pela tradução do poema de Marina Tsvetáieva.

AMBASSADE DE FRANCE AU BRÉSIL
Liberté
Égalité
Fraternité

Cet ouvrage, publié dans le cadre du Programme d'Aide à la Publication année 2023 Carlos Drummond de Andrade de l'Ambassade de France au Brésil, bénéficie du soutien du Ministère de l'Europe et des Affaires étrangères.

Este livro, publicado no âmbito do Programa de Apoio à Publicação ano 2023 Carlos Drummond de Andrade da Embaixada da França no Brasil, contou com o apoio do Ministério francês da Europa e das Relações Exteriores.

cip — Brasil. Catalogação-na-Fonte
(Sindicato Nacional dos Editores de Livros, rj, Brasil)

Martin, Nastassja, 1986
A leste dos sonhos: respostas even às crises sistêmicas / Nastassja Martin; tradução de Camila Vargas Boldrini — São Paulo: Editora 34, 2023
(1ª Edição), 2023
288 p. (Coleção Fábula)

isbn 978-65-5525-168-5

1. Ensaio francês. 2. Antropologia. 1. Boldrini, Camila Vargas. ii. Título iii. Série.

cdd – 843

tipologia Garamond papel Pólen Natural 80 g/m²
impressão Edições Loyola, em novembro de 2023 tiragem 5 000

EDITORA 34
Editora 34 Ltda. Rua Hungria, 592
Jardim Europa CEP 01455-000
São Paulo — SP Brasil
TEL/FAX (11) 3811-6777
www.editora34.com.br